블레이드 & 바스타드
—철골의 시련장, 붉은 죽음의 용—
2
카규 쿠모 Kumo Kagyu
일러스트 so-bin

CONTENTS

BLADE & BASTARD –Wireframe Dungeon & Dragon with Red Dead–

목차

블레이드&바스타드

—철골의 시련장, 붉은 죽음의 용—

BLADE & BASTARD –Wireframe Dungeon & Dragon with Red Dead–

2

카규 쿠모 Kumo Kagyu
일러스트 so-bin

제 1 장

벨카난

커다란 소녀였다.

키도 크고 눈동자도 크다. 살집이 잘 붙은 신체 역시 크다.

다만 무엇보다도 사람들의 주목을 끄는 요소는 소녀 본인의 크기일 테다.

신장은 6피트(약 2미터) 반. 고개를 들어 올려다봐야 하는 거대한 소녀다.

조그마한 동물의 꼬리와 비슷하게 흔들흔들 움직이는 머리카락의 색은 검은빛이며, 겁먹은 눈동자의 색깔만큼은 선명한 금빛.

그런 소녀가 유령처럼 살금살금 걷는다. 커다란 몸을 조금이라도 숨기고 싶은 듯 등부터 움츠러든 모습은 마치 고양이 같다.

그 덕에 풍만한 가슴이 자연스럽게 앞으로 튀어나오는 것은 깨닫지 못한 듯싶고.

훈련장의 접수처인지라 무척 붐비는 곳인데도 소녀는 존재감을 전혀 죽이지 못했다.

"자, 이름을 써라."

"네, 네엣……!"

가엾다는 생각이 들 만큼 몸을 움츠린 채 기록부에 이름을 쓰는 소녀를 보초병은 고개를 들어 올려다봤다.

—어디였더라, 아마 알마르였던가?

펜을 움직이는 소녀를 눈으로 좇으며 멍하니 생각한다.

이국의 명칭 따위 매일같이 질리도록 듣는 신세다. 어디가 어디인지 구별도 안 될 지경이었다.

다만 분명히 동방에는 끝없이 사막이 뻗어 나아가는 지역이 있고, 그곳에 있는 나라의 이름이 분명 알마르였던 것 같다.

보초병이 이 이름을 떠올릴 수 있었던 이유는 소녀가 걸친 선정적인 복장 때문이었다.

알마르의 여자들은 이렇듯 살갗이 훤히 드러나는 복장을 입은 채 춤을 춘다고 술자리에서 들었던 기억이 난다.

—아니면 히렌이었던가.

뭐, 어느 쪽이든 상관없겠다.

몸에 걸친 의복으로 짐작하건대 이국 출신일 테고, 아마도 마술사인 듯싶다.

손에는 커다란 체구와 비슷하게 역시 큼지막한 지팡이가, 평범한 사람에게는 곤봉과 다를 바 없는 지팡이가 있다.

다만 소녀가 눈길을 끄는 이유는 비단 커다란 체구와 복장뿐만은 아니고— 미모 때문이리라.

아름다운 용모에서 동방의 사막 저편에 위치한다는 먼 나라를 연상케 하는 아리따움이 감돌고 있다.

—태도만 좀 당당하면 제법 봐줄 만했을 텐데…….

다만 소녀는 겁먹은 모습으로 주위를 조심스럽게 둘러보고 있다.

머리 뒤쪽에서 세 가닥 땋기로 묶어 내려뜨린 머리카락이 흔들흔들 움직일 때마다 커다란 가슴도 같이 움직인다.

소녀가 주위를 둘러보는 동작이 커다란 몸과 어울리는 큰 동작으로 확대된 까닭이겠다.

"통과해도 좋다."

"가, 감사합니다……!"

"으헉……!"

휘둘러지는 곤봉— 혹은 지팡이를 피하고자 보초병은 급하게 몸을 피했다.

모험가 훈련장.

《미궁》이 발견되고 점점 더 많은 사람들이 모여들던 무렵에 설치된 이 시설은 거의 유명무실화된 상태였다.

모험가를 어찌 관리할 수 있겠는가.

《미궁》에 드나드는 부류와 그렇지 않은 부류의 사이에 있는 절망적인 격차.

혹시 누군가 부탁하더라도 《미궁》에는 절대 들어가고 싶지 않았다. 보초병은 혀를 찬다.

단지 살아서 생활을 하기 위해서라면 이곳에 가만히 서있기만 해도 충분한 일당이 들어오잖은가.

어딘가의 용사님이라든가 영웅의 후손이 나타나더라도 《미궁》의 괴물들보다야 만 배는 상대하기 쉽다.

그럼에도 불구하고 훈련장이 있는 이유는 무엇인가.

오로지 모험가를 위해서라고 보초병은 생각했다.

아무것도 모르는 신입이 이렇듯 등록을 한다.

그리고 대체용 칼받이를 찾는 녀석들이 신입을 낚아챈다.

용도는 단 하나뿐이다.

"……좋아, 나도…… 열심히 하자!"

소녀가 있는 힘껏 용기를 쥐어짜 앞을 향하여 걸어 나아간다.

기입되어 있는 소녀의 이름은 벨카난이었다.

다만 보초병은 굳이 기억을 할 생각이 없었다.

아마도 소녀와 두 번 다시는 만나지 못할 테니까.

《스케일》을 떠나는 모험가는 적다.

죽었다면 물론이거니와— 살아 있더라도.

§

"으어와앗……?!"

"arf!!"

라라자는 당장이라도 죽을 것 같은데 가비지는 무척이나 기운 넘쳤다.

미궁에 카랑카랑하게 짖는 소리를 울려 퍼뜨리며 소녀의 **쇳덩이**가 위협적인 소리와 함께 죽음을 마구 흩뿌린다.

질량과 중량과 속도를 두루 갖춘 일격은 목을 날리지 않아도 치명적이었다.

다만 어떠한 숙달된 전사일지라도 단칼에 적 무리를 처단하지는 못한다.

라라자는 자신을 노리고 달려드는 직에게 즉각 단검을 들어 올려서 공격을 흘려 넘겼다.

"BUZZZZZZZZZ……!!"

"뭐, 뭐야, 이 벌레들은……?!"

칼날을 물고 끼득끼득 소리를 내는 갑충의 턱을 보면서 라라자가 얼굴을 실룩거린다.

캣 로브의 가게에서 구입한 무구조차도 이 갑충의 주둥이에 걸리면 깨져버릴 것 같다.

과거의 자신이 들고 다녔던 조잡한 날붙이였다면 이렇듯 벌레의 얼굴을 가까운 곳에서 볼 수도 없었겠지.

보링 비틀.

처음으로 이 이름을 들었을 때는 기묘하고도 우스꽝스러운 느낌 때문에 무심코 웃음이 나왔었다만.

다들 말하기를 미궁의 낮은 계층에서 나타나는 거대한 벌레는 동글동글한 몸으로 굴러다니고 튕겨 오른다고 했다.

가죽 공(볼)이라거나 목구(볼링)경기라거나, 뭐, 별것 아니겠다는 생각을 했었다만—.

"굴착(보링)이군."

"빌어먹을(망할 우드헤드)……!!"

이제는 사람들의 기억에서 유래조차 사라진 욕설을 후방에서 팔짱을 끼고 있는 흑의의 마술사에게 내뱉었다.

욕설은 내뱉어도 불평을 늘어놓지는 않았다. 자신이 얼마나 운 좋은 녀석인지는 진저리가 날 만큼 잘 안다.

어둑어둑한 묘실에 불꽃을 흩날리고 그 잔광을 어둠에 새겨 넣으면서 라라자는 단검을 힘차게 휘두른다.

적의 방어가 단단하더라도 — 이알마스는 약하다고 했는데, 납득할 수 없다 — 상대할 수단은 있다.

라라자는 똑바로 전진해서 단검으로 갑충을 세 번 찔렀다. 그중 한 번이 껍질의 빈틈을 파고들었다.

"BUUZZZZZZZZ?!"

"죽어랏……!"

더러운 체액을 잔뜩 흩뿌리며 벌레가 다리를 버둥거릴 때 부츠로 차서 날리고 칼날을 뽑는다.

점액을 깨끗하게 닦아내자 파란 칼날은 건재했다. 이 빠진 부분이 하나도 없었기에 라라자는 자신도 모르게 숨을 내쉬었다.

다만 곧 소년은 얼굴을 찌푸린다. 이알마스의 시선이 느껴졌다. 딱히 아무런 말도 안 하지만.

—다음은?!

"woof!"

고개를 돌린 방향의 저편에서 비쩍 마른 빨간 머리 여자아이가 정말 신바람 난 모습으로 대검을 휘둘러 대고 있었다.

가비지가 상대하고 있는 괴물은 단적으로 말하자면 왕거미(휴즈 스파이더)다.

온몸에 자라난 섬모, 무기질적인 여덟 개의 눈, 점액이 뚝뚝 떨어지는 송곳니, 날듯이 뛰어올라서 덮쳐드는 동작까지.

무엇을 뜯어봐도 라라자에게는 소름 끼치는 존재였으나 가비지는 아닌가 보다.

"yap! —yap!!"

막대기로 밭의 수박을 쪼개고 다니는 악동처럼 소녀는 쇳덩이로 거미를 때려 부수며 돌아다닌다.

갑각이 없는 만큼 보링 비틀보다는 말랑거릴 것이다. 한 방을 날릴 때마다 체액이 쏟아졌다.

"조심해라. 저 녀석들, 머릿수는 무척 많군."

"arf!"

상황을 아는 게 맞기는 한가. 이알마스의 느긋한 목소리와 가비지의 으르렁 소리가 들린다.

다만 가비지가 상황 파악을 못 하더라도 라라자는 한다. 할 수밖에 없다.

"자꾸 혼자서 튀어 나가지 좀 마라……!"

성큼성큼 치고 나가는 소녀의 등을 죽기살기로 쫓아갔다.

이알마스가 말했던 대로 상당히 숫자가 많은 거미를 밀치고, 날아드는 갑충을 쳐낸다.

—어째서 이 녀석들이 같이 몰려다니지?

거미는 갑충도 잡아먹지 않던가. 이 갑충 역시 거미를 잡아먹을 수 있을 텐데.

이렇듯 어울리지 않는 조합이 잠깐 자신들의 관계와 겹쳐 보였을 때, 푸른 눈동자와 눈이 맞았다.

"arf."

거미의 주검을 뛰어넘어서 달리는 이쪽을 힐끔 쳐다보고 「굼벵이」라고 말하는 것처럼 코웃음을 치는 가비지.

—저 얄미운 자식……!

울컥하는 마음을 주체하기 어려웠으나 지금 이 순간 길을 개척하고 있는 인물은 분명히 저 소녀였다.

욕설은 내뱉어도 불평을 늘어놓지는 않는다. 자신이 얼마나 운 좋은 녀석인지는 진저리가 날 만큼 잘 아니까.

그렇다— 운이 좋았다.

숙소에서 묵을 수 있다. 장비를 마련했다. 미궁에 진입한 뒤 괴물과 싸운다. 재보를 손에 넣어서 귀환한다.

언젠가 다음 계층으로. 목표를 위해 우선은 단련한다. 역량(레벨)을 끌어올리자.

이렇듯 이곳에서 잔반에게 휘둘리며 벌레와 싸우는 이유는 목표를 위한 한 걸음.

다시 말해서.

자신은 지금 모험을 하고 있는 것이다.

§

"arf."

"야, 진짜 툭하면 걷어차지 마라……. 위험하잖냐?!"

쿵, 보물상자를 걷어차고 「빨리 열어라」라며 이쪽을 내려다보는 맑은 호수와 같은 푸르른 눈동자.

저 눈과 시선을 의식하니 자꾸 거북한 마음이 들었으나 어쨌든 라라자는 손을 움직이고 있다.

자물쇠를 탐침으로 이리저리 찌르고, 함정을 찾아내고, 해제한 뒤 보물상자를 개봉한다.

거미와 갑충으로 가득한 시체의 산, 체액인지 점액인지 잔뜩 쏟아진 탓에 끈적끈적하게 젖어버린 묘실 한복판에 쭈그리고 앉아서.

—결국 모험이란 이런 식이다.

벽면에서 팔짱을 끼고 두 명의 길동무, 혹은 동료를 지켜보고 있었던 이알마스는 홀로 중얼거렸다.

결국 모험은 이런 식이다.

지하 1층의 복도를 걷고, 묘실에 뛰어들고, 괴물을 죽이고, 보물을 빼앗는다.

그리고 다시 전진한다.

이것이 바로 모험이며, 아울러 더 나아가서는—.

—제법 모양새가 갖춰졌군.

적어도 이 계층에서는 통한다. 아직은 이 계층에서만 통한다.

어쨌든 앞으로 나아가고 있다. 이알마스는 미소 지어지는 입가를 가만히 놓아두었다.

"선한 모험가만 들어갈 수 있는 《미궁》과 악한 모험가만 들어갈 수 있는 《미궁》이 있었다."

"엉?"

라라자는 언짢아하는 얼굴을 어깨 너머로 이쪽을 향해 돌렸다.

불쑥 날아든 말의 의미를 이해할 수 없다는 분위기였다.

옆에서 가비지가 조그맣게 하품을 한다. 아무래도 소녀는 흥미가 없는가 보다.

이 녀석들이 또 뭐라 떠드나 보다. 보물상자 옆에서 강아지의 행동을 따라 하듯이 웅크리고 앉아서 몸을 둥글렸다.

이알마스는 턱을 움직여서 「손을 움직여라」라고 지시한 뒤 말을 계속했다.

"《미궁》에 같이 들어갈 수 있는 모험가는 여섯 명. 양쪽을 공략하는 데 최소로 몇 명이 필요하겠나?"

"그야—."

명확한 말은 일단 중단되었다.

도적이 중얼거리는 사색의 목소리와 자물쇠 따기 도구를 움직이는 짤랑짤랑 소리만이 묘실에 남는다.

아마도 열두 명은 아닐 것이다. 그래서는 문제로서 성립되지도 않는다.

이윽고 금속음이 철커덕하는 희미한 소리를 마지막으로 사라졌다. 말이 다시 생겨난 것은 그 이후.

"……열한 명 아니겠냐?"

라라자는 뚜껑에 손을 얹은 채 아직은 자신의 말에 확신을 못 갖는 태도로 대꾸했다.

"신관은 선이나 악의 계율을 따르는 녀석뿐이고……. 도적은 중립인 녀석 한 명으로……."

이알마스는 대답했다.

"최소 인원수는 일곱 명이다."

"엥?"

"선한 성향의 신관, 악한 성향의 신관, 나머지는 중립 모험가 다섯."

라라자는 입을 다물었다.

"……진짜 가능한 거냐."

"이러한 방법도 있다는 게 전부다."

이알마스는 나지막이 웃었다. 왜냐하면 혹여나 전멸하면 아예 끝장나는 방식이니까.

곧이어 벽면에서 떨어진 뒤 거침없이 보물상자로 가까이 다가와서 부츠로 발길질했다.

쿵, 소리를 내고 뚜껑이 떨어지자 힐끔 눈을 뜬 가비지가 「yap」 하고 중얼거렸다.

"공략 방법은 다양하게 궁리를 해라. 단 하나만이 정답인 경우는 없으니까."

"……."

라라자는 얼굴을 찌푸린 채 느릿느릿 일어섰다.

"그래."

"상태는 어떤가?"

"……응? 뭐가?"

"도구 말이다."

이알마스는 말했다.

"새로 맞추지 않았나."

라라자는 뭐라 말이 안 나온다는 얼굴로 허리춤에 찬 파우치, 완전히 새것인 가죽 주머니를 손으로 만지작거렸다.

저것에 지금 막 수납된 자물쇠 따기 도구도 역시 완전히 새것임을 이알마스는 알고 있다.

"……뭐, 예전보다는 낫지."

라라자는 중얼거렸다.

"예전보다야."

최근 라라자는 캣 로브의 가게를 자주 다니고 있었다.

가게 주인에게서 받는 지도로 무엇인가 얻어지는 것이 있음을 이해했기 때문일 테지.

기량이 올라간다면 좋은 일이다. 그런 발전이 《미궁》에서 활용될 수 있다면 더더욱이고—.

"yap!"

"그래, 잠시만."

이미 통로를 한 구획만큼 훌쩍 나아간 가비지가 답답하다는 듯이 고개를 돌려 우짖는다.

"지도를 확인해라."

그러자 이알마스는 손을 흔들고 라라자에게 말했다.

"매번 한 생각인데……. 이렇게까지 일일이 시도를 다 확인할 필요가 있냐?"

"모르고 회전 바닥이나 전이 함정을 밟는다면 과연 재미있을까."

이알마스는 무뚝뚝한 대꾸에 화를 내지도 않고 담담하게 말을 이었다.

"지도 확인은 지도와 눈에 보이는 지형을 비교하는 작업이다. 시간 이외에 아무것도 손해를 보지 않는다."

"……그래."

라라자는 꿍얼꿍얼하면서도 순순히 짐을 뒤적이기 시작했다.

지도를 꺼내 들고, 확인하고, 덧쓰고, 접어서 수납한다.

지겨움을 느끼는 이유는 매번 작업에서 귀찮음이 먼저 앞서기 때문일까, 그렇다면—.

—지도 가방도 사주는 게 좋겠군.

그런 생각을 떠올리며 이알마스는 나지막이 웃었다.

"arf?"

어느 틈인가 쫑쫑거리며 옆쪽으로 돌아와있던 가비지가 미심쩍다는 듯이 소리를 낸다.

혹은「빨리 움직여라」라는 재촉의 의사 표시이려나.

무엇이든 간에 이알마스는 느릿하게 고개를 좌우로 흔들기만 하고 말았다.

이런 자신의 처지를 알게 된다면 시스터 아이닛키는 분명 기분이 무척 좋아질 테니.

§

이알마스의 파티에 — 혈맹(클랜)이라는 명칭을 쓸 생각은 없다 — 주어진 목표는 단련이다.

"보물상자를 개봉할 수 있는 인원이 생겼잖나."

이알마스는 계속 말했다.

"그냥 방치할 이유는 없지."

라라자는 그 말을 어떻게 받아들여야 좋을지 알 수 없었다.

칭찬으로 하는 말일까. 아니, 이알마스의 발언은 단순하게 사실을 말했을 뿐이다.

다만 어쨌든 간에 라라자가 없었다면 쭉 방치했을 것이라는 뜻으로 한 말이 맞기는 하고?

그런 의문이 스치고 가면 언제나 무척 근질거리면서 불편한 마음이 든다.

따라서 이럴 때마다 라라자는 소리 높여 외침으로써 그 생각을 떨치고자 했다.

"약속, 설마 잊어버리진 않았겠지?!"

"약속?"

"yap?! yap!"

기뻐 신바람 내며 묘실로 뛰어들려고 하는 잔반의 목덜미를 붙잡은 뒤 이알마스가 고개 돌린다.

라라자는 주의에 주의를 거듭하며 — 배회하는 괴물도 있는 법이니까 — 대답했다.

"시체말이다, 나랑—."

—뭐지?

친구? 동료? 새삼 생각해보니 말로 표현이 안 된다.

예전이나 과거의 누구였다는 말은 덧붙이고 싶지 않았다만.

"—찾기로 했던."

"아."

이알마스는 얼떨떨하게 고개를 끄덕였다.

"잊진 않았다."

"진짜냐?"

"죽은 위치가 이 계층이었지?"

"……그래."

"arf!"

짜증 부리며 손을 풀어낸 가비지가 의기양양하게 묘실의 문에 발차기를 날렸다.

쓰러지는 문을 훌쩍 넘어서 안으로 뛰어드는 소녀의 그림자를 보고 라라자는 한숨을 내뱉는다.

"인마, 기다려라……!!"

대체 왜 이알마스는 이럴 때마다 잔반 녀석을 혼내지 않는 것인가.

어쨌든 묘실에는 괴물이 있다. 다른 모험가가 먼저 쓰러뜨리지 않았다면.

그런 곳으로 혼자서 돌격하는 가비지를 쫓아가는 것이 라라자의 역할이었다.

—다음은 또 뭐지? 지저분한 개인가, 거대한 쥐인가, 인간형의 생물인가?

뭐든 다 덤비라고 거의 자포자기한 채 단검을 뽑은 라라자는 묘실에서 자세를 낮추며 경계한다.

"……."

"……woof."

다만— 아무런 반응도 없다.

라라자의 눈에는 어둡고 싸늘하며 파란 돌을 쌓아 올려서 만든 음울한 지하 감옥만 비칠 뿐이다.

규칙적으로 가지런히 늘어서 있는 돌판은 지도 작성이 편할 것 같기는 했다.

—그나저나, 꽤…… 넓은데.

지하 미궁의 크기는 도무지 종잡을 수가 없다. 실제 규모가 어느 정도인지 볼 때마다 달라지니까.

『걸음 수를 세라』라고 이알마스는 말한다. 『걸음 수와 《듀마픽(소재)》만을 믿어라』라고.

—조금 있다가 이 공간도 걸어서 다녀봐야겠군.

다만 지금은 일단 잔반이 먼저다.

가비지는 묘실 중앙에서 오도카니 김빠졌다는 듯이 쇳덩이를 어깨에 다시 올려놓고 있다.

가만 놔두면 다음 묘실로 또 훌쩍 몸을 날려서 뛰어들 것 같았다.

라라자는 종종걸음으로 소녀에게 다가간 뒤 항의의 목소리를 무시한 채 목덜미를 잡아챘다.

"……뭔가 냄새가 나는데."

그리고 중얼거린다. 가비지가 빤히 올려다보고 있기는 한데 말뜻을 이해해서 한 행동은 아니리라.

라라자가 신경을 쓰는 대상도 핏덩이에 푹 젖은 소녀의 냄새가 아닌— 묘실에 감돌고 있는 무언가.

이미 **경험한 바 있는 냄새**였다.

패거리가 모두 잠들어 고요해진 뒤 모닥불의 잔해에서 주워 들었던 까맣게 탄 베이컨 조각.

보물상자 안쪽에 설치된 폭탄이 터져 개봉을 담당했던 녀석이 싹 날아가버린 이후의 연기.

바로 얼마 전 드래곤플라이의 뜨겁게 열기를 띤 숨결에 스친 머리카락에서 감돌았던 냄새.

—살점이 탄 냄새다.

"네가 찾는 게 레아 여성 모험가였던가."

불현듯 이알마스가 나직하게 중얼거렸다.

고개 돌리자 흑의의 남자가 묘실 한쪽 구석의 어두운 곳에 쪼그려 앉은 채— 아니.

"그러면 이 녀석은 아니겠군."

어둡게 보였던 것은 새까맣게 탄 숯덩이— 인간 형태의 숯덩이였다.

"으, 어……."

라라자가 무의식중에 신음한 것도 지당한 반응이겠다.

금이 간 숯의 빈틈으로 하얗게, 빨갛게, 끈적끈적하게 녹아서 눌어붙은 살점의 색깔이 내비치고 있다.

사원에서 시스터 아이닛키를 도우며 사체의 장비를 벗긴 경험도 늘었지만, 이래서야…….

"끄, 끔찍하군……. 도대체, 뭐지……?"

예사로운 최후가 아니라는 생각을 했다. 일단 틀림없이 검이나 무기, 송곳니와 발톱은 아닐 것이다.

마법— 분명히 마법이다. 라라자는 결론 내렸다. 단순히 다른 생각을 떠올릴 수 없었을 뿐이었다만.

라라자보다 두 배에 가까운 큰 키의 거한을 이런 몰골로 죽일 수 있으려면 당연히 마법이 아니겠는가—.

"커다랗군. 뭐, 살집의 모양새를 보면 여자일 테지."

"……엉?"

그 말에 라라자는 눈을 끔뻑끔뻑 감았다 떴다.

솔직히 별로 똑바로 보고 싶지도 않았으나 머뭇거리며 이알마스의 옆쪽에 가서 시체를 들여다본다.

의복, 갑옷, 장비 따위의 물품은 불타 녹아내려서 이미 형체도 남지 않았다.

용모도 두 번은 못 볼 만큼 처참하게 문드러져서 완전히 숯덩이가 되어버렸지만—.

—여자가, 맞나?

완만하게 호를 그리는 풍만한 능선은 듣고 보니 여성의 윤곽을 떠올릴 수도 있을 것 같았다.

물론 이러한 몰골이어서야 이 이상의 감흥은 도저히 생기지 않겠다.

만약에 살아있었다면—.

"arf?"

"……아무것도 아니다."

무의식중에 가비지를 힐끔 훔쳐봤다가 태평하게 서있는 소녀의 푸른 눈동자와 눈이 마주쳤다.

—저 녀석하곤 아주 달랐을 테지.

"어쨌든 간에 레아는 아니다. 꽝이군."

이알마스는 그렇게 결론을 내려버렸다.

곧이어 흥미를 잃었는지 별 반응도 없이 다음 진로를 찾아 나아가고자 묘실의 사방을 둘러봤다.

가비지와 비슷한 동작이었다. 라라자는 스스로도 놀랄 만큼 나지막한 목소리를 입 밖에 꺼냈다.

"……회수는 안 하는 거냐?"

"오늘은 단련이 목적이었으니까."

이알마스는 무덤덤하게 말한다.

"시체 자루도 두 개밖에 없군."

세 개가 필요한 때는 자루를 끌고 갈 인물도 없어진 때다.

라라자는 아무 대꾸도 않고 발밑에 나자빠져 있는 무참한 주검을 내려다봤다.

—어떤 녀석이었을까?

선인가, 악인가, 중립인가. 계율이야 자칭에 불과할 뿐 사람됨을 증명해주지 못한다.

어째서 《스케일》에 왔고, 어째서 《미궁》에 들어왔을까?

꿈, 혹은 목적. 어디에서 태어나 자랐을까. 무엇을 좋아하고 무엇을 싫어할까.

지나간 삶과 어떠한 일체의 관계도 없이 이곳에서 죽어 나동그라졌다. 혼은 재가 되었고 곧 사라지리라.

아무도 이 불쌍하고 비참한 시체— 모험가였던 시체의 추모에 굳이 시간을 할애하지 않을 것이다.

과거의 자신처럼. 쇠뇌 함정에 죽었던 어느 레아 소녀처럼.

"……."

"뭐 하나?"

이알마스의 물음에 라라자는 대답했다.

"……이 아이일지도 몰라."

"흐음?"

"이렇게 타버렸는데 누군진 모르잖아."

허술한 변명이라는 생각은 들었다.

그러나 일단 입을 움직이면 말은 의외로 간단히 흘러나오는 법이다.

라라자는 차라리 뻔뻔하게 우기기로 마음을 바꿨다. 설득을 포기하니 오히려 기운이 나서 힘차게 말이 쏟아졌다.

"그러니까 일단 살려야 알 수 있지 않겠냐."

이알마스는 나직하게 웃었다.

"빚이 불어나겠군."

"갚으면 된다, 갚으면……!"

시체 자루를 달라고 손을 내밀자 이알마스는 묵묵히 자루를 던져주었다.

탄화되었는데도 여전히 묵직하게 무게가 있는 시신을 라라자는 다리부터 붙잡아 끌어올린다.

본래 피부였던 것이 흐물흐물하게 손에 달라붙었으나 알 바 아니다.

이 시신이 만약에 젊은 여자였다면 꽤 부끄러워할 만한 자세였으나 알 바 아니다.

—밖으로 꺼내줄 테니 불평하지 마라……!

아무리 라라자가 이알마스를 따라다니며 온갖 잡일에 시달렸고 시체 운반에도 익숙해졌다지만 한계가 있다.

이렇게나 탄화된 시체는 정말 처음이었다. 당연히 고군분투, 악전고투하는 신세를 면치 못한다.

"yap!"

땀 흘리며 힘쓰느라 고생하는 라라자를 어느 틈인가 쫑쫑거리며 가까이 다가와서 가비지가 구경하고 있었다.

푸른 눈동자에는 매우 유쾌한 빛이 서려 있었고, 우짖는 목소리는 「뭐 하냐」라고 비웃는 것 같다.

물론 라라자도 가비지에게 도움은 기대하지 않았다.

“그나저나, 약간의 확률 때문에 금화 오백 닢을 쓸 마음은 있나?”

“어차피 빚이잖아.”

라라자는 입술을 삐죽거렸다.

“이제 와서 더 늘어나봤자 똑같지.”

“좋다.”

이알마스가 외투 안쪽에서 꺼내든 물건은 작은 병이었다.

안쪽에는 옅은 초록빛의 액체가 가득 담겨 있었는데 색의 근원은 바닥에 든 조그마한 돌인 듯싶다.

《디오스(약석)》를 쓴 물약임을 라라자는 얼마 전 배워서 알고 있었다.

“대강이나마 미리 처치를 하면 혼이 『치유받아서 살았다』라고 착각을 할 가능성이 있다더군.”

“진짜 약간의 확률이구나…….”

이런 몰골이어서야 정말로 새발의 피다.

라라자는 쓴웃음을 지으며 조그만 병의 뚜껑을 빼낸 뒤 적당히 시체에 뿌려줬다.

그리고 번들번들하게 젖은 시체를 겨우겨우 가까스로 시체 자루 안쪽에 집어넣었다.

그동안 가비지는 라라자의 주위를 어슬렁거리고 있었다.

또 걷어차이면 라라자도 버럭 화를 낼 심산이었는데 방해하면 안 되는 때를 분간할 수는 있는가 보다.

"……기대는 딱히 안 했는데 열이 좀 받네."

"arf."

뭐라 말해도 「이제야 끝났나」라거나 「어휴, 대책 없는 녀석이야」라는 표정이었다.

말 안 듣는 부하를 쳐다보는 듯한 태도는 조금도 납득할 수 없다.

"운구도 직접 맡아서 해라."

"당연한 소릴……. 알아서 한다."

이알마스의 지시를 듣고 라라자는 입술을 삐죽거렸다.

자신이 말을 꺼내서 만든 일거리다. 마무리도 자신이 끝까지 할 생각이었다.

라라자가 시체 자루의 주둥이를 묶는 끈을 꽉 조인 뒤 짊어지고자 끌어 올린다.

"부서뜨려도 괜찮은데, 부위가 떨어져 나가지 않게 조심해라. 석화된 녀석도 마찬가지이다만."

"……떨어지면 소생시켰을 때 어떻게 되는데?"

"어떻게 될 것 같나?"

웃음이 안 나오는 농담이었다. 아니, 이알마스 녀석이 꺼낸 말이니 진담인가?

라라자는 분간을 할 수 없었다.

"뭐, 오늘은 이만 철수해야겠군. 사원으로 저 여자아이를 운반해야 하니까."

"그러고 보니 말이다."

"뭐지?"

라라자는 문득 주위를 둘러보면서 줄곧 마음에 걸렸던 의문점을 입에 담았다.

발밑에 굴러다니고 있는 것은 무엇인가가 타고 남은 찌꺼기와 아울러 나무 막대기의 조각. 그렇다면—.

"이 아이의 파티는 어떻게 된 거야?"

순간, 소름 돋는 포효가 광대한 묘실 안쪽으로부터 울려 퍼졌다.

답이 저곳에 **있었다**.

§

앞서 마주했던 경험이 있기 때문에 더는 기죽지 않을 것이라고 생각했었다.

그래봤자 겉멋이라고 할까, 허세라고 할까, 오기와 비슷한 태도임은 자각하고 있었지만.

그러나, 그럼에도 한 번은 경험했잖은가. 다음 대면은 저번처럼 막막하지 않을 것이라고 생각했다.

"whine……."

그런데 도대체— 뭐지?

가비지가…… 가비지조차 목소리가 갈라져서 새어 나온다. 라라자는 아예 목소리가 안 나왔다.

이것은 무엇인가.

의문에 대한 답변은 단 하나.

"SSSKREEEEEEEEEEEONK!!!!"

이것은, 용이다.

포효만 들렸는데도 혼이 뒤흔들리는 듯한 충격.

《미궁》이 갑자기 일렁거리며 확대된 것 같은 착각에 휩싸인 채 라라자는 숨을 죽였다.

눈앞에 우뚝 서 있는 것은 산처럼 큰 거체, 유황처럼 독한 악취, 번쩍번쩍 하얗게 불타오르는 눈동자를 가진 괴물이다.

아니, 불타오르는 부위는 눈동자 하나가 아니었다. 끈적끈적하게 젖어 빛나는 저 몸체.

라라자는 용암을 직접 본 경험은 없으나 지금 목격한 광경이 용암임을 실감했다.

붉다.

백열된 불꽃과 같이 빛나는 비늘을 두른 저것은 붉은 용이었으며 또한 죽음의 화신이기도 했다.

"그랬군, 화룡(파이어 드래곤)이었나……."

문득 공포에 속박되었던 몸이 풀려난다. 이알마스의 나지막한 혼잣말이 들려왔다.

언제 다가들었는지 녀석이 라라자와 가비지의 곁에 있었다.

허리에 찬 흑색 지팡이에— 저 가느다란 기병도의 자루에 손이 올라가 있다. 즉, 비상사태다.

"잡."

라라자는 경련하는 목으로 겨우 말소리를 꺼냈다.

"……을 수, 있지?"

"어째서 그렇게 생각하나?"

"왜냐니—."

왜냐하면 저번에도 잡지 않았냐.

그것은 기원이나 희망이나 소원같은 막연한 기대감에 가까운 속삭임이었다.

지난날《미궁》안에서 갑작스레 조우했었던 드래곤을 이 남자는 손쉽게 쓰러뜨렸다.

아마도, 라라자에게는 손쉽게 쓰러뜨린 장면처럼 보였다.

"어림없다. 격이 다르군."

그랬기에 이알마스가 담담하게 부정의 말을 꺼냈다는 것을 라라지는 믿을 수 없었다.

흑의의 남자는 무엇이 재미있는지 유쾌하게 웃으며 포기하라고 말하는 것처럼 고개를 옆으로 흔들었다.

—이 녀석은 본래 최하층에 있어야 하는 괴물이라면서.

"GRROOOOOOWL!!!!!!"

그런 괴물이 라라자를 눈동자에 담고 있었다. 딱히 쳐다보는 것은 아니다.

라라자 따위 인식할 가치도 없는 귀찮은 날벌레, 미물 같은 대상이니까.

따라서 무엇을 해야 하는가. 저 발톱, 발톱 하나만 봐도 라라자의 신장만 한 부피를 지닌 거목과 같은 팔이 번쩍 올라가고.

"아, 와아앗!!!!"

한심한 비명이라고 생각했다. 쿠웅, 미궁을 뒤흔드는 충격에 몸이 떠올라서 휙 날아간다.

죽지는 않았다. 적어도 지금은, 아직.

—피했나?!

기적 같다는 생각이 들었다. 혹은 공격이 아니었기 때문이었을까.

단지 화룡이 앞으로 발을 내디뎠다. 몸동작 한 번이었을 뿐, 전투는 시작조차 하지 않았다—.

"yelp?!"

비명 지르며 나자빠졌던 가비지가 공처럼 튕겨서 몸을 일으킨다.

소녀는 쥚어지고 있었던 쇳덩이를 벌써 또 손에 쥐고 낮은 자세로 들개처럼 송곳니를 드러내고 있다.

"woof……!!"

투쟁심은 왕성. 사기는 아예 꺾이지 않았다.

—굉장한 녀석이다.

라라자는 얼굴을 찌푸린 채 조금 늦게나마 자신도 단검을 다시 붙잡았다.

새삼 무기를 들어봤자— 어떻게 대처해야 할지는 전혀 판단을 할 수 없었다.

시체 자루가 떨어져 발밑에서 낸 소리만큼은 들었다. 내용물이 부서지지 않았어야 할 텐데.

"이봐, 어떻게 할 거냐……?!"

거의 비명과 같은 외침이었다. 라라자의 눈은 끊임없이 좌우로 움직였다.

으르렁거리는 가비지, 제발 뛰쳐나가지 마라. 움직이지 않는 이알마스, 뭐라고 말 좀 해봐라.

"더 있지는 않았었지?"

"뭐엇?!"

"괴물 말이다."

이알마스는 말했다.

"묘실에 들어간 직후, 다른 괴물과 마주치지는 않았었지?"

"그래, 없었어……!"

그런데 그게 무슨 의미가 있나. 라라자의 의문에는 답하지 않고 이알마스는 혼자 중얼거렸다.

배회하는 괴물
"그러면 원더링 몬스터인가……."

한 발 한 발, 바닥을 스치듯 움직이는 은밀한 걸음은 아마 화룡과 간격을 가늠하고 있는 것 같았다.

"운이 좋구나."

"뭐가……?!"

"어떻게든 될 테니 말이다."

「정말로?」 라라자가 눈만 움직여 묻자, 이알마스는 「아마도」라며 시치미를 뗐다.

"시체 자루를 미리 챙겨라. 위로 데려가고 싶다면."

"그, 그래……!"

라라자는 화룡에게서 눈을 떼지 않으며— 딱딱한 동작으로 몸을 구부렸다.

끈을 손에 둘러 감아서 마대를 운반하는 듯한 움직임으로 시체 자루를 짊어진다.

자루의 거친 표면에 닿아 문질러지는 숯에서 싸각거리는 소리와 감촉이 느껴졌다.

이 여자는 어쩌다가 이러한 꼴이 되었을까. 다른 동료는 어떻게 되어버렸을까. 자신도 이렇게 될까.

—제기랄!

라라자는 자꾸 힘이 빠져서 주저앉으려 하는 스스로를 욕하며 떨리는 이를 악물었다.

"spiiiiit……."

가비지가 나지막하게 으르렁 소리를 낼뿐, 언제 몸을 날려야 할지 판단하지 못한 채 쇳덩이를 고쳐 잡는다.

드래곤은 움직이지 않았다. 아직 움직이지 않는다. 아직—. 아직 자신은 죽지 않았다. 살아있다.

"어떡할 건데……?"

이알마스는 말했다.

"도망친다."

"yap?!"

순간, 막 몸을 날리고자 했던 가비지의 조그만 몸이 쑥 들려 올라갔다.

이알마스가 어깨에 짊어져서였다.

라라자는 「엥?!」 하고 소리를 높이기보다 먼저 자신의 몸이 달려나갔음을 알고 놀랐다.

"어, 어째서……?!"

"이길 수 없으니 당연히 도망치는 방법뿐이잖나."

"SSSKREEEEEEEEEEEONK!!!!"

반론하고자 열었던 입을 등 뒤쪽에서 울려 퍼지는 포효가 닫아 버렸다.

소리와 함께 불어닥치는 열풍이 — 올바른 의미로 진짜 숨결이다 — 등을 태우고 있다.

라라자는 어깨에 짊어진 시체를 떨어뜨리지 않고자 힘을 꽉 주며 열심히 다리를 앞으로 내뻗었다.

——그러고 보니.

그저 전력을 다해 달음박질치면서 라라자는 문득 사소한 문제를 하나 깨달았다.

어째서 자신이 살아있는가. 죽지 않았는가. 드래곤 앞에서 느긋하게 덜덜거릴 수 있었던가.

—이알마스다.

붉은 용은 라라자도 가비지도 쳐다보지 않았다. 오로지 이알마스만을 보고 있었던 것이다.

이알마스가 움직이지 않았기 때문에 드래곤 또한 움직이지 않았다.

마치 적의 움직임을, 적의 첫 행동을 읽어 대응하고자 한 것처럼— 방심하지 않았다, 움직이지 않았다.

—아직 부족하다. 모든 측면에서, 아직도, 한참……!

숨을 헐떡이며 달리는 한편 라라자는 눈앞에 있는 검은색 등을 노려봤다.

어깨에 매달린 채 가만히 있는 빨간 머리 여자아이의 맑은 푸르른 눈동자가 이쪽을 봤다.

무슨 소리를 하고 싶은지는 안 들어도 알 수 있었다.

"whine……!"

—분하기는 나도 마찬가지라고.

물론 이러한 속마음을 라라자는 굳이 입 밖에 꺼내지 않았다만.

§

《미궁》의 낮은 계층에 화룡이 나타났다는 소문은 곧 《스케일》 전체에 퍼져 나갔다.

하기야 날씨 이야기를 나누듯이 모험가와 관련된 화제가 빠르게 확산되는 도시다.

게다가 무엇보다도—.

"경기가 나빠졌어……."

이 같은 이유가 있어서다.

“모험가 녀석들, 잔뜩 쫄아서 안 움직인다.”

“신기한 광경을 봐서 재미있다면 재미있긴 한데 말이지.”

“유쾌할 리 있나. 금화 부족에 물자 부족이다. 어쩔 셈이야?”

“그렇다고 우리가 직접 잡으러 갈 수는 없지 않겠냐…….”

“소름 끼치는 이야기군. 헛생각하지 마라.”

여하튼 이곳 《스케일》이라는 도시는 《미궁》 이외에 딱히 대단한 무엇인가가 있는 지역은 아니었다.

무겁고 탁한 납색의 하늘 아래에서 으슬으슬하게 바람만 휭휭 불어오는 황야의 도시다.

불야성으로서 번영을 누린 원천은 오직 《미궁》에서 쏟아지는 무진장의 재물이 있었던 덕분이며.

아울러 갖은 재물을 짊어지고 지하에서 올라오는 것은 심상치 않은 힘을 보유한 모험가들이니.

이곳 《미궁》에서는 전설의 영웅이 남긴 후예도, 마을 출신의 젊은이도 똑같이 가장 밑바닥의 약자에 지나지 않는다.

다만 사람의 상식을 뛰어넘는 괴물과의 전투를 버티고 살아남은 모험가는 신대(神代)의 영웅과 같은 힘을 획득한다.

그럼에도— 붉은 죽음의 용을 앞에 둔다면 별다를 바 없다는 것이 현실.

당연히 《미궁》의 낮은 계층에서 괴물을 죽이고 돈을 벌어들이는 부류는 꽁무니를 뺀다.

화룡을 피해 전진해서 깊은 계층으로 갈 수 있는 인물들도 위아래로 오가는 여정을 매우 조심스럽게 검토할 수밖에 없다.

딱히 죽음을 두려워해서는 아니었다.

죽으면 소생하는 데 돈을 써야 하잖은가.

기껏 번 돈을 탐욕스러운 캔트(위선자) 녀석들이 희희낙락하며 받아 챙기는 모습에 호감을 가질 사람은 썩 많지 않겠다.

다만 《미궁》 안에서는 시간 감각부터 애매모호해진다.

아직껏 복귀하지 않은 채 화룡의 존재조차 알지 못하고 탐색을 계속하고 있는 인원이 제법 있다고 해도 어쩔 수 없다.

“그럼 어찌할 텐가.”

“의뢰를, 맡겨볼까…….”

어쨌거나 《스케일》의 상공 조합, 올바르게는 길드라는 명칭으로 불러야 할 집단은 행동에 나섰다.

즉, 옛날부터 전해지는 유서 깊은 방법에 따라서 돈을 한가득 주고 실력이 좋은 모험가에게 의뢰하는 것이다.

답은 한마디.

“안 되지. 배회하는 괴물은 보물상자를 안 들고 다니잖나.”

《두르가의 주점(터번)》에서 고기를 입안 가득 먹던 세즈말은 쾌활하게 웃었다.

“뭐, 맞는 말이군.”

당연하다는 듯이 고개를 끄덕인 자는 반쯤 강제로 합석 당한 이 알마스다.

물론 이알마스가 화룡 토벌의 이야기를 먼저 꺼내지는 않았다.

보리죽을 먹고 있었는데 이러저러하는 동안에 올스타즈에게 포위를 당한 것이다.

오늘은 모두 장비를 해제하고 평상복 차림이었는데, 그 탓에 무력이 떨어지는 직업은 기껏해야 전사뿐이겠다.

이래서는 도망칠 방법이 없다—. 올스타즈가 **네 명**이나 있어서야.

"자금난인가."

"난까지는 아닌데 좀 부족하긴 하지."

"더 정확하게 말하면 이 이상 부족해지는 상황을 피하고 싶다는 게 맞아."

세즈말의 한숨 섞인 말에 설명을 보태고 레아 도적 모라딘이 소리 죽여 웃었다.

"상인 녀석들이야 토벌한 대로 돈을 줄 뿐, 누가 죽어서 고생했다고 금액을 늘려주진 않잖아."

"흐음."

이알마스는 심드렁하게 답을 하면서 보리죽을 먹었다.

"호크윈드인가?"

"설마."

터크 선사가 곧장 대꾸했다.

"그 녀석을 목을 쳐도 안 죽는다."

"다 알면서 물어보는 거지?"

사라가 이알마스를 째려봤다.

옳은 판단이었다.

올스타즈, 이곳 스케일에서도 상위에 속한 모험가들은 모험가의 관례를 따라 6인 1조다.

빈 자리는 두 사람. 야행복 차림의 밀정과 미모를 외투로 숨긴 마술사.

상황에 따라 다를 터이나, 뭐, 어느 쪽의 사망 확률이 높은가 묻는다면—.

"우린, 알잖아."

사라가 말했다.

"후위는 나, 터크 스님이나 모라딘, 프로스페로거든?"

"후방 기습에 당해버렸던 건가."

"그럼 뭐, 프로스페로부터 죽을 수밖에."

겸연쩍어하는 세즈말에게 고개를 끄덕거려준 뒤 이알마스는 숟가락을 보리죽 그릇에 던졌다.

배가 차오르고 빨리 먹을 수 있다면 뭐든 좋다. 먹어봤자 능력이 달라지는 것도 아니잖은가.

그럼에도 이알마스가 곧장 자리를 뜨지 않은 이유는 이 파티가 마음에 들기 때문이었다.

잠시간 대화 나누기 위해 시간을 할애하는 정도는 상관없다. 숙소에서 묵는 것 이외에 할 일이 없기도 하고.

"그래, 죽이러 가진 않는가 보군."

"돈 버는 방법은 용 퇴치가 아니어도 많잖나."

"마굿간에서 자도 만족하는 너랑은 달라, 이알마스. 돈 쓸 데가 잔뜩이란 말이야."

최근에는 간이침대를 쓴다고 엘프 아가씨에게 굳이 말을 꺼내서 정정하지는 않았다.

단지 똑같은 엘프여도 아이넛키와는 상당히 다르다는 생각을 했을 뿐이다.

—아니, 돈에 깐깐한 태도는 비슷한가?

쓸데없는 생각이다. 입 밖에 꺼내면 두 명의 엘프는 분명히 각각 기다란 귀를 뾰족거릴 것이다.

"어차피 우린 낮은 계층에는 볼일이 딱히 없거든."

어느 틈엔가 — 아마도 다른 여급이 든 쟁반에서 — 보리주를 슬쩍 가져온 모라딘이 말했다.

이어서 작은 체구와 비교하니 더 큼직하게 보이는 술잔을 맛있게 기울인 뒤에 입가에 묻은 거품을 훑아 닦았다.

"너희 쪽은 어떠냐, 이알마스. 꼬맹이 둘을 데리고 다니려면 많이 힘들지 않나?"

"딱히 어려울 건 없더군."

이알마스는 팔짱을 끼며 생각에 잠겼다가 말의 내용처럼 덤덤한 말투로 대답했다.

"묘실의 수호자가 아니라면 어떻게든 빼낼 수 있지."

"흐응, 제대로 신경 써서 돌봐주는구나?"

의외라는 듯이 사라가 중얼거리자 터크 선사가 꾸짖는다. 하지만 사라는 아가씨다운 반론을 덧붙었다.

"이알마스한테 맡겨두기에는 가비지가 너무 아깝잖아!"

"아깝다?"

"귀여운 여자아이인걸?"

"딱히 문제가 된다 생각한 적은 없다만……. 젊다는 게 나쁘지는 않군."

왜냐하면 성장을 기대할 수 있고 학습도 빠르니까.

가만히 중얼거리자 사라는 호들갑스럽게 얼굴을 찌푸리더니 뒷걸음질했다.

"아이네 만나서 진짜 잘 말해놔야겠어. 이알마스한테 눈 떼지 말라고……."

"굳이 안 보채도 감시당하고 있을 거다, 이알마스 나리는."

껄껄거리며 모라딘이 또 웃는다. 터크 선사의 잔소리는 소용없었다.

레아와 엘프의 상대는 드워프에게 맡긴 채 세즈말는 고기와 술을 마음껏 즐기면서 말했다.

"그래, 어린애 둘은 어디에 뒀나? 설마 사원에 던져 넣고 오지는 않았을 테지?"

"음."

이알마스는 느긋한 말투로 대답했다.

"오늘은 사원에 있다."

물론 죽지도 재가 되지도 않았다만.

§

"정말 못살아! 한탄스럽네요!"

속삭임, 기원, 영창, 그리고 염원하는 말이 정적을 가득 채우는 예배당에 아이닛키의 한탄이 울려 퍼졌다.

버들잎 같은 눈썹을 쭉 곤두세웠는데도 전혀 손상되지 않는 미모는 머릿수건과 은발의 틈으로 흘러나온 기다란 귀에서 유래했을까.

라라자는 단지 고분고분히 장의자에 앉아서 시스터의 말에 귀를 기울일 따름이다.

누가 뭐라든 얼마 전 무기 가게에서 자객을 양단했을 때 가까이에서 목격했던 사람이 바로 라라라였잖은가.

—그게 단순히 운 좋아서 목을 날렸던 게 아니라면.

아마도 진짜 실력임이 틀림없었을 테니 구태여 이 여자를 자극하는 것은 어리석은 인간이나 할 짓이다.

"yap."

실제로 가비지는 일찌감치 피난한 뒤 구석 쪽에서 자기 외투를 감싸 두른 채 주저앉아 있다.

저토록 겁먹는 이유를 라라자는 알지 못했다만.

의외로 시스터 아이닛키에게 혼이 난 경험이 있었던 걸까—.

—이알마스 녀석.

새삼 생각하니, 아니지, 오늘 사원을 방문한 것은 딱히 아무래도 좋다.

주점에 모였다가 갈라졌다. 그것도 상관없다. 스스로 하겠다고 결정을 내린 일이니까.

다만『따라가줘라』라는 발언은 좀 아니지 싶다.

심지어 말을 듣고서 가비지가 쫑쫑거리며 걸음을 옮겨 앞장서는 꼴을 보았을 때는.

앞에서 걸어가다가 이쪽을 돌아보는 빨간 머리 여자아이는 산책을 나간 개와는 전혀 달랐다.

호수와 같은 맑은 저 푸르른 눈동자에는 명백하게『빨리 따라와라』라며 재촉하는 의지가 담겨 있었으니까.

―『같이 데려가라』라고 말했어야지, 나한테, 저 녀석을……!

"듣고 계시나요, 라라자 님!"

"어, 아, 어, 어어……. 네."

아차차, 였다.

바짝 다가든 엘프의 아름다운 얼굴, 은은한 냄새에 라라자는 허둥지둥하며 답했다.

물론 듣고 있었다. 예전이었다면 또 모를까, 지금은― 신기하게도 인식 가능한 범위가 늘어났다.

"모험가가, 미궁에 안 들어가려 하니 바람직하지 않다고……."

"실력이 모자란 분은 어쩔 수 없지요. 네, 억지 부리지는 않아요."

그렇다 해도 대답을 요구했던 것은 딱히 아니었으리라.

우아한 동작으로 몸을 빼내고 아이네는 계속 고개를 옆으로 휙

휙 흔들었다.

"하지만 도전할 수 있는 역량을 가진 분들까지 도전을 안 하면 문제가 있죠!"

"그런데 상대가 드래곤이잖아."

라라자는 팔짱을 끼고 장의자의 등받이에 기대서 천장을 올려다봤다.

머리에 떠오르는 것은 무시무시한 붉은 용.

그것은 죽음의 화신이다. 싸우면 죽는다 — 재가 된다 — 사라진다.

용에게 자신 같은 보잘것없는 모험가는 적으로 판정되지도 않았음이 분명했다.

—이알마스 이외에는.

얼굴을 찌푸린 채 라라자는 넌더리가 난다는 듯이 고개를 옆으로 흔들었다.

"아무리 돈을 줘도 수지가 안 맞지."

"용 퇴치는 모험가의 가장 화려한 영예잖아요. 이런 무훈을 앞에 두고서 두려움에 움츠리다니……."

한탄스럽다, 한탄스럽다, 아이네는 끊임없이 되풀이하며 고개를 옆으로 흔든다.

아무튼 지금 이렇게 라라자와 가비지에게 불평을 늘어놓는 것이 오늘의 목적은 아니었다.

사원의 예배당에는 사람이 별로 없다.

드문 경우이기는 했다.

적어도 라라자가 이 사원에 일을 거들러 온 이후로 처음 보는 광경이다.

모험가가 《미궁》에 도전하지 않으니 당연히 죽는 모험가도 줄어들고 사원에 오는 방문자도 줄어든다.

커다란 석조 건물. 사뿐사뿐 걷는 성직자. 안쪽에 우뚝 서 있는 거대한 신상.

한산한 예배당은 어째서인지 평소보다도 엄격하게 보이는 것이 신기하다.

라라자는 고개를 들어 올려다봐야 할 만큼 커다랗고 멀리 떨어져 있는 카도르토 신의 얼굴을 멍하니 바라봤다.

언제였더라, 예전에 시스터 아이넷키가 가르쳐줬다. 저것은 속이 텅 비어있다고.

머지않아 안쪽 방에서 신관이 한 사람 사뿐사뿐 걸어 이쪽에 다가왔다.

그리고 아이네의 기다란 귀에 입을 가져가서 속삭이자 아이네는 고개를 끄덕거리더니 두 사람을 보고 돌아섰다.

"준비가 다 끝났다 하니 가시죠."

"넵."

"arf!"

라라자가 장의자에서 뛰어내리다시피 몸을 일으키자 낌새를 눈치챈 가비지도 따라 일어선다.

쫑쫑거리며 다가오는 잔반을 눈으로 좇으며 라라자는 문득 떠오른 생각을 입 밖에 꺼냈다.

"……시스터, 댁이 용 퇴치를 하러 가는 방법도 있지 않나?"

아이네는 아무 말 않고 침묵을 지키며 라라자에게 미소를 지어 보였다.

라라자에게는 저 반응이 묘하게도 무엇보다도 굳센 의지가 담긴 대답 같다는 생각을 불러일으켰다.

§

"와아아아아앗……?!"

벨카난은 몹시 한심하게 소리를 높이며 자신의 두꺼운 팔다리를 움직였다.

굉장히 방정맞은 동작이었으나 거대 개구리(자이언트 토드)의 입속에 들어간 상황인지라 마냥 타박할 수는 없다.

가까스로 몸에 뒤얽힌 혀를 잡아떼고 기어 나오자 온몸이 점액에 흠뻑 젖어서 지저분해졌다.

축축하고도 처참한 몰골을 보고 벨카난은 울음이 나올 것 같았다.

여행 중 몸이 지저분해지는 경험은 있었기에 미리 각오는 했었으나 할머니가 손수 바느질해준 의복이었는데.

"메이지, 주문!"

"으, 응……!"

그럼에도 호명되었을 때는 얼굴을 들어 올리고 아등바등 몸을 일으켰다.

이름도 모르는 동료였으나 엄연히 동료잖은가. 그런 동료가 말을 건네주었다는 것이 기뻤다.

"《헤아 라이 타잔메(불꽃이여, 오너라)》!!"

떨리는 목소리로 힘껏 외치며 마력을 조작하여 손가락 끝에 피어오른 《할리토(작은 불꽃)》를 던진다.

벨카난이 몇 년이나 수행을 쌓아 할머니에게서 겨우 전수받은 위대한 주문.

그 주문은 미궁의 어둠속에서 빛의 궤적을 그리며 묘실을 꿰뚫고 나아가 개구리의 표피에 부딪혀 펑 터졌다.

개구리에게 탄 자국 하나조차 남기지 못하고.

"어, 앗, 어라……?"

"뭐 하는 거냐, 굼벵이……!"

전위에 선 전사가 욕설을 뱉으며 개구리에게 두껍고 잘 연마된 강철제 검을 휘두른다.

고무처럼 탄성을 가진 개구리의 외피는 상상 이상으로 탄탄한 방어력을 지녔다.

칼날이 몸에 파묻히는데도 자이언트 토드는 태연하게 커다란 입을 벌린다.

"히야앗?!"

벨카난은 급하게 몸을 힘껏 움츠려서 머리 위쪽으로 지나간 혓바닥을 피했다.

엉덩이가 돌바닥에 부딪쳐서 아팠으나 또 아까처럼 삼켜지는 신세보다는 낫다.

아니면— 또 주점에서 가만히 기다리기만 하는 신세보다야.

—《카티노(수면)》도 못 익혔단 말이냐?

기대감으로 가슴을 부풀린 채 《두르가의 주점》 탁자에 앉아 있었던 벨카난은 자신도 모르게 눈을 깜빡거렸었다.

어느 모험가가 말을 걸어주었고, 마술사냐는 질문에 자신의 커다란 몸을 열심히 위아래로 흔들며 고개를 끄덕거리다가.

『나, 나는…… 불꽃의 진언(트루 워드)을 전수받았어요!』

그렇게 돌아온 답이, 상당히 무자비했던 것이다.

오의로서 전수받은 주문이 《미궁》에서는 제1위계의 《**작은** 불꽃》임을 안 것도 그때였다.

《스케일》과 바깥 세계는 실력을 가늠하는 잣대에 너무나 큰 격차가 있다.

《미궁》은 신화, 전설의 세계라는 것을— 다른 사람에게 들어서 알고 있기는 했었지만.

벨카난은 마치 어린아이의 의자에 앉은 어른처럼 머리 하나만큼 툭 튀어나와 있었다.

눈에 잘 띄는 체형 덕분에 말을 걸어오는 사람도 제법 많았고, 그에 비례해서 거절당하는 횟수도 많아졌다.

사람들은 하나같이 단지 불꽃을 날리는 것이 전부인 마법사 따위 필요로 하지 않는다는 태도를 내비쳤다.

지팡이를 가리키며 『곤봉을 쓰나? 전위로 와다오』라는 말을 들었을 때는 주점에서 뛰쳐나가버렸다.

이제 마술사가 단지 마술사라는 이유만으로 좋은 제안을 받는 시기는 지난 걸까?

어쩌면 단순히 벨카난이 운이 없었는지도 모른다.

우연히 마술사를 까다롭게 골라도 될 만큼 여유로운 모험가만 모였던 날이었을 가능성도 있다.

어쨌든 간에 확인할 방법은 없지만.

결국 벨카난은 할 일 없이 풀 죽어서 탁자에 앉은 채 《스케일》에서의 첫날을 마쳤다.

보기에 딱했다는 이유는 아니었겠으나 길을 가르쳐준 자는 마구간의 모험가였다.

울상 지으며 짐을 바닥에 포개던 벨카난에게 그 모험가는 장비를 몸에 착용하면서 이렇게 말했다.

『그럼 《미궁》의 1층에 가보는 게 좋겠다.』

계율이 다른 모험가가 도시에서 행동을 함께하는 것은 불문율로서 기피된다.

하지만 《미궁》은 예외였다.

즉, 《미궁》의 1층이라면 마술사를 찾는 모험가의 수가 늘어난다. 비록 임시 모집일지라도.

정말일까? 반신반의하며 찾아갔던 《미궁》 지하 1층.

많은 모험가가 있어 혼잡한 통로 안에서도 역시 벨카난은 눈에 잘 띈다.

노골적인 호기심, 또는 선정적인 시선에 노출되어 자신의 커다란 몸을 움츠리고 벽면에 붙어 가만히 서있기를 잠시.

맨 처음 말을 걸어왔던 파티는 벨카난에게 사용 가능한 주문을 묻고 상의한 끝에 이렇게 말해줬다.

『……뭐, 없는 것보단 낫나.』

아마도 악한 계율에 속했을 그 파티는 지난 탐색에서 마술사를 잃어버렸다고 했다.

이 도시에서는 놀랍게도 사자 소생이 가능한데, 다만 당연하게도 상당한 비용이 소모된다.

돈벌이를 위한 인원수 채우기라도 파티에 들어간 벨카난은 어쨌거나 만족할 수 있었다.

그렇게 지금에 이르렀다.

"쳇, 빨리 좀 뒈질 것이지……."

전투를 끝낸 뒤 거대 개구리의 시체를 짓밟으며 이름도 모르는 전사가 사납게 욕을 쏟아붓는다.

묘실 한구석에서는 도적이 막 발견한 보물상자 앞에 쪼그려 앉아 말없이 함정 해제, 개봉에 열중하고 있었다.

다른 인원들도 묘실의 곳곳에 자리를 잡은 채 부상 치료나 경계 등 각자의 역할을 잘 수행하고 있다.

기운 없이 벽면에 웅크리고 앉은 마술사에게 눈길을 주는 인물은— 없다.

"아까 개구리, 뭔가…… 주문에 저항이 있었던 거야."

벨카난은 맥없이 말했다.

"그래서 내 불꽃이 튕겨 나갔던 거야……. 그게 아니면……."

그런 게 아니었다면 어땠을까.

불안감을 외면하기 위한 변명에 가까운 말은 결국 자기혐오를 부추길 뿐이다.

무릎의 틈으로 시선을 보내 살펴봐도 저 사람들이 아무런 말을 안 하는 이유는 내가 잘못해서일까?

아니면 내가 아니어도 예전부터 쭉 이런 파티였던 걸까?

—쫓겨나면 어떻게 하지?

또 지하 1층에서 멍하니 있어야 하나? 아니면 주점에 갈까?

하지만 동료를 구하지 못해 쩔쩔맸던 모습도 오늘 이 사람들과 동행했던 모습도 다들 지켜보고 있었다.

벨카난은 자신이 눈에 잘 띈다는 것을 알았다. 다들 곧 자신을 기억하게 될 것이다.

굼벵이 벨카. 느림보 벨카. 멀대 벨카. 쓸모없는 벨카.

—그치만 모험가로 사는 사람들은 다른 모험가한테 관심이 없지 않으려나……?

그러면 좋겠다고 벨카난은 생각했다.

이래서야 기도라든가 소망에 가까운 터라 다 체념해버린 사람의 태도였지만.

"어떠냐?"

"금화 백 닢쯤 나가겠군."

"절단하는 검인가, 좋은 단검(블레이드 오브 바이팅)은 안 나오려나."

"고작 개구리들이 비싼 걸 갖고 다닐 리 있겠냐."

"이봐, 이동한다!"

"아, 응."

부르는 소리를 듣고 벨카난은 꾸물꾸물 몸을 움직여 일어섰다.

자그맣게 《페이신(사라져라)》이라고 말을 읊으려다가 소녀는 고개를 옆으로 흔든다.

—할머님한테 야단맞을 거야…….

잘 알아 두거라, 벨카. 진실된 힘을 가지는 말은 절대로 가볍게 써선 안 된단다.

입이 닳도록 들은 당부의 말이다. 기껏해야 옷에 묻은 점액을 제거하기 위해 쓰는 것은 잘못됐다.

하지만 돌바닥을 디딜 때마다 울리는 얼간이 같은 발소리는 굉장히 부끄러웠다.

몸 곳곳을 적신 개구리의 점액은 옷이 몸에 달라붙게 만드는 데다가 묘하게 따끔따끔한 느낌이 들고 가렵다.

옆에서 걷는 도적이 — 엘프인 듯싶다. 이름은 알지 못한다. — 자꾸 뚫어져라 쳐다보는 것 같기도 했다.

벨카난은 자의식 과잉이라고 생각하면서도 커다란 등을 동그랗게 굽혀서 몸을 움츠리는 쓸데없는 노력을 했다.

"……뭔가, 이상한 냄새가 나는군……."

"개구리 침 냄새 아니냐?"

"나 아니야."

어둠 속에서 누군가가 말했다. 벨카난은 작은 소리로 중얼거렸다.

풍만한 가슴에 감싸 안다시피 두 손으로 커다란 지팡이를 꽉 끌어안아서 붙잡아 쥔다.

의미도 없이 시선을 좌우로 움직였다. 머릿속에서 진언을 거듭 반복한다.

이번에는 실수하지 않겠어. 이번에는 내 불꽃으로 해치워줄 테야. 이번에는—.

"—?"

문득 벨카난은 자신에게 그림자가 드리워졌다는 것을 깨달았다.

이런 경험은 겪은 적이 없다. 따라서 깜짝 놀라 무의식중에 위쪽을 올려다봤다.

"아."

붉은, 용이.

§

속삭임 — 기원 — 영창 — 염원하라.

§

“아흑, 으, 아아아아아아아아앗—?!”

벨카난은 전신을 경련시키며 버둥거렸다.

“뜨것, 뜨거엇?! 으아아아아앗—?! 까앗—!!”

숨을 못 쉬겠다. 괴롭다. 목을 마구 긁으며 피를 토할 기세로 외치고 눈을 부릅떴다.

“—괜찮아요.”

그 움직임을 서늘한 감촉의— 차가운, 하지만 부드러운 손바닥과 따뜻한 말이 내리눌렀다.

살며시 소녀의 등에 붙어서 닿은 손길이 천천히 위아래로 아이를 달래주듯이 움직인다.

“당신의 삶은 허락되었습니다. 괴로움, 아픔, 죽음에 대한 두려움은 더 나은 삶의 양식이 될 거예요.”

대답할 수 없었다. 잔뜩 갈라진 숨소리가 입에서 새어 나온다. 목이 따끔따끔 아팠다.

그러나, 그럼에도 귀에 들리는 따뜻하고 친절한 말은 마치 생명을 불어넣어주는 것처럼 가슴속에 닿았다.

그래— 가슴이다. 심장. 두근거리며 고동치고 있다. 살아있다. 살아…….

손도 발도 제대로 잘 달려 있다. 검붉게 불타 문드러지지도, 하얗게 탁해지지도, 까맣게 눌어붙지도 않았다.

벨카는 피부가 하얘서 참 예쁘구나. 해님에게도 지지 않을 게다. 할머님이 칭찬해준 몸이다.

"더욱 바람직한 삶을, 더욱 바람직한 죽음을 목표로 살아가세요. 얼굴을 들고 앞을 향해서 계속 나아가세요."

눈물로 젖은 시야에 아름다운 은발을 내려뜨린 엘프의 얼굴이 비쳤다.

괜찮아요. 힘내요. 그렇게 격려하며 속삭여주는 것 같았다.

헐떡헐떡 숨을 들이마신다. 들이마셔서, 죽기살기로. 그리고, 그리고—.

"당신은 신께 기대받는 사람이니까요."

벨카난은 소리 높여 울었다.

§

"무사히 끝났습니다."

"오……."

시스터 아이닛키의 말에 라라자는 막 감기려 했던 눈을 번쩍 떴다.

엘프 수녀와 손을 붙잡고 인도받는 모양새로, 가냘픈 어린 여자애처럼 기운 없는 발걸음으로 따라온 소녀.

하얀 몸을 아마포로 가렸고, 등은 구부러졌다. 자꾸 두리번거리며 수상한 사람처럼 눈이 흔들린다.

허름한 옷가지를 적당히 걸쳐 두었는데도 소녀의 미모와 이국의 정서는 미처 다 가려지지 않는다.

하지만 무엇보다도 가장 먼저 떠오르는 것은 단 한마디.

"크, 다……!"

무의식중에 라라자가 혼잣말을 꺼내자마자 소녀는 움찔거리며 몸을 움츠렸다.

곧장 아이닛키에게서 예리한 시선이 날아와 몸에 박힌다.

하지만 절대 과장이 아니라 저 소녀는— 저 여자아이는 라라자보다도, 게다가 이알마스보다도 몸집이 크다.

그럼에도 곧장 라라자가 사과의 말을 꺼낸 이유는 옛 파티의 녀석들이 뇌리를 스치고 갔기 때문이었다.

누구든 다른 사람에게 지적당하거나 웃음거리로 쓰이기 싫은 부분은 있는 법이니까.

"……미안하다."

"아, 아냐. ……난, 익숙하니까……."

여자아이는 고개를 좌우로 흔들었다. 다만 자신의 커다란 몸을 아이네의 등 뒤에 숨기려는 듯이 뒷걸음친다.

물론 숨겨질 리 없었다. 모든 신체 부위의 크기가 너무나 차이 나니까.

—그러고 보니까…….

의복과 장비를 착용하지 않았다. 그때 이 아이는 알몸이었다는 생각이 새삼스럽게 든다.

물론 시체 자루 안쪽에 밀어 넣었을 때 봤던 거의 다 탄화되어 죽은 살덩어리를 알몸이라고 표현할 수 있다면.

어쨌거나 머릿속 생각을 말로 꺼낸다면 이 가엾은 몸집이 큰 여자아이는 더욱 몸을 숨길 것이다.

겸연쩍어서 시선을 돌린 라라자의 눈이 별다른 관심을 내비치지 않는 파란색 눈동자와 맞닥뜨렸다.

"arf."

지금 뭐 하냐며 타박을 놓는 것처럼 가비지가 작게 우짖었다. 시끄럽다고 짧게 받아친다.

새삼 깨달았는데 이곳에 있는 사람은 여성뿐이었다. 이 녀석, 잔반을 여성으로 친다면 3대1.

지나치게 불리한 상황이다.

그리고 여자아이를 도와주려는 듯이 아이네가 살며시 등을 밀어줬다.

"……자, 어서요."

"응, 저기, 할 말이……!"

여자아이는 역시 흠칫흠칫하면서 떠듬떠듬 말을 꺼내다가 힘껏 머리를 꾸벅거렸다.

"고맙, 습니다. 들었어, 네가, 날 구해줬다고. 근데, 으……."

본인 나름은 가능한 한 작고 정중한 동작이었을 터이나 라라자가 보기에는 무척 거창했다.

코앞을 까만 머리카락이 스치고 지나가더니 그 아래쪽에서 여자애의 눈동자가 라라자를 빤히 바라보고 있었다.

자세는 귀엽게 눈을 치떠서 보는 모양새인데 구도는 덩치 때문인지 위압감 있게 시선이 날아드니까 헷갈린다.

다만 분위기를— 눈치를 살피는 듯한 두려움과 잘 보이고자 하는 태도와 불안감이 한데 뒤섞인 기색만큼은 알 수 있었다.

"저기……! 왜, 나를—."

구해주었는가.

—왜냐는 물음에는 뭐라 답해야 할까.

딱히 할 말이 없어서 라라자는 시선만 이리저리 움직였다. 자신도 잘 알지 못한다.

돈이 드는 데다가 이득은 없다. 뭐, 빚이야 받아낸다고 쳐도 악착같이 돈벌이까지 할 생각은 없다.

요컨대 헛짓이었다. 게다가 노력과 수고를 감안한다면 오히려 손해를 봤는지도 모른다.

"……그냥, 때마침 눈에 보였으니까."

따라서 어떻게든 이유를 찾아 설명하겠다면 결국 이렇듯 적당한 구실을 둘러대게 된다.

"죽은 시체를 어디에 쓰겠냐. 뭐라도 할 수 있도록 살려주는 게 낫지."

어째서인지 이 말을 듣고서 시스터 아이닛키의 눈이 흐뭇하게 구부러졌다.

왜 저렇게 생글생글한 표정을 짓고 있는지 라라자는 영문을 알 수 없었다.

또 뭔가 쓸데없는 소리를 꺼내버렸나.

그렇다면 이 이상 의미도 없이 함정 위쪽을 걸어 다녀서는 안 된다.

멍하니 눈만 커다랗게 뜨는 여자아이에게 라라자는 주위를 쓱 둘러보고—.

"아, 그거."

"woof!"

"얼른 내놔라."

가비지가 여태껏 심심했는지 혼자 가지고 놀던 기다란 나무 막대기를 주워들더니 휙 던져서 건네준다.

그 물건은 라라자가 들기에는 제법 무게감이 있었고, 마치 곤봉처럼 튼튼하며 또한 길었다.

그렇다, 곤봉**처럼**이다. 하지만 곤봉은 아니고, 진짜 정체는 이미 알고 있었다.

"네 **마법 지팡이**지? ……돌려주마."

"아, 아앗……!"

소녀는 자신에게 주는 물건을 귀중한 보물을 다루듯 두 손으로 가슴 앞쪽에서 꼭 끌어안았다.

다행이야, 다행이야, 흐느껴 울며 중얼거린다. 고맙다는 말도 들려왔다.

동작이 무척 큰 터라 마치 라라자의 손에서 지팡이를 강탈하는 듯한 모양새이기는 했다만.

무기 상점의 주인 캣 로브가 한눈에 — 달리 표현할 수가 없다 — 보자마자 이렇게 말을 했었다.

이 녀석은 상당히 매력적인 지팡이(스터들리 스태프)라고.

단단하고 굳세며 소유자를 보호해주는 주문이 깃들어 있다.

외지에서는 좀처럼 구경할 수 없다—《미궁》에서는 흔한 물건이지만.

그런 지팡이를 껴안고 훌쩍훌쩍 흐느끼면서 오열을 터뜨리는 이 여자아이.

쪼그려 앉아 있는데도 여전히 라라자는 시선을 내릴 필요가 없었다. 그런데도 몹시 자그마하게 보인다.

어디에서 왔고 무엇을 하고자 했던 것일까. 이름도, 아무것도 알지 못한다.

아는 사실은 단지 이 아이가 마술사라는 것, 시체였다가 지금 막 되살아났다는 것.

—그리고 소생 비용을 내가 대신해서 지불했다는 것인가.

시스터 아이닛키는 아무 말 않고 라라자를 바라보고 있었다.

저 시선이 몹시 불편하다.

"whine……?"

그리고 주위 사람들의 반응을 전혀 신경 쓰지 않는 가비지가 쫑쫑거리며 여자아이의 옆쪽으로 가까이 걸어갔다.

이 빨간 머리가 무엇을 생각하는지는 라라자 또한 도무지 알 수 없다.

대강 짐작하자면 이 녀석은 또 뭐냐며…… 마치 들개가 냄새를 맡는 것 같은 행동이었을 테지.

아무튼 간에 거리낌 없는 시선과 마주한 여자아이는 쭈글쭈글했던 얼굴을 어색하게나마 웃음 짓는 모양새로 찌그러뜨렸다.

고마워. 작게 속삭거리는 목소리. 라라자가 혀를 찼다. 움찔하며 몸을 떤다.

"……그래서, 이제부터 어떡할 거냐?"

"이제, 부터……?"

묻는 자신도 정작 아는 게 딱히 없었다.

심술궂은 질문이라는 생각은 든다. 그럼에도 꺼내야 할 말이라고 생각했다. 물어야 할 말이라고 생각했다.

"너한테 돈을 쓴 건 단순히 내 변덕이었어. 근데 말이다—."

시선의 방향은 이 제실의 바깥, 예배당, 그곳에는 속이 빈 카도르토 신이 가만히 서 있다.

"쪼그려 앉아 훌쩍훌쩍 우는 꼴을 보기 위해서 했던 건 아니야."

그렇게 덧붙였다.

"아마도."

"나, 나…… 나는……."

소녀의— 벨카난의 마음속에서, 머릿속에서 여러 기억이 빙글빙글 소용돌이쳤다.

느림보 벨카. 굼벵이 벨카. 훌륭한 마법사가 된다. 《미궁》에서 이름을 날린다.

《할리토(작은 불꽃)》밖에 못 쓴다. 쓸모없는 자신. 할머님이 지어준 옷. 그리고—.

"……나는."

스스로도 놀랄 만큼 벨카난의 목소리는 떨리지 않았다.

이토록 분명하게 말을 꺼냈던 때가 지금까지 또 있었을까?

기억을 쭉 더듬어봐도 벨카난은 떠올릴 수 없었다.

지금까지 줄곧 겁부터 먹었다. 어느 무엇도 제대로 해낸 적 없다. 망신만 당했다.

열심히 노력해도 소용없었다. 죽기살기로 노력해도 실패했다. 언제나 예외 없이 실패를 거듭할 뿐.

앞으로도 쭉 삶을 망쳐야 하나? 계속, 계속 겁먹은 채 도망 다니게 될까?

—싫다.

거부감이 든다. 더는 피하고 싶지 않았다. 왜 나만. 달라져야 한다.

벨카난은 앞을 똑바로 바라보면서 힘차게 말했다.

"나는— 그 붉은 용을 해치우고 싶어."

제 2 장

옛지 오브 타운

"상관없다."

이알마스는 말했다.

"모험을 하기에는 충분한 목적이다."

《두르가의 주점》. 벨카난은 겁먹은 모습으로 의문을 없애지 못했는지 자꾸 시선이 이리저리 흔들리고 있다.

지금이야 당연히 아마포— 한 장만 걸친 허술한 차림은 아니었으나 그럼에도 몸집이 큰 이 여자아이는 눈길을 끌었다.

잔뜩 위축되어서 등을 굽히고 움츠리는 행동이 오히려 본인을 더 눈에 띄게 만드는 걸 모르나 보다.

주점 곳곳에서 거리낌 없는 시선이 대놓고 뻔히 날아들었다.

물론 시체를 운반하는 흑색 지팡이 이알마스와 대화를 나누고 있는 낯선 얼굴에 대한 호기심도 이유일 테지.

다만 이날 밤 《두르가의 주점》은 붉은 용 때문인지 평소보다 많은 모험가가 있었다.

용을 잘 피해서 미궁을 내려가는 기술, 배짱이 없다면— 결국 주점에 눌러앉을 수밖에 없다.

게다가 저런 부류는 선이든 악이든 간에…… 수준이 별로 좋지 않았다.

지금 쏟아지는 시선의 종류도 대강 알아차릴 수 있었기에 그런 의미에서는 라라자 또한 이 여자아이를 동정한다.

—도적은 못 되겠구나.

그렇게 여자아이와 — 덤으로 가비지도 — 함께 주점으로 돌아온 라라자는 멍하니 생각했다.

누가 어떠한 역할을 담당하든 별 상관이 없는 곳이 《스케일》이다.

그리고 동시에 어떤 사연도 참작해주지 않고 모험가를 집어삼키는 곳이 《미궁》이다.

능력에 어울리지 않는 것을 넘보려고 한 자는 아무도 알지 못하는 새에 사라질 것이다.

《두르가의 주점》에 발을 들이지조차 못한다.

라라자는 과거의 자신, 재능(보너스 포인트)이라는 축복을 받지 못했던 자신조차 운 좋은 축에 속했었다는 사실을 점차 이해하고 있는 중이다.

적어도 자신은 앞으로도 주점에 쭉 눌러앉아야 하는 처지는 면할 수 있을 테니까.

또한 자신은— 지금까지 살아남았잖은가. 앞으로 어떻게 될지는 모르더라도.

그랬던 만큼, 답답하다.

"하지만, 난…… 그러니까."

"뭔데, 또박또박 말해."

라라자는 얼굴을 찌푸렸다.

아마도 연상의 — 연하였다면 분명히 눈을 뒤집고 놀랄 것이다 — 여성인데도 어째서인지, 도무지.

이 여자에게 존댓말을 써줘야겠다는 생각은 들지 않았다.

"아으……."

왜냐하면 이런 꼬락서니니까.

고개를 푹 숙인 채 이쪽을 쳐다보려고도 하지 않으며 들리지 않게 중얼거릴 뿐.

신전에서 「붉은 용을 죽이겠다」라고 선언했던 여자라는 생각은 전혀 안 든다.

이 녀석은 아이네가 친절을 베풀어 내준 의복의 밑자락을 손가락으로 만지작거리고 있을 뿐이었다.

아니, 체구 때문인지 굉장히 짧게 위치한 옷자락을 필사적으로 쭉쭉 잡아당겨서 늘리고자 하는 행동으로 보이기도 했다.

—어느 쪽이든 별 차이는 없나.

라라자가 부글부글하면서 혀를 차자 가비지가 얼굴을 들어 올렸다.

라라자와 벨카난, 부하 두 명을 거느리고 주점에 돌아온 시점에서 임무는 끝.

소녀는 의기양양해서 이알마스에게 우짖은 뒤 탁자에 앉아 보리죽을 먹고 있었다.

그릇에 얼굴을 처박은 채 먹이를 탐하는 들개와 비슷하게 먹어치우면서 음식을 흘리고, 날리다가.

불쑥 들어 올리는 얼굴은 마구 튀어오른 음식 찌꺼기가 끈적끈적 묻어서 지저분했다. 이어서 한 마디.

"arf!"

"으, 으응……?"

벨카난은 눈치를 보며 시선을 이알마스, 라라자, 가비지에게로 움직인다.

그러다가 겨우 말을 꺼냈다.

"나는…… 《할리토(작은 불꽃)》밖에 못 쓰는데."

"신경 쓸 문제는 아니군."

이알마스는 짧고 날카롭게 말했다.

"차이는 익힐 때까지 걸리는 시간과 익히는 순서뿐이다. 최종적으로는 누구든 다를 게 없다."

"너는……."

조심스럽게 주뼛주뼛하면서 벨카난이 중얼거렸다.

"혹시 마술사야?"

답은 없었다. 흑의의 남자는 단지 묵묵히 어깨만 살짝 으쓱거리고 말았다.

다만 남자는 답 대신에 「게다가」라며 짧게 중얼거리더니.

"가끔은 용 퇴치를 하는 것도 나쁘지 않지."

이렇듯 태연자약하게 말을 꺼낸다.

라라자는 의구심이 담긴 눈으로 자신을 데리고 다니며 고생시키는 이 수상쩍은 남자를 쳐다봤다.

"뭐냐, 냅다 도망쳤던 주제에……."

"죽일 이유도 수단도 없었기 때문이다."

대답은 무척이나 단적이었다.

"그런데 이유는 생겼군. 또한 수단은 찾아내면 된다."

라라자는 계속해서 빤히 이알마스를 쏘아보다가 원탁에 팔꿈치를 대고 턱받침을 했다.

—이 녀석이 무슨 생각을 하는지 전혀 알 수가 없어…….

가비지 또한 비슷한데, 식사를 하는 모습만큼은 이해하기 쉽다.

다만 이알마스는 달랐다.

이 녀석은 오늘 하루 동안에 대체 무엇을 했을까?

자신과 가비지는 사원에 가서 아이네와 대화하고 의식을 치르고 이 여자아이를 데리고 돌아왔다.

그동안 줄곧— 그렇다. 그동안 줄곧 이 녀석은 주점에 가만히 있었던 건가?

다른 모험가 녀석들과 달리 떠들며 시끄럽게 굴지도 않고 현 상황에 낙심하지도 않고 단지 당연하다는 표정을 지은 채.

딱히 무엇인가를 하지도 않고 그저 오로지 의자에 앉아 멍하니 시간만 흘려보냈다?

묘하게도 라라자는 자신의 상상이 맞을 것이라는 생각을 했다. 으스스한 한기가 등줄기를 타고 달렸다.

"……도와주겠다는 거야?"

그래서 주뼛주뼛하며 벨카난이 던진 질문에 진지하게 의식을 집중하기로 했다.

이알마스의 행동이야 생각해봤자 의미가 없다. 괜한 생각은 안 하는 게 좋다. 아마도.

"……시체도 못 남기고 죽어버리면 내가 큰 손해를 보지 않겠나."

끝내주는 악담과 함께 심술을 가득 담아서 입술을 씰룩거리며.

쓸데없는 짓은 관둬라, 얌전히 고향으로 돌아가라. 어쩌면 잘 타이르려는 의도가 있었는지도 모른다.

하지만 벨카난은 방금 전까지와 달리 진지한 표정으로 입을 다물었다.

떠들썩한 주점 안에서 두 사람의 사이에만 침묵이 흐르기를 잠시.

가비지가 그릇을 싹 비우고 얼굴을 외투로 벅벅 문지른 뒤 만족스럽게 한 번 우짖었을 때.

"……내 마법은 쓸모없었어……."

벨카난은 그렇게 말한 뒤 이알마스의 흑색 지팡이를 힐끔 쳐다봤다.

"……검을 쓰는 건, 어려울까?"

§

"와아아아아아아아아앗……?!"

"growl……. howl!!"

—그렇다고 내가 검을 휘두를 필요는 없지 않을까.

벨카난에게는 마음속 나약한 말을 입 밖에 꺼낼 여유조차 없었다.

가차 없이 휘둘러 대는 목검에 쫓겨 다니는 신세인데 그런 말을 꺼낼 여력이 있겠는가.

잿빛의 음울한 하늘 아래에서 황량한 벌판에 울려 퍼지는 목소리는 근처의 돌벽을 거뜬히 넘어갈 것이다.

도시 변두리. 《스케일》과 《미궁》 입구의 사이에 위치한 벌판.

다른 이름으로는 모험가 훈련장이라고도 한다.

이미 유명무실화된 이곳은 단지 이름만 남아있을 뿐, 구역을 표시하는 줄이나 연습용 짚단조차 놓여 있지 않았다.

다만 시설의 부족함이 훈련을 하지 못함을 의미하지는 않는다— 이것이 이알마스의 말이다.

"woof!"

"흐아앙?!"

허억, 허억. 호흡이라기에는 너무나 다급하고 가쁜 신음에 가까운 목소리.

벨카난은, 벌써 몇 번이나 자신의 무겁고 둔한 몸을 저주했다.

뒤에 있는 여자애처럼 아담하고 가늘고 작고 귀여운 신체였다면 좋았을 텐데.

빨간 머리 여자애— 목검을 마구 휘두르는 소녀의 이름은 잔반(가비지.)이라고 한다.

—악령으로부터 보호하기 위해 일부러 이상한 이름을 짓는 풍습도 있다는 말은 들었지만.

저 가녀린 목에 찬 투박한 수갑은 도대체 왜 달고 다니는 걸까—?

"bowwow!"

"와, 와앗?! 알았어, 달릴게……!"

그 후 곧바로 이알마스는 일행을 이끌고 성문을 지나 바깥으로 나왔다.

이어서 벨카난을 이곳으로 데려다 놓은 뒤 가비지에게 목검을 던져주고 한마디를 했다.

『굴려라.』

『yap!』

두 사람 사이에서 의사소통이 정말 가능한지를 벨카난은 알지 못한다.

다만 결과적으로 가비지는 희희낙락하며 목검을 휘두르고 있고, 벨카난은 지금 이렇듯 쫓겨 다니는 신세다.

짧은 옷이라서 밑단이 훤히 드러나는 데다가 가죽 신발만 신고 달린다는 게 무척 부끄러웠다.

하지만 잠깐이라도 꾸물대면 곧장 목검이 날아와서 등과 엉덩이와 머리를 때린다.

이상하게도 용의 불길에 타서 스러졌던 경험이 있는데도 고작 목검이 몹시 아팠다.

그리고 일단 뛰기 시작하니— 이후부터는 숨 돌릴 틈도 없었다.

『잘 알아 두거라, 벨카. 누군가에게 어떤 도움을 받았다면 꼭 갚아야 한단다.』

그것이 바로 세계의 근본 원리라고 할머니는 말했었다.

자신은 아직 아무것도 보답하지 못했다. 가진 게 없다. 따라서, 하다못해—.

"arf! arf!"

"흐엥……. 흐읏, 흐아아앙……!!"

지금은 죽기살기로 달리는 것 하나로도 벅찬 까닭에 고민할 여유가 싹 날아가버렸지만.

두 사람은 큰 목소리로 외치며 빙글빙글 훈련장을 뛰어다닌다.

멍하니 따분하다는 듯이 서 있던 병사가 문득 두 여자아이가 있는 방향을 보고「오」라며 짧게 중얼거렸다.

그리고 병사의 혼잣말을 멍하니 흘려들으며 근처 바위에 걸터앉은 라라자도 한마디.

"……저거, 의미가 있기는 하냐?"

"쓸데없는 짓은 아니지."

옆쪽에 선 이알마스가 들려준 답은 굉장히 단적이었는데, 이 같은 문답도 꽤 익숙해졌다.

"전사로서 단련하면 체력, 집중력…… 살아남는(히트 포인트) 힘은 붙는다."

"흐응……."

"끈질기게 버티며 안 죽는 마술사는 제법 굉장한 인재니까."

묘하게 실감이 깃든 말이라는 생각이 든다. 설마 이알마스 녀석도 같은 훈련을 했었던 걸까.

—교관에게 쫓겨 헉헉거리며 이리저리 달리는 이알마스?

악질 농담이다. 라라자는 무릎 위쪽에 팔꿈치를 올려서 턱받침을 했다.

"나한테는 따로 훈련도 안 시키잖아."

"필요없지 않나."

"뭐, 하기야……."

"훈련하고 싶나?"

"……."

라라자는 대답하지 않았다.

용과 싸우는 영웅이 된 자신.

상상하면 가슴이 뛴다. 동경하는 마음도 있다. 멋있다는 생각은 든다. 영웅담은 싫지 않았다. 무척 좋아한다.

다만 어째서인지 라라자의 상상 속에서 용과 접전을 벌이는 것은 빨간 머리의 꾀죄죄한 여자아이이다.

"아니."

라라자는 고개를 옆으로 흔들었다.

"아마 내 목표랑은 달라, 좀."

"그러면 됐다."

"아무튼, 드래곤 퇴치잖냐?"

"가끔 하기에는 괜찮지."

『저런 훈련이 무슨 소용이냐』라는 물음이었으나 라라자는 굳이 정정하지 않았다.

《미궁》 입구에서 와글와글하며 모험가들이 거의 구르다시피 뛰쳐나왔기 때문이다.

"빌어먹을, 이게 웬 날벼락이지……! 도대체 뭐야?!"

"못해먹겠군!! 어째서 저런 곳에 드래곤이 있냔 말이다……?!"

"큰 손해를 봤다!"

떠들어 대는 남자들은 심하게 그을음이 묻어 있었는데, 또한 새까맣게 탄 살덩어리를 끌고 나왔다.

검은 숯으로 바닥에 질질 선을 그으면서 두 사람의 옆을 지나가 《스케일》로 달려간다.

라라자는 그 궤적을 멍하니 눈으로 좇았고, 이알마스가 말했다.

"장비를 마련해야겠군."

"저 아이 주려고?"

"물론이다."

"그런데 돈이 없잖아."

혹시 저 여자아이에게 빚을 지우려는 계획이라면 애초에 이쪽에 빌려줄 돈이 없지 않은가.

소생 비용을 외상으로 때우는 것도 본래는 어불성설이다.

《사원》은 절대 허술한 곳이 아니다. 전부 아이네가 기부금을 대신 내줬던 덕분이었다.

이알마스를— 가비자를, 혹은 라라자를 아이네라는 수녀가 마음에 들어 하는 이유 때문이며.

시스터 아이닛키에게 이들이 더욱 바람직한 죽음을 맞이하리라 믿고 기대하는 마음이 있기 때문이다.

아무에게나 똑같이 이런 온정을 베풀어줄 것을 기대한다면 큰 착각이다.

"돈이라면 있다."

이알마스는 마침내 털썩 나자빠져서 소리를 내는 여자아이를 무표정하게 내려다봤다.

"있는 곳에는."

§

"어이쿠, 세상에. 이알마스 나리 아니십니까. 빨리 돌아오셨군요."

《주점》에서 이알마스를 맞이해준 자는 도저히 돈이 많을 것 같아 보이지는 않는 궁상맞은 남자였다.

누더기를 걸쳤고, 벼룩 같은 곤충처럼 등이 심하게 굽은 모습은 마치 거지와 같다.

하지만 — 묘한 남자 — 조그맣고 늙은 남자이기는 했다.

유난히 눈길을 끄는 것은 딸깍거리며 흔들리는 각등(랜턴)과 구부정한 등에 있는 커다란 짐 더미다.

더는 채울 자리도 없을 정도로 잔뜩 부풀어 오른 가방은 살짝 과장하면 벼룩 남자의 몸집보다 부피가 크겠다.

가방 하나에 가능한 많은 물건을 욱여넣었기 때문에 이 벼룩(딩크) 남자는 넝마를 걸치고 있다—.

라라자가 받은 인상이었다. 드워프일까, 아니면 레아? 모르겠다.

잠시 남자의 주위에서 이리저리 냄새를 맡던 가비지는 이윽고 한 차례 우짖었다.

흥미를 잃어서일까, 안전하다고 생각해서일까, 만족해서일까. 분명 가비지 본인만 알고 있을 것이다.

그 모습을 보고 라라자의 뒤에 숨고자 꿈실거리던 벨카난이 겨우 얼굴을 내밀었다.

물론 커다란 몸이 숨겨질 리 없는데도 무슨 이유인지 자꾸 뒤쪽에 찰싹 달라붙는다.

잔뜩 겁을 먹어서인가, 너무 지쳐서 부축이 필요한가, 다른 사람의 등에 붙어서 다니는 습관이 있는가.

답이 무엇이든— 라라자는 무척 거북한 마음이었다.

"누구야?"

벨카난은 쉰 목소리로 말했다.

"이 사람……."

"뱅크다."

이알마스는 한 마디로 소개를 끝냈다. 마치 충분히 다 설명했다는 듯이.

"어서옵쇼, 앞으로 잘 지내봅시다. 도련님, 아가씨."

뱅크는 상인 특유의 동작으로 두 손을 싹싹 비비며 얼굴에 미소를 띠어 보였다.

그렇다. 상인이라는 의미에서는 오히려 캣 로브라는 인물보다도 훨씬 더 그럴싸하다.

라라자가 보기에는 도무지 모험가 같지 않았다. 어쨌거나 이 주점에 있는 이상은—.

"……아저씨도 모험가인 건가?"

"헤헤……."

뱅크는 웃음을 무너뜨리지 않는다.

"뭐, 비슷하긴 합죠……."

뱅크는 느릿느릿하게 움직이며 등을 구부리는 원인이 되었을 큼지막한 짐을 내려놓았다.

쿠웅, 소리가 나자 심드렁하게 의자에 앉은 채 감겨있었던 가비지의 눈꺼풀이 살짝 올라간다.

"……woof!"

"아차, 실례를 했군. 미안합니다, 아가씨. 자, 여쭙지요, 나리."

항의의 목소리에도 태연하게 주름투성이 얼굴을 웃는 모양새로 꾸기고 뱅크는 가방 위쪽에 손을 올려놓는다.

그리고 눈알을 움직여서 이알마스를 쳐다봤다.

"필요한 게 물건이신지? 돈이신지?"

"이래저래 많다만 당장은 돈이다."

그렇게 말한 뒤 이알마스는 살짝 턱짓해서 겁먹은 채 주뼛거리고 있는 여자아이를 가리켰다.

지목당한 벨카난은 움찔 몸을 떨더니 다시 라라자의 등 뒤로 도망친다. 위쪽에서 땀 냄새가 조금 났다.

"이 아이에게 장비를 갖춰주고 싶군. 필요한 만큼 내주게."

"헤헤. 물건이 아니어도 괜찮으신지?"

"자네가 취급하는 물건은 비싸서 감당이 안 돼."

"아이고, 이런……."

뱅크는 고갯짓을 거듭 반복하더니 가방 안쪽을 뒤적이기 시작했다.

벨카난이 손가락으로 라라자의 옷자락을 꽉 세게 부여잡는 감촉이 느껴졌다.

그 감촉을 의식하지 않기 위하여 라라자는 일부러 입을 열었다. 무척 뾰족한 목소리였다.

"……이 녀석은 뭐야?"

"말했잖나. 뱅크다."

"그건 이름이고."

"아무렴."

이알마스는 고개를 끄덕였다.

"물건을 맡아준다. 돈을 맡아준다. 물건을 빌려준다. 돈을 빌려준다."

"……모험가?"

이알마스는 대답하지 않았다. 뱅크가 짤랑거리며 금화 자루를 꺼내 들었기 때문이다.

"이 정도면 괜찮으시겠습니까?"

"그래, 충분하다."

이알마스는 손바닥 위로 자루의 무게를 확인한 뒤 말했다.

"조만간 갚겠다."

"살아있는 동안에 부탁드리겠습니다, 나리."

뱅크가 히죽히죽 알랑거리는 웃음과 손 비비기를 멈추지 않으며 말했다.

"아무래도 요즘 들어서 붉은 용 때문에 말입니다, 저도 이래저래 좀.”

—이래저래 뭔데?

이 남자에게 모험가와 물건을 거래하는 일 이외에 《미궁》과 어떤 관련이 있단 말인가.

《미궁》에 한 번이라도 드나든 경험이 있는 녀석과 구경만 한 녀석의 사이에 분명하게 존재하는 격차.

주위의 — 얼마 전 자리를 비웠을 때와 조금도 달라진 것이 없는 — 모험가들.

아니면 자신과 비교해도 좋다. 자신의 바로 뒤쪽에서 흠칫거리고 있는 벨카난도.

이알마스와 가비지는 말할 것도 없이— 무엇인가가 다르잖은가.

그것을 경험이라든가 기량(레벨)이라든가 하나의 단어로 표현하는 것은 간단하다만…….

아무튼 간에 그러한 「무엇인가」를 이 뱅크라는 남자에게서는 느낄 수 없었다.

그래서였을 것이다. 지금까지 라라자가 이 남자의 존재를 전혀 깨닫지 못했던 이유는.

당연히 붉은 용과도 아무 관계가—.

“장사 때문에 말입니다. 헤헤, 돈이 돌지를 않아요. 도련님.”

“윽.”

사고를 읽혔다. 아니, 표정에 드러났던 건가. 라라자는 얼굴을 실룩거렸다.

"물건을 맡겨주시는 분, 필요로 하시는 분 모두 다 줄어서 말입니다. 그런 점에서 이알마스 나리도……."

"필요할 때는 온다. 불만은 없지 않나?"

"헤헤……."

비위 맞추려 웃음을 짓는 뱅크와 마주 보면서 이알마스는 「만프레티 녀석도 있었다면 좋았을 텐데」라고 중얼거렸다.

라라자가 「아는 녀석이냐?」라고 묻자 「비슷하다」라고 답했다.

뭐, 이 남자에게 어떤 지인이 있든 새삼스럽게 놀라진 않을 테지만.

"도련님, 아가씨도, 뭔가 필요한 게 있을 때는 아무쪼록 저를 꼭……."

"아니, 난 딱히……."

당분간 볼일은 없을 듯싶은데. 그때 라라자는 소매를 붙잡는 커다란 손이 있음을 떠올렸다.

분명 무의식중의 행동일 것이다. 벨카난은 꾹꾹 힘주며 계속 라라자의 소매를 잡아당겼다.

작게 혀를 차고서 쭉 팔을 휘젓는 모양새로 라라자는 여자아이를 앞쪽에 끌어놓았다.

"와…… 와앗."

벨카난은 비틀비틀 넘어지다시피 위태롭게 몸을 앞으로 푹 굽힌다.

라라자는 짧게 말했다.

"할 말이 있으면 직접 말해라."

"으응…… 나는, 그러니까……."

시선이 흔들거린다. 벨카난의 커다란 눈동자가 자신, 가비지, 이알마스에게로 움직임을 알 수 있었다.

이알마스는 아무런 말도 하지 않았다. 라라자도 마찬가지다. 벨카난의 목에서 침을 삼키는 소리가 났다.

"……고맙, 고마워? 아저씨……."

"어이쿠."

뱅크의 눈이 커다랗게 벌어졌다. 이어서 눈웃음을 짓는다.

"세상에."

§

"……안 어울린다."

"아으……."

상황은 눈이 핑핑 돌아가는 것처럼 바뀌었다. 라라자에게도, 벨카난에게도.

여기저기 휩쓸려 따라다니다가 정신을 차리고 보니 캣 로브의 가게까지 왔다.

당황하지 않는 녀석은 콧소리를 내며 가게의 냄새를 맡고 다니는 가비지 하나뿐.

그리고 물론 이알마스도.

이알마스는 돈을 조달한 뒤 일행을 이끌고 다짜고짜 무기 상점으로 데려갔다.

아니, 라라자와 벨카난이 따라오지 않아도 상관없다는 듯한 태도였다.

이어서 갖가지 무구로 가득 차 있는 가게의 안쪽, 계산대에 앉아있는 캣 로브에게 담담히 말을 건넸다.

"가슴 보호대, 그리고 라운드 실드. 투구도 다오."

"무기는 어찌할 텐가?"

"이미 있다."

"그럼 금화로 백칠십 닢쯤 되겠군."

"백……?!"

벨카난이 눈을 희번덕거리는 것도 당연한 반응이었다. 라라자 또한 아직껏 익숙해지지 못했다.

바깥 세계에서 저 돈이면 얼마나 오래 놀고먹을 수 있을지 가늠이 안 되는 금액이다.

방금 전 돈을 빌렸을 때도 설마 이렇게 큰 액수일 줄은 생각하지 못했음이 분명하다.

그런 큰돈을 계산대에 툭 던지자 두 사람이 당황하고 있는 사이에 장비가 척척 놓였고.

"착용해봐라."

결과는 아래와 같다.

"……안 어울린다아."

"으으으……."

얇은 천 조각에 가까운 짧은 옷 위쪽으로 가슴 보호대를 장착했다. 익숙지 않은 방패를 들고 오른손에는 지팡이를 들었다.

전사로 보이지는 않았다. 잘 봐줘야 신출내기 승려로 보이는 분위기다.

라라자가 봐도 정말로「안 어울린다」라는 말밖에 안 나오는 몰골이었다.

아직껏 누더기를 걸친 채 큼지막한 칼을 어깨에 짊어지고 다니는 가비지가 차라리 훨씬 훌륭한 전사라고 보일 정도다.

"……arf."

정작 당사자는 지겨워서 못 견디겠다는 모습으로 가게 안쪽을 어슬렁거리고 있다만.

벨카난이 총총거리며 걸어다니는 가비지의 움직임을 눈으로 좇다가 흐뭇하게 살며시 미소 짓는다.

라라자는 알지 못하는 어떠한 이유가 있어서 아무래도 벨카난은 잔반 녀석을 싫어하지 않는 듯했다.

불과 몇 시간 전까지 목검을 휘둘러 대는 저 녀석에게 쫓겨 다녔었는데도 불구하고.

자신이었다면 싫은 소리 한두 번은 틀림없이 내뱉었을 것이라고 생각한다만.

—단순히 너무 지쳐서 그쪽으로 머리가 안 돌아가는 탓인지도 모르지.

"드래곤을 죽이려는 건가."

"엥?"

갑자기 캣 로브가— 보이지 않는 눈을 지닌 엘프가 조용하게 혼잣말하듯 작게 중얼거렸다.

말을 건넨 대상은 이알마스도 가비지도 라라자도 아니다.

"……나?"

키가 큰 흑발의 여자아이는 멍하니 대꾸하더니 금빛 눈동자를 끔뻑끔뻑 감았다 떴다.

"네 지팡이를 감정한 사람이 나다."

캣 로브는 마치 대답은 다 해주었다는 것처럼 말한 뒤 살짝 고개를 갸웃거렸다.

"마술사라고 생각을 했었는데 말이다. 내 판단이 어긋났던 건가."

"아니, 음, 그게, 난……."

"마술사다."

이알마스가 대신 말했다.

"지금은 전사지만 말이지."

"단련시키는 건가."

"단련을 안 하고도 이겨나갈 수 있겠나?"

"불가능하지."

고목이 바람에 흔들리는 것처럼 연령이 분명하지 않은 엘프는 고개를 옆으로 휘저었다.

"한데 무기가 저런 꼴이어서야."

"……저기!"

목소리를 높인 인물은 벨카난이었다.

부웅, 소리를 내며 곤봉— 단단한 나무 지팡이가 라라자의 머리 바로 위쪽을 지나간다.

"으앗!"

몸을 굽히지 않았다면 분명히 머리를 세게 얻어맞았을 것이다.

다만 목소리를 높이는 데 모든 기운을 쏟은 여자아이는 미처 깨닫지 못하고 몸을 앞으로 쭉 내밀었다.

자기 나름대로 꽤 애써서 아주 살짝만. 남이 보기에는 힘껏 세차게.

"드래곤을 죽일 수 있는 무기는, 혹시 있을까……?"

"드래곤을 죽일 수 있는 무기인가."

캣 로브는 막 들은 질문에 별 흥미를 느끼지 못하는 음색으로 대꾸했다.

계산대 안쪽에서 어떤 작업이라도 하고 있었는지 두 손을 멈추고, 다만 시선은 움직이지 않고.

"있기는 있다."

"지, 진짜……?!"

벨카난의 등이 쭉 뻗었다.

"어떤 무기로도 드래곤을 죽일 수 있기는 하지."

벨카난이 또 고양이처럼 등을 굽힌다. 마치 도끼는 장작을 패는 도구라고 설명하는 것 같은 말이었다.

"뭐, 굳이 지목을 해서 말하자면……."

턱에다가 손을 가져다 대고 잠깐의 침묵.

"드래곤 슬레이어겠군."

"훗."

라라자는 이알마스가 희미하게 소리를 내서 반응했음을 깨닫고 한쪽 눈썹을 끌어올렸다.

방금 행동은 아마 착각이 아니라면— 실소의 부류에 들어가는 반응이 아니었나?

낮인데도 여전히 어둑어둑한 가게 안. 게다가 외투를 입어 그림자가 드리워진 입가. 표정까지는 살필 수 없었다만.

"……아주 허황된 말은 아니지 않나?"

웃을 이야기는 아닐 터인데. 핀잔을 들은 이알마스는 가볍게 어깨를 으쓱거릴 뿐이었다.

"수리검보다는 말이지."

"수리검?"

"투척용 칼이다."

"그런 물건이야 아무 데나 있지 않냐."

"잘 아는군. 아무 데나 있지. 진짜는 개중 단 하나뿐이고."

마지막 의문에 대답한 자는 이알마스가 아닌 캣 로브였다.

이 무기점의 주인은 눈에 보이지 않아도 무엇이 어디에 있는지 손바닥을 들여다보듯 알 수 있음이 분명했다.

그런 생각이 들 만큼 익숙한 동작으로 엘프의 가느다란 손가락이 한 지점을 향해 뻗었다.

“미궁의 산물 중에는 흔하고도 널린 물건이지. 자, 봐라. 저곳에도 한 자루가 있다.”

캣 로브가 가리킨 — 보이지 않는 눈동자와 손가락으로 — 것은 하나의 나무통이었다.

흔들면 철컥철컥 소리가 날 법한 나무통에는 다양한 검이 꽂혀 있었는데, 정말로 아무렇게나 취급하는 것 같았다.

유심히 잘 살펴보니, 확실히 용 문양 장식이 달린 검도 섞여 있었다.

용을 죽이는 검에 용을 상징으로 쓴다는 것이 꽤 기묘한 느낌이었다만…….

주뼛주뼛, 흠칫흠칫, 조심스럽게, 꼼지락거리며.

자신의 인식은 차치하고 몹시 머뭇거리는 동작으로 벨카난은 통 안을 들여다본다.

“나…… 이거 한번 뽑아봐도 될까……?”

“마음대로 해라.”

벨카난은 조심스럽게 손을 뻗어서 나무통 안쪽의 검을 쥐었다.

칼집도 없이 훤히 드러난 칼날에는— 어둑어둑한 가게 안이기에 간신히 알아볼 수 있는 은은한 인광(燐光)이 빛나고 있었다.

파란 반짝임은 틀림없이 마력의 발현이다. 과거에 라라자는 저런 현상을 가까운 곳에서 직접 볼 기회가 있었다.

—하지만.

위화감을 느낀 라라자는 눈에 힘주어 용살(竜殺)의 검을 노려본다.

물론 무구의 좋고 나쁨 따위야— 이 가게에 진열될 만한 영역에서는 구별을 하지 못한다.

다만, 음, 뭐라고 할까. 가게에 진열되어 있는 수많은 다른 무구와 비교하면—.

"……평범한 검 아니야?"

묘하게 평범하다는 생각이 든다.

격이 모자라다— 품격이 모자라다.

어느 한 집안에 내려오는 보검이라 설명한다면 납득할 수 있어도 전설로 전해지는 무구라는 생각은 도저히 안 든다.

이 같은 애매한 감상은 아무래도 벨카난 또한 마찬가지인 것 같았다.

검의 칼날에 비춰 라라자와 눈을 마주친 뒤 곧이어 허둥지둥하며 고개 돌렸다.

까만 머리카락의 다발이 마치 꼬리처럼 튕겨 흔들렸다.

"《미궁》에서 발견되는 드래곤 슬레이어는 하나같이 별 능력이 없더군."

"대부분이 없었을 테지."

그것은 이알마스라는 인물이 꺼낸 말치고 드물게도 반가움과 즐거움의 감정이 같이 묻어나는데도 푸념 비슷하게 들리는 발언이었다.

이어서 이알마스는 마치 캣 로브에게 불평을 늘어놓는 것처럼 넌더리를 내며 중얼거리기까지 했다.

“메이지 매셔(마술사 분쇄기)와 마찬가지로 쓸모 있었던 기억이 없군.”

“워 슬레이어(짐승 분쇄기)는?”

라라자는 입을 삐쭉거렸다.

“세즈말이 쓰잖아.”

“그건 예외지.”

“예외라니?”

“워 슬레이어는 쓸모가 있다.”

달랑 한마디로 넘겨도 괜찮은 건가— 아니, 뭐랄까, 저 발언은 요컨대.

“……너도 워 슬레이어를 썼었냐?”

“글쎄다.”

대강 얼버무렸다는 생각은 들지 않았다. 단순히 기억하지 못한 탓이다. 아마도.

“그러면…….”

손에 든 용살의 검을 가만히 바라보며 벨카난이 중얼거렸다.

“『진짜』도, 혹시 있을까……?”

“이곳에는 없다.”

“그럼 어디……?”

“《미궁》 깊숙한 곳이지.”

캣 로브는 아무렇지도 않게 말했다.

저 말은— 저 말은 요컨대.

“맞다.”

마치 수수께끼 풀이를 하는 것처럼 웃은 인물은 이알마스였을까, 캣 로브였을까.

"드래곤을 죽이기 위해서는 드래곤의 옆을 지나서 지하에 갈 필요가 있단 소리지."

§

"자, 가지."

"이봐."

라라자가 이알마스를 노려본 것은 무기점에서 나온 직후였다.

훈련을 시켰고, 돈을 마련했고, 장비를 갖췄다. 그럼 다음은? 이 남자가 할 대답은 상상할 수 있다.

"가자니……. 설마 《미궁》에 가자는 말은 아니겠지?"

"달리 갈 곳이 있나?"

"이봐."

라라자가 나지막하게 신음했다. 이 녀석에게 맡겨 놓으면 진짜 다 이런 식이라 난감하다.

《미궁》과, 그리고 다른 모든 것이다. 결국 이 남자의 사고는.

자신과 합류할 때도 마찬가지였다. 따라서 이번에도 비슷한 전개로 흘러갈 것이라고 예상했던 참이다.

"아, 으……."

벨카난의 얼굴은 그냥 하얗게 질린 게 아니라 라라자가 보기에는 핏기가 아예 싹 가신 핼쑥한 낯빛이었다.

지팡이에 의지해서 서있기도 버거울 지경. 당연한 반응이다.

“arf?”

“앗, 으, 응. 괜찮아……. 응. 나는, 멀쩡해…….”

쏙, 가비지가 아래에서 얼굴을 빤히 들여다보자 힘없는 웃음으로 대답한다.

《미궁》에 한 번이라도 드나든 경험이 있는 인물과 구경만 한 인물의 사이에 놓인 절망적인 벽.

그것은 수없이 탐색을 다닌 인물과 그렇지 않은 인물의 사이에도 존재한다.

더군다나— 죽음을 거쳐 막 소생한 초심자라면 더더욱.

아무튼 간에—.

—이렇게까지 차이가 크나.

앞서 라라자는 소생한 직후의 이알마스를 본 적이 있다. 무척 태연했었다.

자신은 어떨까. 아직 죽음을 경험하지는 않았다. 죽어서 다시 살아날 수 있을까, 다시 살아나서 활동할 수 있을까.

라라자는 잠시 고민하다가 고개를 옆으로 흔들었다. 나는 죽지 않는다.

“내일부터 해도 괜찮지 않냐. 《미궁》도 드래곤도 도망가지 않는데.”

“흠.”

이알마스는 감정을 내비치지 않는 눈동자로 거리에 가만히 서

있는 세 명의 모험가를 쭉 둘러본 뒤 말했다.

"그럼 숙소를 찾아야겠군."

§

벨카난이 겨우 휴식을 얻을 때까지는 이런 경위가 있었다.

마구간의 짚 더미 위에서 한 차례 숨을 내뱉는다.

이런 곳에서는 제대로 못 쉰다며 말렸지만, 이 이상 금전 면에서 신세를 지는 것은 도저히 마음이 내키지 않았다.

물론 소생에 장비에 오늘 식비까지 이미 신세를 졌다. 이제와서 왜 사양했을까.

하지만—.

—여기가 더 넓기도 하고.

그렇게 자학 비슷한 심정도 포함해서 벨카난의 입가에 살짝 미소가 떠올랐다.

단지 밧줄에 몸을 기댄다거나 관짝과 다를 바 없는 나무 상자에서 자는 신세와 비교한다면 짚 더미는 제법 괜찮다.

마구간의 냄새도 고향에 있던 시절에 익숙해졌다. 벨카난은 팔과 다리를 쭉 뻗었다.

"……나, 앞으로 어떻게 될까."

그렇게 툭 말이 새어 나왔다. 흐름에 따라 휩쓸려 다니다가 결국 여기까지 오고 말았다.

이상한 취급을 받지 않을까 걱정했었는데 괜한 걱정이었다.

이알마스라는 남자. 아마도 마술사겠지? 그 사람은 무슨 생각을 하고 있는지 잘 모르겠다.

빨간 머리 여자애, 가비지는 친절한 아이 같았다. 어느 나라에서 왔을까?

그리고…… 남자아이. 라라자는 어떤 사람일까. 나를 되살려준 은인이기는 한데.

붉은 용을 쓰러뜨리겠다는 당찮은 소리— 그 말도 어째서 입 바깥으로 튀어나왔는지 알 수 없었다.

"아휴……."

벨카난은 땅이 꺼져라 한숨을 쉬고 짚 더미에서 몸을 일으켰다. 누웠다가 또 일어난다. 같은 동작을 몇 차례 반복했다.

내일은 또 《미궁》에 간다. 어슴푸레하고, 어디까지 이어지는지도 알 수 없는 심연으로.

눈꺼풀을 덮자 또 어둠이 내려앉았고, 아울러 붉은 불꽃이 어른거렸다. 눈을 뜨면 마구간의 천장이 보인다.

—무섭기는…… 하지만.

신기하게도 도망치고 싶은 마음은 들지 않았다. 짐을 챙겨서 도시를 뛰쳐나가는 것은 간단한데도.

그런데 잠들 용기도 없다. 벨카난은 한심하다는 생각을 하며 얼굴을 구기고 웃었다.

—아마도 자꾸 딱딱거리는 이 소리 때문이야.

불꽃에서 불티가 터지는 소리. 그것은 마구간 한쪽 구석에 매달린 각등에서 들려오는 소리다.

《스케일》이 불야성이라는 말은 진짜였구나. 벨카난은 순수하게 감탄했다.

어쨌든 밤중에도 이토록 밝은 것은 벨카난의 고향에서는 상상도 할 수 없었다.

연료는 귀중하다. 초는 물론이고 기름도 짐승의 분뇨도 귀중하다. 함부로 쓰지 못한다.

밤은 잠드는 시간이다. 단 하나, 화덕에 남은 불이 꺼지지 않게 주의하면서.

따라서 할머니로부터 주문을 배우던 때는—.

—무척, 힘들었었지…….

짚 더미 위에서 벨카난은 무릎을 끌어안고 자세를 바꿨다.

갑자기 울고 싶어졌다. 어째서일까. 딱히 집으로 돌아가고 싶지는 않다. 할머니의 얼굴을 보고 싶어서일까.

"……윽, 울지 마, 바보야……!"

벨카난은 중얼거리며 뺨을 때렸다.

마구간에는 다른 모험가도 많았다. 비상금조차 없어 이렇다 할 치료도 못 받는 사람들.

짐승 냄새에 땀 냄새, 철 냄새. 피와 죽음과 재의 향. 신음하는 목소리와 흐느껴 우는 소리도 들을 수 있었다.

귀를 기울이면 불티 소리 이외에도 많은 소리가 이곳 마구간에서 살아 숨 쉬고 있다.

분명 《스케일》에도— 《미궁》에도.

—그리고 나도, 그중 일부구나, 아마도.

기묘한 느낌이었다. 고향과 이곳은 같은 하늘의 아래인데도.

"……이봐, 아직 깨어있냐?"

"앗……?!"

불현듯 누가 말을 걸어왔기에 벨카난은 벌떡 일어섰다.

까만 머리카락이 휙 솟구쳤다가 말이 꼬리로 휘둘러 치듯 짚 더미를 때려서 무너뜨린다.

부스럭거리는 소리가 울려퍼질 뿐, 몸집 큰 여자아이는 허둥지둥하며 정신을 차리지 못했다.

따라서 자신에게 말을 건넨 인물이 막 알게 된 소년— 라라자임을 알아차리는 데는 제법 시간이 걸렸다.

그동안 내내 소년이 묵묵히 기다려주었음을 알아차린 때는 더 나중이었고.

"앗, 어으, 저기, 미안해……. 미안, 나, 어으……."

"자꾸 떨지 마라. 진정하고 들어."

소년은 겸연쩍어하며 말했다.

"안 잡아먹으니까."

"……응."

"옆에 앉는다."

벨카난이 고개를 위아래로 흔들거리자 라라자는 그렇게 말한 뒤 짚 더미에 주저앉았다.

—몇 살쯤 되었으려나?

자신의 어깨보다 아래를 향해 벨카난은 눈을 돌렸다. 혹시 동갑일까. 더 많은가? 적나?

한창때의 남자아이가 어떤 생물인지 벨카난은 잘 알지 못했다.

"피곤하면 오히려 잠이 안 온단 말이지."

"어……?"

"왠지 깨어있을 것 같았다."

아래쪽에서 빤히 올려다보는 눈.

"피곤했잖냐? 오늘."

"아, 응."

벨카난이 끄떡거리며 몇 번이나 되풀이해서 머리를 위아래로 흔들었다. 머리카락이 통통 튕겨서 솟구친다.

"나 말야, 그렇게 막 달린 건 처음이라……. 나이를 한꺼번에 몇 살은 먹은 것처럼 지쳤어……."

"이알마스는 종잡을 수 없는 녀석이고 가비지도 대충 비슷한 녀석이니까."

라라자의 말투에서 피로감이 묻어나왔다. 한편으로는 재미있어 하는 듯한 기색도 있었다.

"저기, 얼마나 됐어……?"

"엉?"

"으음, 파티를 짜고…… 모험가가 되고, 이것저것. 난……."

전혀 아는 게 없거든. 벨카난은 작은 목소리로 중얼거렸다.

언제나 이런 식이었다. 무슨 말을 꺼내야 할지 잘 알지 못하는 데다가 애써 말을 꺼내도 금세 후회한다.

분명 또 호통이 쏟아지지 않을까. 쫓겨난다— 혹시 쫓겨나면 어떻게 하지.

벨카난은 눈을 꽉 감으며 고개 숙였고— 다만 각오했던 고함은 들려오지 않는다.

"……?"

"으음……. 글쎄, 세보면……. 비교적 짧은 편일걸?"

라라자는 딱히 이쪽을 대하는 태도를 바꾸지도 않고 생각에 잠겨 있었다.

벨카난이 자꾸 답답하게 말을 어물거리며 흐려도 아예 신경 쓰지 않는 듯했다.

"뭐, 나도 얼떨결에 합류한 처지라서 말이다."

"얼떨결에……?"

"맞아. 너랑 별 차이 없지. 정신 차리고 보니까 그 녀석한테…… 파티에 들어가 있었다는 느낌?"

"흐응……."

그러고 나서 라라자는 코끝을 벅벅 긁으며 과거의 모험 이야기를 들려주었다.

물론 이야기 전부 실제로 있었던 일은 아니었을 것이다. 재미있게 들을 수 있도록 적당히 꾸며 각색해주었겠지.

다만 느닷없이 《미궁》 깊숙한 곳으로 날아갔다가 셋이서 같이 탐색을 하는 처지가 되었다는 말에는 놀랐다.

듣자 하니까 라라자와 파티원들은 용과 만나서 쓰러뜨렸던 전적까지 있다고 한다. 녹색 용이었지만.

벨카난이 「굉장해」라고 중얼거리자 라라자는 낯간지럽다는 듯이 고개를 좌우로 흔들었다.

하지만 벨카난은 정말 굉장하다고 생각해서 한 말이다.

게다가 《미궁》의 미개척 영역— 비밀 공간을 찾아서 진입한 것은 정말로 굉장하다.

다만 라라자가 싫어하는 눈치라 「……진짜 굉장한데」라고 마음속으로 중얼댔을 뿐, 말은 꺼내지 않았다만.

그러다가도 보물상자를 개봉하던 중 가비지에게 걷어차였다는 이야기를 들었을 때는 무심코 웃어버렸다.

"앗, 어으, 미안해……."

"……아니, 상관없다만."

급하게 허둥지둥 — 붕붕 — 손을 흔들자 라라자는 얼굴을 찌푸리면서도 용서해줬다.

뒤이어 한숨. 아래쪽에서 힐끗 흘겨보는지라 벨카난은 짚 더미 위에서 엉덩이를 움직였다.

"너 말이다, 잔반……. 음, 아니지, 가비지한테 뭔가 너그럽지 않냐?"

"그랬, 던가?"

"보통 무서워할 것 같은데. 목검에 막 얻어맞으면서 쫓겨 다니기도 했고."

"으음……."

벨카난은 나름대로 진지하게 생각에 잠겼다.

"그래야 하나?"

"무슨—."

"그치만 붉은 용보다는 안 무서웠거든."

"할 말이 없게 만드는구나—."

"게다가 싫은 느낌은 안 받았어, 나. 그 아이한테."

응. 벨카난은 머리카락을 한껏 흔들며 고개를 끄떡거렸다.

싫지 않았다. 못살게 굴겠다거나 괴롭혀주겠다는 느낌은 받지 못했다.

재미있어하는 티는 좀 났었는데, 뭐랄까, 장난치며 노는 분위기였지.

정말 자신을 구박하며 즐기는 듯한 태도였다면 벨카난은 분명 일찌감치 도망쳤을 것이다.

—응.

아마도 왜 도망가지 않았냐고 묻는다면 이게 이유다.

도움의 대가만큼 돈을 청구받을 것이다. 딱히 무상으로 신세를 진 것은 아니었다.

그런데 딱히 도와줬다는 이유로 더 과하게 이상한 요구를 하지도 않았잖은가.

선이라든가 악이라든가 그런 이유가 아니라는 것이— 벨카난의 마음을 조금 편하게 보듬어줬다.

"……뭐, 상관없지만 말이다."

벨카난의 얼굴에 웃음이 지어지는 꼴을 라라자는 곁눈질로 쳐다본 뒤 숨을 내쉬었다.

"……까먹기 전에 건네줘야겠군. 내일이면 너는 또 정신 못 차릴 것 같고."

"아……."

톡. 무릎 위쪽에 던져준 것을 보고 벨카난은 눈을 끔뻑거렸다.

조잡한 만듦새의 가방. 낯익은 물건이었다. 자신이 이 도시에 들고 왔었던 짐이다.

"운이 좋았네. 내일이면 처분했을 거다, 분명히."

벨카난은 숨을 내쉬고 소리가 나지 않도록 살며시 자신의 가방을 손바닥으로 쓰다듬었다.

숙소에 두고 온 것이 행운이었고— 더욱 운 좋게도 지금까지 도둑맞지 않았다.

분명 구태여 훔칠 가치가 없기 때문이었을 터이나 아무튼 간에 벨카난은 가방이 무사하다는 사실이 기뻤다.

—이렇게나 많이, 나에게는 아직 남아있지 않은가.

"푹 쉬어라. 그럼 마음도 몸을 따라와준다더라……. 듣기로는."

"……응."

배려해주는 걸까. 걱정해주는 걸까.

벨카난은 그렇게 말을 남긴 뒤 떠나가는 소년을 눈으로 좇았다.
키에서 확 차이가 나는데도, 마치 올려다보듯이.
"고마워, 음……. 라라자, 군?"
"이름만 불러주면 된다."
라라자는 혀를 찼다.
"꼬맹이도 아니고."
"……응, 미안해."
"일일이 사과하지도 말고."
라라자는 손을 흔들며 나타났을 때와 마찬가지로 소리도 없이 마방에서 떠나갔다.
바깥에서 바람이 불어 들었다. 잠들지 않는 도시의 밤바람이다.
벨카난은 밤의 한기를 가슴 가득히 들이마셨다. 신기하게도 몸 안쪽이 가벼워진 기분이었다.
그래서 들리지 않더라도 개의치 않고 마지막으로 한 마디만 더.
"……나, 열심히 할게."
내일은—《미궁》에 간다.

§

《스케일》은 잠들지 않는 도시다.
붉은 용 때문에 혼돈과 퇴폐의 양상에 살짝 그림자가 드리워지고 있는 상황이라도 도시의 빛은 완전히 사라지지 않았다.

그러나, 그렇다고 해서 이 도시에 어둠이 없냐고 묻는다면 대답은 아니다.

미로처럼 얽힌 뒷골목 안쪽, 사람들의 기억에서 잊힌 주점의 한 구석, 지하 수로, 혹은《미궁》안.

이렇듯 빛이 들지 않는 장소는《스케일》이 미궁도시인 이상 사라지지 않는다.

남자들, 혹은 여자들, 어떤 집단 하나가 모인 곳도— 이렇듯 어디인지 알 수 없는 어둠의 한복판이었다.

똑같이 맞춰서 입은 로브를 눈까지 깊이 뒤집어쓴 이들이 누구인지 추궁하는 어리석은 인물이 있을 리 없다.

적어도— 바깥 세계에서는 나타나지 않았었다.

"……그래, 경과는 어떻게 됐나."

"일단은 양호하다고 말할 수 있겠지."

한 사람이 자신의 목에 걸어서 내려뜨린《호부(애뮬릿)》— 아니, 단편(샤드)을 어루만졌다.

괴이하고 아름다우며 은은한 빛이 어둠 속에서 피어난다. 누군가가 꿀꺽 침 삼키는 소리가 났다.

"적룡은 무사히 상층까지 기어 나왔다. 정보도 이미 널리 퍼진 듯싶군."

"몇 번을 곱씹어봐도 참으로 대단하구나…….《호부》에 깃든 힘의 위력은."

"귀중한 물건이지."

혹여나 빼앗길까 경계하는 듯한 동작으로 《호부》를 외투 안쪽에 고이 집어넣었다.

"그런 물건을, 허망하게……. 에감 녀석."

"더는 말하지 마라. 죽은 사람이다."

"살아 돌아와봤자 다음 날 아침을 맞이하지 못했을 테지."

내일은 자신의 차례일지도 모른다. 물론 그림자에 숨어 사는 처지가 된 이후부터는 언제나 각오하는 마음을 갖고 지내야 했다.

수행을 거듭하고, 마도를 갈고닦고, 인간의 지혜로 넘볼 수 없는 요술을 다루는 경지까지 도달한 것은 무엇을 위해서인가.

이곳에 이를 때까지 축적했던 피가 배어나는 수련 전부를 사명을 위해 일말의 아낌도 없이 쏟아붓는다.

그것이야말로 이들의 긍지였다. 무엇 하나도 누군가에게 부끄러워할 이유가 없다. 하지만—.

"화가 치민다만……. 녀석 덕분에 얻은 정보도 있다."

"흐음."

갈라진 목소리로 한 사람이 대꾸했다.

"예의 사생아(바스타드)의 힘인가."

"역시 모험가라는 족속은 여간내기가 아닌 듯싶군."

그 전부를 《미궁》은 손쉽게 짓밟고 유린한다.

천한 피를 이은 들개와 같은 계집아이가 단지 날붙이를 휘둘렀을 뿐인데 이들을 넘어섰다.

아니, 암캐 한 마리뿐만이 아니다. 주위에 모인 신상이 분명치 않은 무뢰한 녀석들도 있다.

상대할 가치가 없는 애송이. 정체를 알 수 없는 마술사. 마술사의 친구인 자유 기사.

"딱히 경시하지는 않았다만……. 《미궁》은 무시무시한 곳이군."

저런 작자들을 만들어 낸 곳은 《미궁》이다.

외지의 사람들이 경외하는 전설 속— 신화 속 영웅이 발휘하는 힘을 미궁에서 생환한 자들이 얻어 강해진다.

저러한 마경, 마굴, 저주받은 구덩이에 어찌 희희낙락하며 도전한단 말인가. 절대 제정신으로 할 짓이 아니다.

"—따라서 화룡인가. 붉은 용인가."

"아무렴."

다만 전설의 영웅일지라도 붉은 용에게는 감히 저항할 수 없으리라.

《호부》를 쓰고도 죽음의 화신이라고 말할 수 있는 괴물을 완전히 복종시키기는 불가능했다.

바라건대 아예 지상으로 끌어내고 싶었지만, 지금 상태로도 충분한 결과이리라.

"짐승이 용에게 살해당하면 좋고. 그게 아니더라도—."

"《미궁》에 발을 들이지 못한다면 더 이상 강해질 수는 없겠지."

"아무렴."

어떻게 상황이 흘러가든 손해는 없다.

이 같은 책략에 의지해야 함을 답답해하는 심정은 들지언정 일말의 망설임도 없다.

계략, 복병, 음모, 함정, 암살. 이러한 수단도 전쟁의 근간이다.

비겁하다? 비열하다? 떠들 테면 떠들라. 패배자가 뭐라 지껄인들 그 말에 의미는 없으니까.

"시간을 끌고 빈틈을 찌른다. 결국 짐승이다. 우리의 움직임을 포착할 지혜는 갖추지 못했지."

"……하지만."

"뭔가."

말을 꺼낸 자는 금방은 대답하지 않았다.

만약의 가능성을 말로 표현하는 것이 두렵다는 듯한 태도였다.

마치 입 밖에 꺼내면 제 말이 실현되리라는 생각이라도 하는 듯싶다.

"그 계집이 붉은 용을, 무찌른다면—."

"죽일 수 있을 리 없다."

신음에 가까운 부정이었다. 혹은—.

"……죽일 수, 있을 리."

—기도에 가까운.

제 3 장

드래곤 슬레이어

짤랑, 짤랑.

돌바닥과 돌벽에서 — 눈에 보이기로는 — 금화가 튕기는 소리가 울려 퍼지다가 미궁의 어둠 속으로 빨려들어가 사라졌다.

라라자가 바닥으로 던진 금화를 손에 쥔 낚싯줄로 끌어당겨서 회수한 뒤 한 발짝 걸음을 내디딘다.

벨카난은 하품을 하는 가비지의 곁에서 지팡이와 방패를 든 채 금화를 눈으로 좇고 있었다.

바닥을 기어간 시선은 라라자의 손까지 올라갔다가 포물선을 그리고 또 바닥으로.

"어, 으음……. 얘, 이게 뭐 하는 거야?"

"함정 찾기."

"yelp?!"

뛰쳐나가려고 하는 가비지의 목덜미를 확 낚아채서 다시 끌어다 놓으며 라라자가 대답했다.

틈날 때마다 이 빨간 머리 여자애가 묘실로 뛰어들고자 했던 게 벌써 몇 번째일까.

다행히 아직 통로를 나아가고 있을 뿐이라— 벨카난은 긴장만 하고 있는 처지였다만.

"지도, 있지 않아……?"

"지도가 있어도 까딱하면 길을 헤맨다더라고."

넌더리를 내는 말. 벨카난은 상상하다가 의미를 알지 못하는데도 부르르 몸을 떨었다.

—어째서 그런 이상한 일이 일어나는 걸까?

벨카난은 상상도 할 수 없었다. 어쩌면 라라자도 같은 생각인지도 모르겠다.

"무슨 사고가 터질지 모르는데 최대한 조심할 수밖에 없지 않겠냐……."

그렇게 말한 뒤 통로 안쪽의 어둠을 주시하는 작은 남자아이를 벨카난은 살그머니 내려다봤다.

이 아이가 도적이라서 다행이라는 생각이 든다.

지금 벨카난이 장비하고 있는 가슴 보호대 안쪽의 의복은 할머니가 예전에 직접 바느질해서 장만해준 복장이다.

어젯밤 라라자가 가져다줬던 짐 안에 있었던 귀한 예비용 옷—고향에서는 천도 값비쌌다.

……라라자 군의 뒤를 따라가자. 그럼 괜찮을 거야.

"……흠."

왜냐하면 검은 옷 마술사— 흑색 지팡이 이알마스는 세 사람의 후열에 자리를 잡고 있으니까.

본인이 말하기를— 전위가 셋 있으니 편해서 좋다고 한다.

자신도 전위로서 숫자에 들어간지라 벨카난은 몹시 복잡한 마음이었다.

—그렇다고 다른 사람을 앞에 내세우는 것도 마음이 안 내키지만…….

첫 번째 탐색, 첫 번째 파티에서는 별로 주의를 기울이지 않은 부분이었는데.

그때는 마술사로서 제대로 된 역할을 수행하는 것도 버거웠기 때문이었을까?

그렇게 딴생각을 하며 벨카난은 멍하니 라라자의 손 주변으로 눈길을 보낸다.

라라자는 짐을 뒤적여 지도를 꺼내 펼치더니 현재 위치와 미궁의 통로를 확인하고 있었다.

지도상의 미로와 자신의 눈에 보이는 광경. 둘 사이에 차이가 있는지를 비교하고 있는 듯했다.

선행해서 정찰한 뒤 지도를 확인하고, 지도를 그리고. 전위인 만큼 전투에 참여하는 경우가 있을지도 모른다.

—내가 그려보면 어떨까?

아무 말이나 꺼내면 안 된다. 지팡이를 무기로 싸워야 함을 감안하면 아예 불가능하지는 않더라도…….

“그래, 맞아. 잊고 있었군.”

“아앗……?!”

지금껏 쭉 침묵을 지켰던 이알마스가 느닷없이 소리를 낸 터라 벨카난은 깜짝 놀라서 몸을 움찔거렸다.

“어엉?”

“아니, 별 대단한 문제는 아니다. 한데.”

의아해하는 라라자에게 이알마스는 천천히 고개를 좌우로 저어 보였다.

벨카난이 본 바로 이 남자는 《미궁》 안에 들어왔음에도 긴장한 기색이 없었다.

마치 집 안에 있는 것같이 편한 모습이다. 벨카난에게는 그렇게 보였다.

느긋하게 턱짓을 하며 통로의 끝을 가리키는 동작에서 여유가 한껏 넘쳐난다.

"괜찮은 건가?"

"……엑."

고개 돌려서 알아챘을 때는 이미 늦었다.

"woof……. howl!!"

한 차례 우짖더니 가비지가 묘실의 문을 걷어차고 뛰어들었던 것이다.

소녀는 큼지막한 칼을 번쩍 치켜들고 희희낙락하며 문 안쪽으로 사라져 갔다.

"저 바보가……!"

"앗……. 아앗……!"

벨카난이 독설을 뱉고 달려가는 라라자를 느리게 쫓았고, 이알마스가 천천히 따라온다.

벨카난의 눈에는 막 뛰어든 앞쪽 묘실이 굉장히 크고 텅 비어있는 것처럼 보였다.

돌벽과 돌바닥. 창백한 죽음의 색. 번져 나가는 검푸른 어둠. 그곳을 집중해서 본다. 땀이 이마를 타고 흘렀고, 눈을 깜빡거렸다.

"arf!!"

날카롭게 외치는 소리와 함께 금속끼리 서로 부딪치는 맑은 소리가 들렸고, 곧이어 불꽃이 흩날린다.

붉은빛이 깜빡거리는 와중에 보인 것은 인간의 그림자— 가죽 갑옷을 입은…….

"모, 모험가……?!"

"……쯧, 아니다!!"

"흐읍……?!"

라라자가 고함지르지 않았다면 벨카난의 복부는 베였을 것이다.

지나간 것은 녹슬고 이 빠진 장검이었다. 가슴 보호대를 착용했어도 배는 무방비하다.

비명을 지르며 뒤로 뛰어서 물러났다 — 자신의 반응에 놀랐다 — 죽음의 공포 앞에서 벨카난의 정신(히트 포인트)은 큰 타격을 받았다.

"어, 어째, 서…… 사람이……?!"

"나도 몰라! 저번에도 싸웠다!!"

"yap!!"

라라자가 역수로 쥔 단검이 검을 흘려 넘기고, 가비지가 우짖자 큼지막한 칼도 으르렁거린다.

묘실 전체에서 검이 부딪치는 소리가 울려 퍼지는 터라 벨카난은 하늘과 땅이 빙글빙글 도는 것 같다는 생각마저 들었다.

—대체 얼마나, 많은 거야……?!

벨카난은 부들부들 떨면서도 자꾸 힘없이 주저앉으려고 하는 하반신을 죽기살기로 다그쳐서 버텼다.

적어도 눈앞에는 한 명이 있다. 벨카난의 커다란 키에 위축되었다가 정작 표정을 보고 야비하게 웃는다.

덩치만 큰 만만한 녀석이군. 바로 얕보였음을 알 수 있었다. 지팡이를 꽉 쥐고 방패를 들어 올린다.

"으, 으, 으…… 아앗……!"

신나게 쫓겨다니기만 했을 뿐, 무기를 휘두르는 방법이나 몸을 지키는 방법은 전혀 모른다.

사람처럼 생겼어도 결국 괴물이잖아. 엄청나게 강한 검사면 어떡하지. 나는, 나는…….

"버글러(밤도둑)의 부류다. 별로 두려워할 필요는 없지."

마치 잡담을 나누는 듯이 느긋한 이알마스의 목소리가 벨카난의 사고에 물을 끼얹는다.

한껏 치솟았던 열기가 점차 차가워질수록 방금 전 말이 현 상황과 어울리지 않게 냉정하고 쾌활했음을 깨닫는다.

"본래는 더 안쪽 깊숙한 곳에서 기어다니는 녀석들이지. 화룡에게 쫓겨서 이곳까지 왔군."

"에라아앗……!!"

얕보였음에 분노하는 것인지, 밤도둑은 한 차례 고함을 내지르더니 벨카난을 노리고 덤벼들었다.

"와, 앗……?!"

쾅, 왼팔에 강한 충격. 급하게 내밀었던 둥근 방패가 다행히 검을 막아주었다.

벨카난은 비틀비틀 뒤로 물러나면서 죽기살기로 떨리는 팔을 움직여 지팡이를 들었다.

인간에게 사용하기에는 망설임이 앞선다. 정말로 써도 괜찮은 걸까. 하지만. 지금은.

—가슴 보호대가 답답해서 집중이 잘 안돼……!

자신에게는 이것밖에 없지 않은가.

"헤아 라이—."

"주문은 쓰지 마라."

뒤쪽에서 날아든 목소리가 벨카난의 등을 때렸다.

흠칫 놀라서 — 상황도 잊어버린 채 — 고개를 돌리자 보이는 것은 외투 안쪽의 날카로운 눈동자.

"똑같이 되풀이하면 의미가 없다."

"무슨, 말?! 그럼, 난— 와앗……?!"

또 일격. 강렬한 충격이 둥근 방패에 쏟아졌고 왼팔이 저렸다.

그럼에도 방패를 떨어뜨리지 않았던 것은 단순하게 가죽띠로 단단히 묶어놓았기 때문이며 다른 이유는 없다.

일격, 일격. 막을 때마다 팔이 저리고, 힘이 빠지고, 방패가 자꾸 아래로 내려가려고 하는지라 죽기살기로 버텼다.

혹시나 배를 베이면 죽어버릴 거야. 한 가지 생각만이 벨카난의 머리에 떠올랐다.

공격의 기세는 수그러들지 않는다. 쾅, 쾅, 울리는 소리가 벨카난의 신경을 갉아먹는다.

주변의 다른 소리도, 상황도, 아무것도 인식할 수 없었다. 라라자는 어쩌고 있지. 가비지는?

귀에서 날카롭게 소리가 났다. 시야가 마치 작은 창을 들여다보는 것처럼 좁아진다.

"헉, 흑, 흐읍, 아앗?! 그, 만……?! 아읏?!"

분명 방패가 대신 맞아줬는데도 마치 머리를 직접 가격당한 것처럼 어지러웠다.

방패를 들고 쳐내거나 방패로 막는 것이 아니라 거의 방패에 숨다시피 해서 버티는 꼴이었다.

이미 지팡이를 휘둘러야 한다는 생각도 머릿속에서 사라졌고 눈을 꽉 감은 채 견딜 뿐이다.

따라서 당연히 알아차릴 수 없었다.

"아, 아얏?!"

푹, 정강이가 도려지는 격통에 벨카난은 비명 지르고 바닥으로 나자빠졌다.

이제까지 모든 공격이 포석이었나, 아니면 단지 불의의 일격이었는지는 알 수 없었다.

장신인 소녀에게 맞서 밤도둑이 몸을 바짝 굽히더니 하체를 노리고 벤 것이다.

"으아, 아아앗?! 아파……. 아파앗……?!"

벨카난은 격통을 못 견디고 다리를 부여잡은 채 몸부림쳤다. 손가락 틈으로 피가 넘쳐흐른다.

죽는다……?!

소녀는 눈물에 번진 시야로 이알마스를 봤다. 구해주기를 바랐다. 싸늘한 눈동자와 시선이 교차했다.

이알마스는 가만히 팔짱을 끼고 아무런 말을 하지 않는다— 아무것도 해주지 않는다.

다음 순간, 벨카난의 시야가 빨갛게 물들었다.

"woof!!"

우렁찬 외침과 함께 휘둘러졌던 커다란 칼이 마치 장작처럼 도적의 머리를 깨부쉈던 것이다.

머리부터 피와 뇌수를 뒤집어쓴 벨카난은 다리의 통증에 괴로워하면서도 멍하니 앞쪽 맞은편을 올려다봤다.

빨간 머리의 여자애였다. 자신의 뺨에 달라붙은 피를 외투로 꾹 닦아내고는 큼지막한 칼을 어깨에 짊어진다.

소녀의 바닥을 가늠할 수 없는 호수처럼 몹시도 맑은 푸른색 눈동자가 이쪽을 빤히 바라보고 있었다.

그 광채가 형형히 불타오르던 화룡의 눈과 기묘하게 겹쳐 보인다.

벨카난은 아무리 생각해봐도 가비지가 이렇게 말하는 것 같았다.

—이 녀석, 괜찮은 거냐?

§

결과만 두고 말하자면 벨카난은 자신의 역할을 훌륭하게 수행했다.

적을 끌어들였고, 공격을 막아 후위로 빠뜨리지도 않았으며, 끝까지 버텼으니까.

라라자와 벨카난이 수비에 집중하고 있는 사이에 가비지가 커다란 칼을 휘둘러 댄다.

그리고 문득 깨달았을 때, 전투는 이미 종료되어 있었다.

"역시 전위가 셋 있으니 편해서 좋군."

흐느껴 우는 벨카난의 발목에 지혈용 연고를 바른 뒤 붕대를 감아주는 이알마스는 만족하는 눈치였다.

이 남자의 움직임은 정말 기계적이라는 생각이 든다.

전투가 끝나자 곧장 짐에서 작은 병을 꺼내더니 뚜껑을 열고 흘려서 원을 그린다.

콧소리를 내면서 벨카난이 본 원은 마법적인 의미를 갖고 있었고—.

"……결계……?"

"그렇다."

맞는가 보다.

한편 애원하다시피 간절한 시선으로 찾은 라라자는 이쪽에 등을 돌린 채 보물상자를 만지작대고 있었다.

어떤 표정을 짓고 있는지 벨카난은 살펴볼 수 없는 위치였다.

가비지는 그 옆에 있다. 커다란 칼을 어깨에 짊어지고 한쪽 다리를 보물상자에 올린 모습은 은근히 뿌듯해하는 모양새다.

아니, 보아하니 라라자가 작업에 착수하기 전에 보물상자를 걷어찼던 것이 분명하다.

이쪽을 보는 눈동자의 색은 변함없었는데— 지상에서부터 줄곧 저랬던가, 아까부터 쭉 저랬던가.

……나한테 ……너무 실망하지 않았으면 좋겠네…….

벨카난은 멍하니 생각했다.

다른 세 사람은 탐색 중에도 전투 중에도 지금도 무척 숙달된 움직임을 보였다.

각자가 무엇을 하면 되는지 잘 아는 듯했다 — 이알마스는 이렇다 할 움직임이 없었지만 —.

그런 사람들 속에 섞여서 허둥지둥하며 아무것도 하지 못한 바보가 자신이었다.

미안함과 자책감, 불안, 다리의 통증, 공포. 머릿속에서 여러 감정이 빙글빙글 휘몰아친다.

따라서 이알마스가 물러난 것도, 가비지가 가까이 다가온 것도 알아차리지 못했다.

"woof!"

소녀가 으르렁거리기에 멍하니 얼굴을 들었더니 이알마스에게 손바닥을 내밀고 있다.

이알마스는 별다른 말 없이 가방에서 육포처럼 생긴 것을 꺼내 가비지에게 건네줬다.

벨카난은 둘의 행동을 멍하니 바라봤다. 육포가 쫑쫑거리며 이쪽을 향해 다가왔다.

그리고 눈앞에서 뚝 둘로 뜯겨 나간다. 그중 한쪽이.

"yap."

"……어으……."

"yap!!"

꾹꾹 힘줘서 건네준다. 아니, 빰에다가 막 밀어붙인다.

벨카난은 당황해서 시선을 이리저리 헤매다가 주뼛주뼛하며 육포를 받았다.

"아, 으응, 어……."

벨카난은 흐물흐물 웃음을 머금었다.

"……고마워……?"

"arf."

가비지는 어서 먹으라는 듯이 고개를 끄덕거린 뒤 벨카난의 옆에 앉았다.

곧이어 어적어적 소리를 내며 걸신들린 사람처럼 마른고기를 먹는다.

벨카난은 잠시 소녀를 가만히 지켜보다가 마음을 굳게 다지고 자신도 육포를 입에 물었다.

몹시 짠맛이 났다.

"그나저나 어쩔 셈이냐."

"무얼 말이지."

철컥거리는 개봉 작업의 소리에 섞여 들려오는 라라자의 목소리.

이쪽을 쳐다보지는 않는다. 대답하는 이알마스도 딱히 라라자를 돌아보지는 않는 듯했다.

"용."

움찔, 벨카난은 몸을 떨었다

"어떻게, 뭔가 방법은 있냐?"

"방법이란?"

"안 마주치고 지나갈 계획이 있는지 물어보는 거다."

"……아아."

이알마스는 맥 빠진다는 듯이 말했다.

"겨우 그건가."

겨우?!

벨카난은 육포를 입에 문 채로 깜짝 놀라서 이알마스를 바라봤다.

겨우라니. 아주 담담하게, 전혀 아무것도 아니라는 듯한 말투잖은가.

흑의의 마술사에게는 용을 상대할 수 있는 모종의 수단이 있음을 장담하는 발언이었다.

저절로 벨카난의 목에서 꿀꺽 소리가 났다. 소금기가 목을 지나서 위장에 떨어진다.

"기원해라."

"……엥?"

헛숨이 새어 나왔다. 라라자의 혼잣말인가, 벨카난의 목소리인가. 가비지는 신경을 쓰지 않는다.

"기원할 뿐이다. 마주치지 않도록. 도망칠 수 있도록. 그리고 전진한다."

그게 전부다, 라고. 이알마스는 아무것도 아니라는 듯이 말하고 입을 다물었다.

"woof."

가비지의 의사 표시에 반응해서 입을 닫은 채 물주머니를 던져서 넘겨줬다.

빨간 머리의 여자아이는 두 손으로 물주머니를 받은 뒤 입술을 적시며 내용물을 단숨에 들이켰다.

그리고 입가를 소매로 닦으며 한 마디.

"yap!"

"어, 으음……."

벨카난의 눈앞에서 물주머니가 흔들리고 있었다.

"arf."

머뭇거리며 받아들자 답답하다는 듯이 가비지가 우짖었다.

뚜껑도 안 닫고 건네준 물주머니를 들고서 잠시 망설인다. 망설일 필요가 없는데도.

그러다가 입에 살며시 머금고 조금씩 마셨다.

—시원해.

"……좋아, 열렸다!"

"woof!"

숨을 내쉬던 순간, 가비지가 번쩍 뛰어나가서 보물상자를 걷어차고 있었다.

"야, 인마?!"

덜커덩하는 소리를 내며 뚜껑이 떨어지고 라라자가 언성을 높인다.

벨카난은— 가만히 지켜보기만 할 뿐이었지만.

어째서인지 어느샌가 무겁게 가라앉았던 마음이 조금이나마 가벼워진 것 같다는 생각이 들었다.

문제는—.

—내가 기원해서, 과연 이루어지기는 할까.

§

다행히 기원은 통했고, 다만 소망은 이루어지지 않았다.

"……검은, 안 나왔네."

"이렇게 고생시키고 달랑 반지 한 개냐."

금색 반지를 만지작거리는 라라자를 선두에 두고 미궁에서 나아가는 일행은 유황 냄새를 맡는 불상사도 겪지 않았다.

계단이 지하 깊숙한 곳으로 끝없이 이어진다는 생각이 드는 여정에서 앞길을 가로막은 것은 묘실의 수호자들뿐.

그마저도 맨 처음 버글러들을 제외하면 거의 다 가비지가 파죽지세로 쓸어버리고 끝냈다.

다리의 힘이 빠진 노인처럼 힘겹게 걷는 벨카난에게는 다행스러운 일이었다.

"……반지는, 꽤 대단한 물건이야."

그리고 드디어 자신이 아는 이야기가 나와준 터라 조금은 입도 가벼워졌나 보다.

"엉?"

그렇게 라라자가 고개 돌렸을 때 뒤늦게 깨닫고 아차 싶어서 입을 다물었다.

어설프게 아는 척하다가 어설픈 말이나 하는 녀석이라는 인상을 주고 싶지는 않았다.

"……그러고 보니 저번에도 비슷한 말을 들었었지. 모라딘…… 씨한테."

벨카난은 알지 못하는 이름이었다. 물론 아는 이름이 손꼽아 헤아려야 할 숫자인지라 어쩔 수 없다.

따라서 놀란 이유는 따로 있었다.

"어떻게 대단한데?"

"응?"

"반지."

"아, 으, 응."

하필 자신에게 질문했다는 것에 벨카난은 놀랐다.

—얘기해도 괜찮은 걸까?

힐끔 등 뒤를 본다. 이알마스는 여전히 무슨 생각을 하는지 잘 모르겠다.

가비지는 미궁의 어둠을 두려워하는 기색도 없이 앞으로 나아가고 있다.

—그러면.

벨카난은 조심스럽게 입을 열었다.

"저주를 받는 종류의 물건도 있고. 마력이 깃들어서 주문을 쓸 수 있다거나……."

"마술사가 아니어도?"

"으, 응. 맞아……."

"……그 반지인가."

라라자가 나지막이 중얼거렸다. 벨카난이 의문을 표하자 소년은 목소리를 낮춰 설명했다.

"저 녀석이 갖고 다니걸랑. 《보석의 반지》를. ……현재 위치를 알 수 있다던데?"

"와, 대단하네……!"

벨카난은 살짝 흥분해서 목소리를 높이다가 당황하고는 입을 붙들었다.

왜냐하면 진짜로 마법 도구라는 말이니까. 역시 미궁에는 있구나.

—그럼, 혹시 용을 죽이는…….

마검도 혹시 있지 않을까. 진짜 드래곤 슬레이어가…….

다만 벨카난은 자신이 마검으로 용을 죽이는 광경은 도저히 상상할 수 없었지만.

"그럼 이 반지에도 뭔가 유용한 힘이 있으려나?"

"글쎄, 알아봐야지……."

벨카난은 어색하게 웃었다. 벨카난의 눈에 보이는 반지는 단지 평범한 장신구일 뿐이니까.

미궁의 엷은 어둠 속, 은은한 빛에 비추어서 반지에 각인된 어떤 문양이 일렁거린다.

그림자가 움직이는 탓에 흔들리는 듯 보였을 것이다. 다부진 근육과 골격을 가진 호걸이며, 아니다, 송곳니가 있다. 짐작하건대—.

—트롤, 이려나?

"이거, 네가 쓸래?"

"어?"

"반지 말이다."

"어, 아, 어으……. 내가? 괜찮아?"

무엇이 괜찮냐는 말일까? 스스로도 잘 알지 못하는 의문이었다.

망설이는 동안에 라라자가 손을 움직여서 금속 반지를 던져줬다. 허둥지둥하며 반지를 두 손으로 붙잡았다.

"나는 손가락을 써야 하니까 반지는 안 끼거든."

핑계 비슷한 말을 늘어놓고 소년이 손가락을 움직여 보였다.

벨카난은 재치 있는 답례의 말을 해주고자 죽기살기로 표현을 찾고자 혀를 움직이다가.

블레이드&바스타드 2권
© Kumo Kagyu,so-bin 2023
© 2023 Drecom Co.,Ltd.
[NOT FOR SALE]

"……응."

결국 짧게 대답한 뒤 반지를 꽉 쥐기만 하고 말았다.

둘째 손가락에 살며시 끼워보니 반지는 스르륵 미끄러져서 손가락에 안착했다.

경계심이 부족한 걸까, 끼고 나서 잠시나마 생각이 들었지만.

"생명을 흡수당하는 느낌이 들면 당첨이다."

이알마스가 불쑥 말했다. 뜻밖의 소리에 철렁 놀라서 고개 돌렸더니 보이는 것은 외투 안쪽의 어두운 웃음.

"비싼 값에 팔리니까 말이지, 《죽음의 반지》는."

"아, 하, 하하……."

—농담, 이려나?

벨카난은 어색하게 웃기만 하고 넘겼다.

"arf."

라라자는 멈춰 서고, 가비지가 소리를 낸다.

일행의 눈앞, 바닥에는 뻥 뚫린 공동이 하나.

다음 계층은— 이제 눈앞이었다.

§

미궁 내부는 달라지지 않았지만, 묘하게도 공기가 바뀐 것 같다.

계단을 — 계단으로 보인다 — 내려간 곳에서 서늘한 기운을 느낀 벨카난은 몸을 떨었다.

겁먹은 채 좌우를 살펴봐도 주변에 뭐가 있을지 알 수 없었기에 단지 두 손으로 지팡이와 방패를 꽉 부여잡았다.

"……뭐가, 나타나려나……?"

"난들 알겠냐……."

조용한 혼잣말과 소곤거리는 대답.

딱히 대꾸를 기대하지는 않았는데 답해주는 누군가가 있다는 것이 기뻤다.

바로 옆쪽에 라라자가 있고, 반대편에는 가비지가 코를 실룩거리고 있다.

만약 뭔가 무시무시한 적이 나타나도 저 아이는 분명히 바로 덤벼들 것이 틀림없다.

벨카난은 자신의 내면에 있는 감정의 정체를 알진 못했으나 아마도 안도감에 가까울 것이라고 생각했다.

"이알마스는…… 뭔가 아는 게 있어?"

"알고 있었을지도 모른다. 다만 기억은 나지 않는군."

사람을 놀리는 듯한 대답이었다. 벨카난의 눈썹이 기운 없이 축 내려갔다.

다만 힐끔거리며 살펴본 이알마스의 표정은 더없이 진지했고, 또한 덤덤했다.

"그리고 현 상황에 너무 믿음을 가지지 않는 게 좋다. 제대로 된 상황이 아니니까 말이지."

"……제대로 된 《미궁》이 뭔지도 상상이 안 되는데."

"그래, 동감이군."

라라자의 질색하는 말을 받아주는 가벼운 웃음소리. 이알마스가 부츠로 바닥을 찬다.

"다만 모종의 법칙은 있지. 있음을 믿는다. 너희도 알다시피."

"『기원해라』구나."

"맞다."

이알마스의 말에 라라자는 체념한 표정을 지은 채 금화를 어둠 안쪽으로 던졌다.

던졌는데— 그뿐이다. 소리가 나지 않는다.

"……."

라라자가 허리를 숙였다. 가비지가 자세를 낮춰 경계하며 목을 으르렁거린다.

"어, 앗……?!"

뒤늦게 벨카난도 느릿하게나마 지팡이와 방패를 들어 올렸다.

소리가 나지 않았다는 것은 즉—.

—뭔가 있다는 뜻이다……!

적, 혹은 함정.

역수로 단검을 쥔 라라자가 가볍게 낚싯줄을 끌어당겼다. 핑, 실이 팽팽해졌다.

"붙잡힌 걸까?"

벨카난은 중얼거렸다.

"아니면 어딘가에 걸렸다거나……."

"……둘 다 아닌가 본데."

"spiiiiit……!!"

가비지가 쉭쉭 소리를 낸다. 쇳덩이를 어깨에 짊어지고 등뼈를 조이다시피 비틀며.

—뭔가가, 있다……?

벨카난은 겁에 질리면서도 죽기살기로 어둠 너머를 힘껏 주시했다. 하지만 안 보인다.

그 대신 무엇인가 바사삭거리며 기어다니는— 귀에 거슬리는 섬뜩한 소리가—.

"그래."

이알마스가 중얼거렸다.

"이제 알겠군. 녀석들의 소굴인가."

—녀석들이라니?

말을 꺼내서 묻기보다 빠르게 대답이 먼저 미궁의 어둠으로부터 밀려 나왔다.

거대한— 거미(알 앙카부트) 떼가.

"와, 아아앗……?!"

인간과 거미의 차이는 역시 인간이 아니라는 데 있다는 생각이 든다.

벨카난은 넋이 나간 사람처럼 지팡이를 마구 휘둘러 대며 그런 생각을 했다.

턱을 부딪쳐 내는 소리와 함께 섬모가 자라난 여덟 개의 다리를 꿈틀거리며 밀려닥치는 거미떼.

"와앗!! 와아아아아앗!!?!"

벨카난은 거의 공황 상태에 빠져서 지팡이를 좌우로 휘둘렀다.

긴 다리를 부러뜨리고, 여덟 개의 눈이 달린 머리를 깨부수고, 체액을 뒤집어쓰고, 맥 빠지는 소리를 내며 아우성친다.

혐오감이 아직 다 가시지는 않았다. 오히려 못 견디게 소름 끼친다. 따라서 지팡이를 마구 휘두를 수밖에 없었다.

"제기랄, 변함없이 숫자만 많군……!!"

"Bow……!!"

라라자의 단검이 바로 옆에서 휘둘러지고, 가비지의 큼지막한 칼이 변함없이 날아다닌다.

거미 떼 한복판에 뛰어든 빨간 머리 여자애는 마치 아무나 맞으라는 듯이 검을 휘둘러댔다.

혹은— 검과 춤춘다는 표현이 더 어울릴지도 모르겠다.

거대한 칼날의 중량과 기세를 공격에 싣고, 반동 때문에 휘둘리는 몸의 기세를 검에 싣는다.

그것을 반복하니, 결과적으로 저 소녀의 싸움은 춤추는 듯한, 뛰어노는 듯한 모양새로 변화해간다.

이런 유파가 서방에 있다는 말은 들어본 적이 없고, 벨카난의 고향인 동방에서도 들은 적이 없었다.

분명 스스로 체득한 것이다— 이렇게 분석까지 가능해지려면 한참 더 나중이어야겠지만.

이 순간 벨카난은 살아남는 것, 거미의 접근을 막는 것, 거미를 부수는 것에 필사적이었다.

“다리, 괜찮냐……?!”

“나, 나, 나도……!”

목소리가 자꾸 높아진다.

“모르……겠어어!!”

걱정하는 라라자의 외침에 넋 나간 상태로 지팡이를 휘둘러 내며 흐느끼다시피 외친다.

실제로 다리의 통증은 잘 느껴지지 않았다. 뜨거워서인가, 감각이 없어져서인가.

그런 벨카난의 상태를 보고 라라자는 한 번 혀를 찼고.

“alf!”

의기양양하게 마구 날뛰는 가비지를 보고 또 혀를 찼다.

“이봐, 이알마스?! 이거 어떻게 할 거냐……!”

“묘실에 들어가기 전에 들이닥쳤다. 배회하는 괴물이지. 소지한 것은 기껏해야 금화가 전부일 테고.”

“그런 뜻으로 한 말이 아니라……!”

“우두머리를 없애야 한다. 쭉 돌진해서 묘실로 진입하도록 하지.”

“우두머리?!”

“커다란 녀석을 없앤다.”

“이미 충분히 큰데……!”

벨카난은 약하디약한 목소리로 항의했다.

"큰 녀석(휴즈)이 아니다. 커다란(자이언트) 놈이지."

이알마스는 너스레를 떨었다. 곧이어 허리춤에 찬 흑색 지팡이를 손에 쥐었다.

"최후미는 내가 맡는다. 가비지를 따라가라. 저 녀석은 감이 좋더군."

"에잇, 제기랄……!"

라라자는 신음했다.

"이것들이 기어다니는 곳이니 함정도 없겠지……!"

간다, 이알마스가 이쪽을 봤다. 벨카난은 고개를 끄덕거렸다. 다리를 앞에 내디딘다. 넘어지지 않도록.

"woof! —Grooooowl!!"

이정표는 전방에서 들려오는 포효. 그리고 발밑에 흩어져 있는 거미의 주검이다.

미끄러운 체액에 가죽 신발이 붙어 휘청거리지 않게 힘주고 키 작은 소년의 뒤를 쫓아간다.

"바보 가비지! 잔반! 못 따라가잖냐! 속도를 조절해라!"

"yalp!!"

—얼른 오라는 뜻이려나?

방금 전의 우짖음은 전투 중의 외침과 조금 달랐다. 벨카난은 잠깐이나마 웃었다.

"저, 사람……."

허헉, 허헉, 숨이 차오른다.

"이알마스는, 괜찮은 거야……?"

"저 녀석은 괜찮을 거다……!"

라라자도 웃었다. 악담하다시피.

"아마도!"

§

—역시 전위가 셋 있으니 편해서 좋군.

졸병 거미들이 등 뒤로 밀려드는 것을 느끼며 이알마스는 슬쩍 웃었다.

그래, 단독행동 따위 특별한 목적이나 사정이 있는 게 아니라면 바보나 하는 짓이다.

이렇게까지 활동 범위가 달라진다. 여유가 생긴다. 바라건대 여섯 명을 다 채우고 싶으나 지금은 넷으로도 좋다.

산책을 하는 것처럼 《미궁》을 활보하면서도 여전히 이알마스는 긴장감을 유지하고 있었다.

언제 어디에서 무슨 사고가 일어나고 어떻게 죽을지 장담할 수 없는 곳이다.

학습과 경계, 훈련과 장비, 모든 준비를 마쳤다고 안심할 수 있고 안전할 수 있다면 《미궁》이 아니다.

실제로 이러한 사태가 벌어졌다.

거미 소굴— 뭐, 괴물이 잔뜩 세력을 떨친 계층도 있는 법이지만 이러한 규모일 줄이야.

이 같은 돌발 사태는 이알마스가 입가에 미소를 띠게 해준다. 정말 재미있다.

—그렇다 해도, 어쨌거나.

이빨을 맞부딪치며 밀려드는 거미 떼는 평범한 왕거미(휴즈 스파이더)였다.

이런 상대에게 고생하고 소모된다는 게 달갑지는 않다.

특별히 죽음 자체를 기피하는 것은 아니나 죽어야 할 상황은 통제되어야 한다.

머릿속 주문서를 펼친다. 《카티노(수면)》도 괜찮으나 거미한테도 효과가 있었던지는 분명치 않군.

확실하게 《딜토(암흑)》를 쓰는 방법도 있겠지만, 가끔은 **마술사**답게 대처하는 것도 좋겠다.

척, 이알마스가 부츠로 돌바닥을 디뎠다. 외투를 펄럭거리며 거미 떼와 마주한다.

정말 숫자가 많다. 이런 때 선택해야 할 주문은 하나, 혹은 둘.

이알마스는 한쪽 손으로 주인(呪印)을 맺었다. 살짝 벌어진 입가에 진언을 읊는다.

등 뒤에서 벨카난이 고개를 돌리는 기척이 느껴졌다. 소용돌이치는 마력과— 미약한 냉기.

주문에 우열은 따로 없으나 이 녀석은 진언 두 마디로 끝난다는 것이 이알마스의 마음에 들었다.

지금엔 유감스럽게도 망각된 주문 중 하나. 의미는 단순 명쾌.

"《다르아리프라 타잔메(얼음의 폭풍이여)》!!"

다음 순간, 치명적인 《달토(눈보라)》가 미궁의 통로에 불어들어서 휩쓸고 갔다.

바깥 세계에서는 더 이상 언급되지도 않는 제4위계에 속한 대마술 중 하나.

이알마스가 불러낸 극한의 지옥은 거미들을 집어삼킨다.

단순히 얼어붙는 냉기가 전부는 아니었다. 거칠게 불어닥치는 바람에는 얼음눈이 섞여있었기에 겉껍질까지 베어서 타격을 준다.

이알마스는 글자 그대로 새끼 거미들이 흩어지는 모양새로 도망치는 괴물들을 등지고 달려 나갔다.

"《마카니토(치사)》는 어른스럽지 못하니까 말이지……."

아무렴. 강대하고 강력한 마법만 골라 연발하는 것으로 충분하다면 이곳은 《미궁》이 아니리라.

그렇다. 따라서 끝내. 그는, 그들은, 모험가는—.

—《호부(애뮬릿)》를 손에 넣은 대마도사를 죽일 수 있노라 믿고 도전하지 않았던가.

§

"Woooooof!!!!"

가비지가 의기양양하게 거미줄로 뒤덮인 문을 걷어찼고, 라라자와 벨카난이 뒤따랐다.

“아, 진짜! 이 자식은 왜 자꾸…….”

악담을 내뱉는 라라자와 달리 벨카난은 어색하게 웃을 뿐.

딱히 익숙해지지는 않았다. 단지 머리부터 거미의 체액을 뒤집어쓰면 이런저런 감각이 차츰 마비되는 법이다.

—나, 저번에도 이런 일을 당했었지…….

지금 돌이켜보면 그때 개구리의 체액이 묻은 덕분에 시체가 덜 타고 남았는지도 모른다.

그렇다고 벨카난에게는 지난 사건을 단순하게 기뻐할만한 담력은 없었지만.

—굉장했어.

무슨 주문인지도 알지 못하는 이알마스가 일으켰던 방금 전의 눈보라.

자신이 할머니에게 훈련받아 간신히 익힌 신비의 주문인데 《할리토(작은 불꽃)》 취급을 받는 것도 납득된다.

바깥 세계의 한계— 바깥 세계의 정점 따위, 이곳에서는 제1위계의 초보에 불과하니까.

언젠가 자신도 저런 마술을 구사할 수 있을까. 저런 마술사가 될 수 있을까.

벨카난은 상상조차 할 수 없었다.

“……alf…….”

“……커다란 거미라더니.”

“안 보이는데……. 정말 있을까……?”

슬금슬금, 묘실 안쪽을 걷는 벨카난의 옆에서 라라자가 발걸음을 맞춘다.

가비지도 보이지 않는 위협에는 신중해서인지 지쳐서인지 코를 실룩거리며 걸음을 늦췄다.

자연히 세 사람은 원형진을— 비록 서툴지언정 세 방향으로 나눠 경계하는 진형을 짜고 걸음을 내디딘다.

등 뒤쪽에 누군가가 있다는 실감이 벨카난의 마음을 따뜻하게 보듬어줬다.

묘실의 어둠에 숨어있는 무언가, 기이한 압박감과 비교하면 전혀 대단할 것 없는 소소한 버팀목에 불과했지만.

"……읏?!"

반응한 자는 누구였을까. 벨카난은 아니다. 목소리도 내지 못했다.

벨카난의 시선 저편에 지금껏 싸웠던 적을 아득하게 뛰어넘는 거미의 머리가 있었다.

번뜩여야 했을 여덟 개의 눈동자는 흐려졌고, 예리한 송곳니는 두 번 다시 움직이지 못하게 굳어졌으며 머리부터 아래는 없다.

이미 죽었다. 명백한 사망 상태였다. 그리고 그 위에서 군림하고 있는— 적.

"그래, 역시나."

느긋한 걸음걸이로 드디어 묘실 입구에 다가선 이알마스가 중얼거렸다.

"역시 《마카니토》만 써서 해결할 수는 없는 법이지."

5미터
그곳에 있는 것은— 신장이 16피트는 될법한—.

“Hisssssssss……!!”

자이언트 맨티스
거대한 사마귀였다.

§

“—Eek?!”

가비지가 외치며 뒤로 뛰어서 물러나는 것을 벨카난은 처음으로 보았고, 또한 처음으로 들었다.

예리하게 바람 가르는 소리와 함께 휘둘러진 포획지 — 앞다리 — 낫을 간발의 차이로 회피했던 것이다.

사르르 흩날리는 빨간 머리카락 몇 가닥을 남긴 채 간격을 벌린 가비지가 큼지막한 칼을 어깨에 짊어졌다.

“Grrrrr……!!”

—굉장해.

비록 놀랐을지라도 전혀 겁먹은 기색이 없었기에 벨카난은 눈을 끔뻑거렸다.

“멈추지 마, 움직여라! 죽는다!!”

“아, 으, 응……!!”

라라자의 고함 소리. 깜짝 놀라서 바라보니 소년은 이미 묘실을 뛰어다니고 있었다. 벨카난은 그제서야 우물쭈물 움직였다.

정면에는 가비지, 오른편으로 돌아드는 라라자. 그럼 난— 좌측?

"분발해라. 왕사마귀에게는 《카티노(수면)》도 《달토(눈보라)》도 《마카니토(치사)》도 통하지 않는다."

그리고 후방, 묘실의 입구를 차단하듯이 가만히 서있는 이알마스는 주의 깊게 전장을 관찰하고 있었다.

사마귀의 움직이는 눈을 피하고자 뛰어다니며 라라자가 소리 질렀다.

"어떻게 할 거냐?!"

"어떻게 해야 할까."

이알마스는 웃고 있었다.

"이 녀석을 이기지 못하면 붉은 용은 어림없겠지."

—그야, 그렇긴 한데……!

벨카난에게는 화룡도 왕사마귀도 둘 다 천상의 괴물이나 마찬가지였다.

"헤아 라이— 아윽……?!"

사용을 금지당했었는데도 무의식중에 읊고자 했던 주문이 중단된다.

거슬린다는 듯이 사마귀가 발차기를 날린 탓이다.

퉁, 공처럼 튕기며 나가떨어진 벨카난은 폐 속의 공기를 모조리 뱉어내고서 신음했다.

가슴 보호대를 장비하지 않았다면 흉골이 깨졌을 것이 분명했다.

"무사하냐……?!"

"아, 으, 으……. 으…… 프읍……!"

목소리가 안 나온다. 안 나오지만 일어섰다. 몸을 일으킨다. 지팡이에 의지해서 버티고 선다.

솔직히 말하자면 이대로 나자빠져 있고 싶었다. 몸을 둥글게 말고 모든 것을 무시한 채 웅크리고 싶다.

다만 어리광의 끝에 기다리는 것은 틀림없는 죽음이다. 또한 아마도 이번에는 두 번 다시 돌아올 수 없다.

벨카난이 흐느껴 울면서도 일어서는 모습을 보고 라라자는 더 이상 아무런 말도 건네지 않았다.

소년에게도 중요한 역할이 있지 않은가. 가비지에게서 적의 주의를 돌려야 하는 막중한 역할이.

"yelp……!!"

사마귀의 눈이 벨카난을 — 도움이 되기는 했다 — 반대편 눈으로 라라자를 노려본다.

그 순간, 가비지가 한 차례 우짖고 몸을 날리더니 커다란 칼을 회전시켜서 옆으로 휘둘렀다.

"……woof?!"

그런데 왕사마귀는 다리를 들어 지면을 힘껏 차더니 날개를 펼치고 허공으로 날아올라 공격을 피했다.

벨카난은 숨을 헐떡이면서 고개를 들어 원망스럽게 공중을 쳐다본다.

"……어째, 서, 묘실은…… 이렇게나— 넓은 거야, 왜……!!"

사마귀의 반대편에서는 라라자가 비슷하게 단검을 들고 수비에 전념하고 있겠지.

가비지는 빈틈을 발견하면 또 몸을 날려서 큼지막한 칼을 세차게 휘두르고자 대기하고 있을 것이다.

자신은 무엇을 하면 되지? 무엇을 할 수 있지? 어떻게 하지? 나는, 나는—.

“이러한 상황이라면.”

가만히 상황을 지켜보던 흑색 지팡이의 마술사가 중얼거렸다.

“이게 좋겠군.”

이어서 한쪽 손으로 인(印)을 맺자 묘실에 마력이 소용돌이치는 것이 느껴졌다. 진실된 힘을 발휘하는 말, 트루 워드의 힘이다.

공포가 도래했나니
“《밈잔메레 라이신》……!”

공포
—《모리스》. 벨카난도 들은 기억이 있는 주문이었다.

그렇다면 《미궁》에서도 별로 강하지는 않은 술법인 걸까. 아니면 내가 착각했나?

어쨌든 효과는 즉각적이었다.

과연 왕사마귀가 무엇을 보았는지, 무엇을 두려워하는지, 두려워했는지는 알 방법이 없다.

하지만 저 녹색의 괴물, 모든 것을 베어야 했을 그림자는 갑자기 날개를 펼치더니 위협을 하기 위해 두 손의 낫을 번쩍 치켜들었다.

적을 쫓아내고자. 자신을 더욱 강하게 연출하고자. 하지만 지금 상황에서는 완전히 무의미한 행동이다.

"Groooowl!!"

그런 빈틈을 놓칠 가비지가 아니다.

"빨리 좀 할 것이지……!"

몸을 날리는 소녀를 지원하기 위해서 즉시 라라자가 측면으로 단검을 들고 달린다.

"……으, 아, 와아아아아아아아앗―!!!!"

이어서 조금 늦게나마 벨카난 또한 죽기살기로 지팡이를 치켜 들고 전방을 향해 달렸다.

한쪽 손에 쥔 지팡이를 붕붕 휘둘러 댄다.

싸우는 방법을 따로 배운 게 아니기에 어린아이가 막대를 휘둘러 대는 모양새였다.

다만― 이알마슈는 말했다. 『그러면 충분하다』라고.

이곳《미궁》에서는 외지의 영웅도 마을 젊은이도 모두 동등하며 가장 밑바닥의 약자에 지나지 않는다.

《미궁》에 나타나는 괴물과 싸우는 방법은《미궁》에서 괴물과 만나 싸우며 배울 수밖에 없다.

물론 잘하거나 못하는 것은 있을지라도― 벨카난은 자신에게는 안 맞는다고 생각하지만.

"와앗……!! 와아아아앗―!!"

무서워서 얼굴을 구기면서도 단지 지팡이를 크게 휘두르기만 하면 적의 주의를 끄는 정도는 가능하다.

매섭게 휘둘러지는 낫 때문에 비명 지르며 방패를 들고, 거센

발길질에 맥없이 나가떨어지면서도.

뭐든 보탬이 되어야 한다. 벨카난은 다리의 부상이며 모든 것을 잊어버린 채 아우성쳤다.

추한 발버둥밖에 할 게 없다면 추한 『발버둥』만큼은 끝까지 하는 게 맞다고 생각하니까.

벨카난은 결국 자신이 무엇을 해낼 수 있는지, 얼마나 도움이 되었는지는 알지 못했다.

깨달은 것은 단 하나.

"woof……!!"

넋을 놓아버리고 정신없이 지팡이를 휘둘러 대는 동안에 가비지의 검이 사마귀의 목을 때려서 깨부쉈다는 사실뿐.

§

"alf!!"

"야, 걷어차지 말랬지?! 손 삐끗해서 터져버리면 어쩔 셈이냐?!"

보물상자를 걷어차더니 밋밋한 가슴을 쭉 펴는 가비지와 성질부리는 라라자.

벨카난은 「아까도 봤었는데」라고 생각하며 어색하게 웃을 뿐이다.

—결국. 가만히 생각한다.

결국 전투가 끝난 다음에는 또 반복 작업을 되풀이하게 된다.

수순은 잘 알고 있다. 결계를 치고, 주위를 경계하고, 그리고 보물상자를 개봉한다.

도적 한 명이 파티 전체의 생사를 짊어져야 하는 고독한 싸움.

그래서 더더욱 유별난 행동은 하지 않는다, 하지 않는 게— 맞겠다. 아마도.

혼자 상상하며 이유를 붙여봐도 보물상자를 걷어차는 것은 좀 아닌 것 같지만?

—그냥 자랑하고 싶은 걸까, 가비지…… 저 아이는.

분명 깊이 생각해서 한 행동은 아닐 듯싶다.

이겼다. 찾아냈다. 잘 봤냐 같은 별것 아닌 뿌듯함에서 비롯되지 않았을까.

그런 생각을 하던 중 가비지의 맑고 푸르른 눈동자와 눈이 맞았다. 몸이 움찔거리며 떨린다.

"Ahem!"

"거참, 걷어차지 말래도……!"

이쪽을 보고 보물상자를 걷어차더니 잘 봤냐, 이렇게 하는 거다, 알겠냐, 라고.

그런 말을 건네는 것 같아서 벨카난은 어색하게 웃었다.

자신이— 멋대로 이상한 생각에 빠졌는지도 모르겠다는 느낌이 든다.

다들 자신을 특별히 신경 쓰지는 않았나 보다.

다만 동시에 예상했던 것 이상으로 신경 써줬고.

—에이, 뭐야.

나 혼자 멋대로 쓸데없이 괜한 고민에 사로잡혀 있던 것 같잖아.

갑자기 어깨에서 힘이 빠지는 기분이었다.

곧바로 따끔따끔하는 다리의 통증이 도로 살아났기에 얼굴을 일그러뜨린다.

가슴에 피어난 열기가 눈 깜짝할 사이에 식어 사그라드는 것 같아 벨카난은 힘없이 쪼그려 앉았다.

"다들 마찬가지다."

묘실 바닥에 결계 그리기를 마친 이알마스가 어느새 옆에 있었다.

고개를 들어 바라봤는데 얼굴은 안 보인다. 다른 사람들에게도 분명 자신이 이런 구도로 보였을 테지.

하지만 이알마스는 개의치 않는 동작으로 벨카난의 옆쪽에 털썩 자리를 잡고 앉았다.

시선이 마주친다. 역시 이 사람은 감정을 잘 가늠할 수 없는 얼굴에 쌀쌀맞은 웃음을 짓고 있었고.

"신출내기 전사…… 모험가에게 가능한 것은 많지 않고, 별로 기대도 하지 않는다."

"……나만 이런 게 아니라?"

"물론이다."

이알마스는 고개를 끄덕였다.

"누구든 간에 처음으로 미궁에 발을 들이는 녀석은 다 마찬가지지."

"그랬구나."

"다만 살아남으면 달라진다."

이알마스는 말했다. 벨카난은 입을 다물고 남자의 시선이 가리키는 방향을 좇아간다.

이쪽에 등을 돌린 채 보물상자를 조사하고 있는 소년과 그 옆을 빙글빙글 돌아다니고 있는 빨간 머리 소녀.

"한 번 살아남으면 강해지지. 다음에도. 또 다음에도, 생존을 되풀이하면 기대는 받을 수 있다."

"……나도?"

"아마도."

이런 부분은 말해주지 않는구나. 벨카난은 입 밖에 꺼내지는 않고 살짝만 입술을 삐죽거렸다.

"못 한다, 못 한다며 우는 건 별로 상관없다. 내팽개치지 않는다면."

이미 훌륭히 활약을 한 것이라고 이알마스는— 검은 지팡이의 마술사는, 선배 모험가는 말한다.

이어서 격려의 말을 들려줬던 입으로 이번에는 라라자에게도 말을 건넸다.

"못 열겠으면 관둬라. 위험하니까."

"시끄러워, 내가 꼭 연다……!"

둘의 대화를 듣고 벨카난은 무의식중에 웃고 말았다.

후후, 티 나지 않게 살며시……. 정말 얌전한 반응이었지만.

소리를 내서 웃는 게 도대체 얼마만이지?

본인조차도 이미 떠올릴 수 없는 기억이었나 보다.

"……나, 잠깐 구경해봐도 될까?"

"그래."

이알마스가 고개를 끄덕였다.

"마음대로 해라."

"응."

훌짝, 벨카난은 몸을 일으킨다.

"마음대로 할래."

일어섰더니 새삼스레 한쪽 다리가 아팠다.

몸을 위아래로 움직이면서 성수로 그린 진을 망치지 않게 보물상자의 바로 옆쪽까지 이동한다.

라라자의 한쪽 눈이 위를 향했다.

"쉬고 있어도 된다."

"나, 멀쩡해."

벨카난은 떼쓰는 어린아이처럼 말했다.

"……열릴 것 같아?"

"그래, 곧."

라라자는 짧게 답하고 바로 보물상자와 눈씨름을 시작했다.

벨카난의 안목으로는 소년이 무엇을 하고 있는지 제대로 볼 수 없다.

쪼그려 앉아서 무릎 위쪽에 팔꿈치를 올려서 턱받침을 하고 라라자의 손놀림을 빤히 들여다봤다.

라라자는 다수의 가느다란 탐침과 얇은 나이프 같은 줄칼, 갈고리 막대를 자물쇠 구멍에 집어넣어서 조작하고 있다.

그 움직임이 함정을 해제하고 자물쇠를 따서 보물상자를 개봉하려는 목적임은 물론 알겠다.

다만 어떠한 원리인지 세부 과정은— 벨카난은 도무지 상상도 할 수 없다.

이윽고 철커덕 소리가 울리며 자물쇠가 열린 단계에 이르러서는—.

"와, 마법 같아……."

"네가 할 말이냐."

"그치만 난 마법으로 이런 재주는 못 부리거든."

"그러냐."

라라자는 얼굴을 찌푸리더니 짧게 말했다. 이어서 보물상자의 뚜껑에 손을 가져다, 대려다가—.

"yap!!"

"이럴 줄 알았지……!"

옆에서 가비지가 상자를 걷어차자 덜컹거리는 소리를 내며 보물상자의 뚜껑이 바닥으로 떨어졌다.

빨간 머리 소녀는 라라자의 항의를 무시한 채 상자 안쪽을 쏙 들여다보더니 혼자 고개를 끄덕거린다.

그리고 흥미를 잃었는지 어딘가로— 이알마스의 곁으로 가버렸다.

소녀에게 중요한 것은 괴물을 죽이고 보물상자를 찾아낸 뒤 내용물을 얻는 단계까지인가 보다.

이때 내용물 자체는 분명 별달리 중요하지 않다고 생각하는 것이 틀림없다.

“저 녀석, 진짜로 슬슬 버릇을 고쳐줘야 할 텐데……. 제기랄.”

“……사이가, 좋구나?”

“글쎄다. 걔가 어떻게 생각하는지는 알 방법도 없고…….”

잘해봤자 무리의 말단 부하쯤 되지 않겠냐.

라라자는 떨떠름하게 대꾸했으나 벨카난은 자신도 비슷한 취급이 아닐까 하는 생각이 들었다.

이게 기묘하게도 살짝 유쾌해지는 생각이기도 했지만.

“아무튼, 뭐가 들었을까—.”

“……검이야?”

“왜 질문을 하냐.”

“그치만, 음……. 혹시 또 모르겠다 싶어서.”

벨카난은 입술을 삐죽거렸다.

보물상자 안에는 벨카난이 지금껏 본 적도 없었던 많은 금화와 검이 한 자루.

낡고 허름하며 색은 바랬다. 미궁의 어둠 속에서는 상세한 형태를 전혀 알아볼 수 없었다.

아니, 어쩌면 이 미궁에 가득 차있다는 마력인지 독기 때문일지도 모르겠지만.

이게 검이라는 것은 알겠는데 다른 부분은— 도무지 인식할 수 없었다.

"……어디에 쓰는 장비일까?"

"아직 모른다. 복귀해서 알아봐야지."

라라자는 검을 붙잡더니 가비지가 하는 것처럼 어깨에 짊어지고 으쓱거렸다.

곧이어 가볍고 날랜 동작으로 일어서더니 묘실의 한쪽 구석을 돌아본다.

"이알마스, 어떡할래?!"

"글쎄……."

이알마스는 자신의 눈앞에 있는 빨간 머리를 마치 개를 귀여워하듯 덥석 쓰다듬었다.

"woof!"

외치는 항의의 목소리를 무시한 채 천천히 유령이나 귀신처럼 일어선다.

"나도 주문을 꽤 썼지. 벨카난도 꽤 소모되었고. 거물은 해치웠다. 수확도 있다."

팔짱을 끼고 생각에 잠긴다.

"지도는 어떤가?"

"그렸어."

라라자는 대답한 뒤 짐에서 지도를 꺼내 들었다.

"……그려야지."

"좋아."

그렇다면 결론은 하나.

"복귀한다."

벨카난은 겨우 한숨을 돌렸다.

§

"빌어먹을……!"

《두르가의 주점》에 모험가의 욕설이 울려 퍼졌다. 딱히 드문 광경도 아니었다.

동료를 잃은 모험가. 탐색이 순조롭지 않은 모험가. 소생에 실패한 모험가.

저런 부류는 발에 치일 만큼 널렸다.

지금 원탁에 거칠게 잔을 내리친 모험가도 비슷한 부류 중 한 사람이었다.

남자는 전사였다.

《스케일》에 찾아오기 전의 이력에 대해서는 특별히 언급할 필요도 없으리라.

이 남자가 고향의 영웅이었든 작은 마을의 치기어린 젊은이였든 어차피 큰 차이는 없으니까.

그렇다해도 《스케일》에 온 이후의 과정은 설명하는 게 맞겠다.

남자는 동료를 모집했고, 미궁에 진입했고, 전투를 거듭했고, 역량을 높였고, 재보를 손에 넣었고, 더욱 앞으로 나아갔다.

막다른 길에 부딪치지 않고 미로를 줄곧 힘차게 돌파했으며— 결국 이곳에 왔다.

로단이— 동료가 죽어서 재가 된 이후부터 줄곧 무엇 하나도 잘 풀리는 일이 없었다.

거듭 소생을 시도하기 위한 자금 조달은 큰 곤경을 불러왔고, 그뿐 아니라 동료의 혼은 영원히 사라져버렸으니까.

소실(로스트)되었다. 이제 두 번 살아 돌아올 수 없다. 이 이상의 삶에 의미는 없다.

돈을 벌기 위하여 상당히 무리했다.

닥치는 대로 무작정 괴물 녀석들을 살육하며 돌아다녔다. 그 전부가 헛수고였다.

"망할 《캔트(위선자)》 녀석들……!"

남자는 소리치며 탁자를 후려쳤다.

탁자에 화풀이하기 전에는 동료에게 화풀이했다. 마구 고함을 치고 화내고 소란도 부렸다.

동료들도 처음에는 참고 달래주었지만— 역시나 한계는 있는 법이었다.

한 사람이 떠나고, 두 사람이 떠나고, 그리고 세 사람이 떠나갔다.

성격이— 사람이 바뀌어버렸다며 한탄하고 훈계하고 비웃고 결국 떠나갔다.

빠진 인원은 다시 채워야 한다. 다만 새롭게 들인 인물은 역량(레벨)이 낮다.

그 여섯 명의 모험가(올스타즈)에 다음간다는 자부심은 이미 흔적도 없었다.

공략의 최전선으로부터 저 멀리 뒤떨어져버렸고— 지금은 낮은 계층을 어슬렁거리며 돈을 버느라 몸부림치는 나날.

그럼에도 마지막까지 남아준 녀석은 도적이었다. 하지만 이제는 다 끝났다.

붉은 용……!

파티는 괴멸했다.

어째서 지하 1층에 저딴 괴물이 기어나왔다는 말인가. 저주의 말을 외친들 이미 늦었다.

어중간한 실력밖에 갖추지 못한 모험가들은 화염의 숨결을 뒤집어써서 맥없이 불타 죽었다.

시체를 짊어지고 바닥을 구르다시피하며 간신히 탈출했다. 훈련장 옆을 지나서 시체를 사원에 가져다주었고.

"이놈이고, 저놈이고……!!"

그게 끝이다.

소생 비용을 벌 기력도 없었다. 남은 인원들은 다른 파티를 알아보겠다고 말한 뒤 떠나버렸다.

이후에 남은 것은 자신 한 명뿐. 남자는 난폭하게 여급을 불러 보리주를 더 가져오라며 소리 질렀다.

다행히 약간의 돈은 있었다. 카도르토 신에게 바칠 기부금이 부족했을 뿐이다.

그래도 결국 푼돈이다. 《스케일》에서 행세를 하기에는 너무 모자란—.

"꽤 많이 드신 것 같습니다."

"……음?!"

그 목소리는 마치 마법처럼 매끄럽게 바로 옆쪽에서 귓가에 와 닿았다.

퍼뜩 놀라서 얼굴을 들고 술기운 때문에 끈적하게 탁해진 시야를 좌우로 움직인다. 여기가 미궁이라면 목숨을 잃었을 테지. 하지만…….

"하기야 젊은 시절에는 술에 허우적거리고 싶어지는 때도 생기는 법이지요. 제게도 비슷한 기억이 있습니다."

어느 틈인가 옆쪽 자리에 앉은 외투 차림의 남자는 — 남자가 맞나? — 낯선 인물이었다.

—마술사인가?

아마 맞겠다. 맞을 것이다. 그게 아니라면 승려가 틀림없겠지—.

"……뭐냐, 파티 권유인가? 그럼 딴 사람을 알아봐라."

"아뇨, 아뇨. 전 이미 노구인지라. 감히 미궁에 욕심을 부리기에는—."

난폭한 거절에도 외투의 남자는 기분이 상한 기색도 없이 너그럽게 손을 흔들어 보였다.

곧이어 날렵하게 — 분명히 미리 주문했을 것이다 — 따뜻하게 김이 피어오르는 요리를 밀어준다.

남자가 수상쩍어하는 눈으로 마술사를 쳐다보니 드시죠, 드시죠, 라며 권해주는 것이 아닌가.

"뭐, 술만 드시면 위가 상하잖습니까. 친교의 증표입니다. 드시죠."

"……소름 끼치는군."

남자는 경계심을 내비치며 말했다.

"무슨 수작이지?"

"수작이라니요, 섭섭한 말씀을. 다만 권유라는 말은 틀리지 않았군요."

"뭐라고?"

"당신의 길은 미궁 바깥에 있다. 그렇게 생각하지는 않습니까?"

정말로 주문 같았다. 한마디 말이 남자의 심장을— 가슴 안쪽을 예리하게 꿰뚫어 헤집는다.

—안 했던 생각은 아니었다.

과거에는 어쨌든 간에 지금의 자신이 미궁 바깥으로 나가면 명예, 출세가 모두 뜻대로 이루어지리라.

돈도 많았다. 터무니없는 재화가 있다.

남자가 좌절했던 까닭은 오직 이곳이 《스케일》이며, 《미궁》이기 때문이었다.

이곳을 떠나기만 하면 편해질 수 있다. 그러나, 그래서는—.

"……하지만."

"길은 하나가 아닙니다. 되돌아가는 게 아니라 나아가는 방향이라면 더더욱 많고 말입니다……."

남자는 묵묵히 술을 뒤집어쓰다시피 마셨다. 소리를 내서 목을 태우는 술을 쭉 들이켰다.

위장이 타오르는 것 같았다. 입가에 맺힌 방울을 팔뚝으로 닦았다.

"내가 뭘 하길 바라나."

마술사는 말했다. 가슴께에 호부를 흔들거리면서.

"사람을 하나 베어주시지요."

제 4 장

어드벤처러즈 인

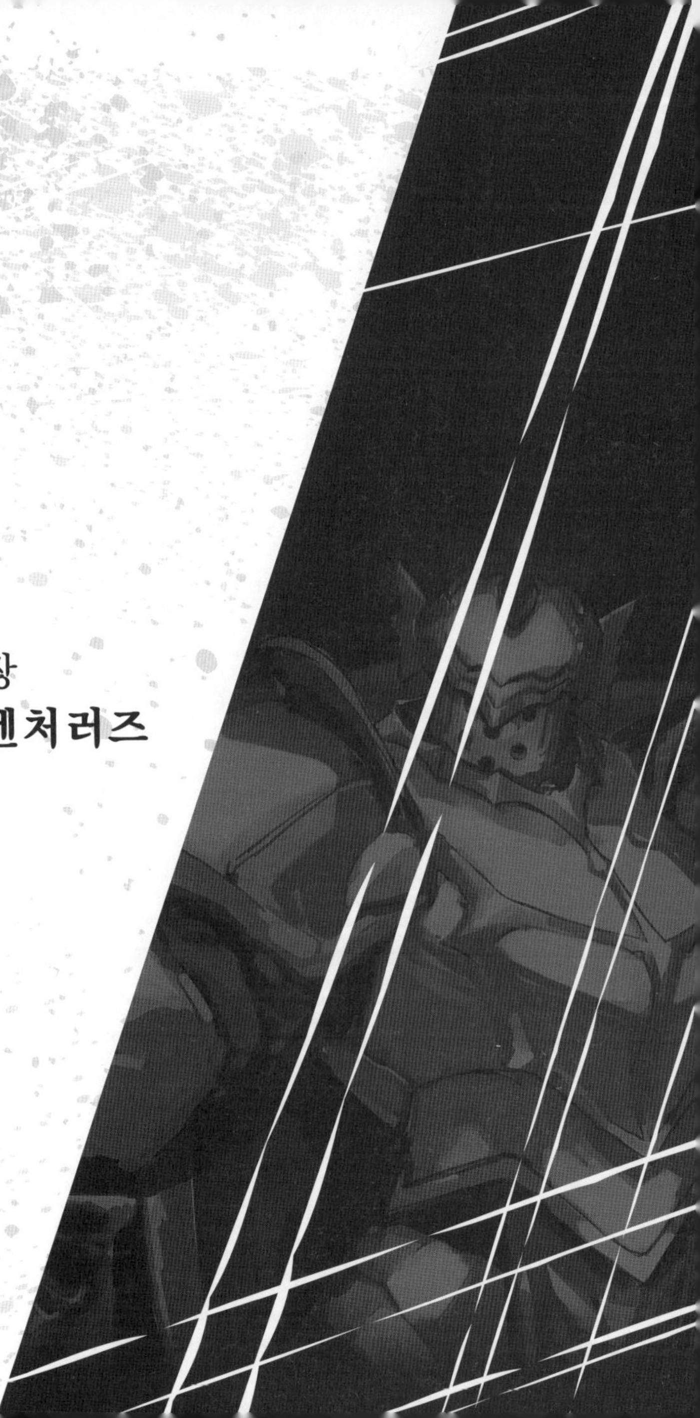

"이 녀석은 일단 틀림없이 드래곤 슬레이어가 맞군."

"만……."

벨카난은 떨리는 목소리로 외쳤다.

"세에……!!"

소녀가 제 커다란 몸으로 기운차게 서자 원탁이 튀어 올랐다만, 터크 선사는 쓴웃음과 함께 울퉁불퉁한 손바닥으로 눌러 잡았다.

목적했던 무구를 찾아 환희로 들끓는다. 그런 경험은 모험가로 활동했다면 누구든 가지고 있는 법이니까.

"만세, 해냈어……! 나, 찾았어! 진짜……드래곤 슬레이어야! 와!"

"알겠다, 알겠어. 진정해라."

라라자가 얼굴을 찌푸린다.

"아직 할 일이 많잖냐."

감격에 가득 찬 벨카난이 소리치며 달려드는지라 감당이 안 된다. 요란하게 의자가 쓰러지고 소리가 울려 퍼졌다.

《두르가의 주점》에서는 딱히 희귀한 광경이 아니었다— 요즈음 얼마간을 제외한다면.

이 도시의 경제는 한없이 《미궁》에 의존하고 있다. 그리고 그 전부가 정체되었다.

모험가 사이에서 곪은 듯한 공기가 흐르고 금품의 흐름은 정체되어 흐르지 않는다.

그런 와중에 쾌재를 부를 만큼 「성공」을 거둔 모험은— 드물었다.

의자를 쓰러뜨려서 몹시 당황하는 벨카난, 악담을 내뱉으며 일어서는 라라자.

소생비에 보태겠다며 감정 의뢰를 받아들였던 터크 선사는—.

—제법 괜찮군.

젊은 모험가들이 앞으로 나아가는 모습은 언제나 좋은 기분을 불러일으킨다.

"나도 나이를 먹었나 보이……."

"이제와서 뭘."

사라가 술을 마셔서 빨개진 얼굴로 소리 높여 웃었다.

"스님이 가장 연장자잖아. 자, 가비지도, 맛은 어때? 먹자, 먹자!"

"……woof."

그리고 빨간 머리 여자아이는 어쩌고 있었냐면, 엘프의 무릎 위에서 겁먹은 고양이처럼 얌전하게 앉아있었다.

고기를 입가에 가져다주면 먹기는 하지만 불만, 불평의 감정을 낯빛에서 감추려고도 하지 않는다.

다만 반발은 없었다— 사라에게 당할 수 없다고 생각해서인가, 발버둥 치는 게 귀찮다고 생각해서인가.

"미안한데 잠깐 시간을 내줄 수 있겠나."

터크 선사는 자신의 앞에 있었던 소시지를 가비지에게 밀어주며 양해를 구했다.

말이 통하는지 여부와 대화를 나눠야 할지 여부는 다른 문제다.

"얼마 전 동료가 죽어서 말이다. 뭐, 소생은 할 터이나 조금 마음에 걸리는 부분도 있더구나."

"arf."

대답은 한 번의 우짖음. 딱한 녀석이라고 말하는 듯한 태도인지라 터크 선사는 살짝 웃었다.

"와앗, 미안해……! 미안, 어으, 내가……!"

"일일이 허둥거리지 마라. 시끄럽잖냐……. 난 아무렇지도 않다."

몹시 당황한 채 사죄하며 라라자를 일으켜 세워주는 벨카난.

악담을 내뱉으면서도 결코 소녀를 책망하지는 않는 라라자.

그리고 관심 없다는 듯이 고개를 돌린 상태에서도 가비지의 지각은 두 사람을 파악하고 있다.

—좋은 파티다.

평소에 탐색을 하는 분위기도 상상이 되니 흐뭇하구나.

좋은 젊은이이고 좋은 파티다. 이대로 《미궁》에서 계속 전진할 수 있다면 좋겠구나.

—다만, 하지만.

모험가의 앞에는 전진을 가로막는 벽이 언제나 있다.

그 벽을 과연 뛰어넘을 수 있을지는 신이 아닌 몸인지라 장담하지 못한다.

—무엇을 어떻게 생각하고 있으려나, 저 녀석은.

§

"자네가 축하 자리를 따로 마련할 줄이야!"

"기억이 있어서 말이지."

"흐음?"

"내게 무구는 수단에 불과하나 그렇다 해도 손에 넣었을 때 기뻐하는 감정은 다를 게 없잖나?"

"하긴 그렇군."

용살의 마검에 들끓는 탁자로부터 조금 떨어져 있는 두 사람.

자유 기사를 표방하는 세즈말과 흑색 지팡이 이알마스. 두 모험가는 조용히 잔을 주고받았다.

그렇다 해도 주점에서 감정부터 축하 술자리에 이를 때까지 일련의 흐름을 이알마스가 묵인하는 것은 흔한 일이다.

—이 녀석, 타인이 무엇을 하든 참견을 안 하니 말이지.

저쪽에서 두 사람 — 내지는 세 사람 — 이 신나서 떠들고 싶어 한다면 단지 묵묵히 지켜봐주는 것이다.

이때, 요리와 술의 비용을 부담해주는 것은 이 특이한 남자 나름의 배려일까.

"리더답게 처신하는 게 제법 어울리는군."

"뭐, 이런 돌봄에 서투르지는 않다."

이알마스는 싸구려 술을 마시며 입가를 웃음 띤 형태로 구부렸다.

"아마도 말이지."

"난 가끔 자네가 부엇을 어디까지 기억하고 있고, 무엇을 잊어버렸는지 가늠이 되지 않는다네."

"신경 쓰지 말게, 나도 마찬가지이니."

"마음 편해서 좋겠어."

"조바심을 내어도 무언가 달라지지는 않잖나."

이알마스는 어깨를 으쓱거렸다.

"해야할 일을 알고 있다면 충분하지."

"하긴 그렇군."

두 명의 모험가는 나지막하게, 덤덤하게 소리를 내서 같이 웃었다.

세즈말은 보리주를 물처럼 마시고 뼈째 구운 고기를 손에 들고 물어뜯는다.

맛있는 요리는 언제 어느 때 어떻게 얼마나 먹어도 맛있는 법이었다.

시선의 저편— 건너편 원탁에서는 까만 머리에 큼지막한 몸집의 여자아이가 주춤거리며 마검을 붙잡고 있다.

용을 죽이는 검. 드래곤 슬레이어. 뭐, 사정은 알지 못한다.

하지만 지금 이곳 《스케일》에서 그 검을 손에 들고서 기뻐하는 이유. 칼날을 겨누려 하는 목표를 알아차리지 못할 만큼 세즈말이라는 남자는 어리석지 않았다.

"괜찮겠나."

세즈말은 나지막이 말했다.

"십중팔구, 용에게 도전했다가는 저 아이들 전부 죽을걸?"

"괜찮다네."

이알마스는 대답했다.

"모험은 본래 위험하다. 위험하기에 모험이다."

"자네 생각이야 잘 알고 있네만."

세즈말의 목소리에 별다른 긴장감은 없다. 결국 남 일이니까. 누구에게든 마찬가지 아닌가.

어쩌면 이알마스 본인에게도.

다만 세즈말이 말을 이어 나가는 까닭은 천성의 선량함 때문이리라.

선의 계율이 선성이라는 명칭을 받은 이유였다.

"이길 거라는 생각으로 도전했다가 죽으면 너무 비참하지 않겠나?"

"나도 이길 수 있다는 생각으로 도전했다가 죽었을걸."

이알마스는 나지막이 웃었다.

"틀림없이."

"『언제나』잖나?"

"일지도 모르지."

술잔을 비운 이알마스는 지금이 아닌 언젠가, 이곳이 아닌 어딘가를 떠올리며 말했다.

"무시무시한 강적. 패배의 가능성 따위 티끌만큼도 의심하지 않는 무모한 도전. 전보다 더 강해진 자신들."

이제는 완전히 잊어버린 찰나. 자신은 마지막으로 언제 내다본 광경이었을까. 그때가, 그 시기야말로.

"모험이 가장 재미있을 때다."

세즈말은 입을 다물었다. 제지를 위한 표현을 알지 못해서였다.

신중함과 잔꾀를 구별하지 못하는 어리석은 인물이 되고 싶지는 않았다.

따라서 군소리 대신 잔의 보리주를 비운 뒤 이알마스의 잔에도 술을 채워주었다.

이어서 까만 머리의 여자아이를— 벨카난을 보고 중얼거린다.

“배짱(히트 포인트)이 꽤 좋아졌군.”

“그래. 다음은 마술이다.”

이알마스는 새로 따라준 술을 홀짝거리며 마시다가 막 떠올렸다는 듯이 웃었다.

그리고 짧게 한마디를 덧붙인다.

“내일부터 말이지.”

§

“……너, 진짜 괜찮은 거냐?”

“어, 아, 으……응. ……나, 멀쩡해에. ……멀쩡해에…….”

벨카난은 힘차게 머리를 위아래로 움직여서 대꾸했으나 전혀 멀쩡해 보이지 않았다.

아주 소량의 포도주를 마셨을 뿐인데 얼굴이 빨개졌고 말투도 몹시 더듬거린다.

게다가, 또 하나.

라라자는 자신이 많이 작다는 생각은 안 하지만, 벨카난보다 머리 하나는 작은 게 사실이다.

그런 상태에서 옆 사람이 자꾸 호들갑스러운 움직임을 되풀이하면— 무척 떨떠름한 기분이 든다.

"나 말야, 별로, 응, 술 많이 안 마셔봐서……. 맛있더라, 헤헤……."

그럼에도 불구하고 정작 당사자는 후끈 달아오른 말투인지라 난처하다.

"아, 진짜 시끄러워! 너 잠깐 밖에 나가서 물이나 마시고 와라!"

"어, 아, 으, 응……!"

라라자에게 핀잔을 들은 벨카난은 원탁에서 일어났다가 앉았다를 반복하며 수상한 사람처럼 행동했다.

뭐 하는 짓거리냐, 눈을 부라리며 올려다보니 소녀는 천천히 탁상 위 검을 칼집째 들었다.

이어서 검을 부둥켜안고 두 손으로 꽉 부여잡더니 라라자를 바라보며 말한다.

"나, 나……. 이거, 가지고 가도 괜찮을까……?"

"아무도 안 빼앗아 간다."

라라자는 한숨을 내뱉은 뒤 손을 흔들었다.

"마음대로 해라."

"으, 응……!"

그렇게 비틀비틀 멀어져 가는 뒷모습을 지켜보다가 거하게 얼굴을 지푸렸나.

—마치 이알마스 같은 소리를 지껄였군.

몹시 불쾌하다. 게다가 주위 모험가들이 자꾸만 히죽거리고 있다는 게 무척 싫었다.
"……뭔데."
"아니, 아무것도. 응."
짓궂은 표정을 감추려고도 안 하는 레아, 모라딘이 시치미를 뚝 떼고 중얼거렸다.
"동방의 사막에서는 술을 잘 마시지 않는다는 말을 들었는데……. 그냥 생각이 나더라고."
"먼저 가르쳐줬어야지 않느냐."
"난 당연히 다 알고 따라주는 줄— 아야얏?!"
터크 선사의 쓴소리에 농담으로 대꾸한 모라딘이 불쑥 비명을 내질렀다.
라라자에게는 안 보였으나 고개 돌린 채 술잔을 입에 가져가던 사라가 탁자 아래에서 정강이를 세게 걷어찬 것 같다.
기다란 귀의 끝 쪽까지 새빨갛게 물든 사라는 생글생글 기분 좋은 모습으로 가비지를 줄곧 얼러주고 있었다.
"자, 우리 귀여운 가비지. 이 요리도 되게 맛있거든? 같이 먹을까?"
"……yap."
푸른 눈동자가 도움을 청하려는 듯 라라자에게 향했지만, 뭐라 애원한들 정말로 어쩔 도리가 없다.
벗어날 수단이 소년에게도 딱히 없는지라 땅이 꺼져라 한숨만 뱉을 수밖에.
하지만, 뭐— 지금으로서는 벨카난과 관계없는 촌극이었다.

§

"으……. 으……. 어으음……. 여기가, 맞나아아?"

붉은 얼굴의 벨카난은 주점 바깥으로 걸음을 내디뎠다.

본인은 똑바로 걷고 있다고 생각하지만, 발걸음은 둥실둥실 떠다녔다.

꿈꾸는 것 같아…….

그래, 신기할 따름이다.

죽음과 소생. 훈련. 미궁을 오가는 모험. 보물을 손에 넣었고, 얼떨결에 성난 파도에 휩쓸린 것처럼 여기까지 왔다.

화끈거리는 뺨에 밤바람이 닿는 서늘한 감촉이 무척 상쾌했다.

이 토지는 고향과 비교하면 햇빛이 잘 들지도 않고 음울하다. 황량한 분위기는 조금 비슷하지만.

—아마 분위기 때문에 추운 게 아닐까.

벨카난의 열기를 띤 머릿속으로도 대강 짐작할 수 있었다.

다행이라는 말로 표현해도 과연 괜찮을까.

취한 여자가 비틀비틀 주점 주변을 걸어 우물에서 물 긷는 모습은 상당히 위태롭다.

그럼에도 불구하고 벨카난은 질 나쁜 무뢰한의 표적이 되진 않았다.

그 이유는 본인의 큰 체구에 이유가 있기도 했고, 아마 모험가라는 직업도 큰 역할을 했을 것이다.

미궁의 괴물 녀석들과 맞서 싸우는 강자가 비록 취했을지라도 무구를 소지하고 있지 않은가.

벨카난은 자기 자신도 깨닫지 못했을 뿐 스스로의 몸을 지켜냈다— 라고 말할 수 있겠다.

그렇게 물통에 물을 채우고 국자로 퍼서 한 모금 마셨다.

차가운 물이 화끈거리는 목에 흘러들자 벨카난은 무의식중에 한숨을 내쉬었다.

"시원해……."

무엇이 기쁘냐면 이 토지에서는 물 때문에 곤경을 겪지 않아도 될 것 같다는 생각이 들어서.

식수 및 요리 이외에 몸단장 같은 과분한 목적으로 물을 써도 된다니.

게다가 뜨겁게 따끔거리는 햇볕도 없다. 밤에도 못 견디게 차가워지지 않는다.

아직 오래 지내보지는 않았지만……. 고개를 들어 올려다본 별하늘도 꽤 다르다는 생각이 든다.

게다가 자신은 이런 곳에서 모험을 하고 있다.

동료……. 남자애와 여자아이와 어른 남자. 그리고 용을 죽이는 마검을 손에 들고서 곧 용에게 도전할 것이다.

"정말, 꿈을 꾸는 것 같아……."

"어이쿠, 잘된 일입니다그려."

"와앗?!"

취기가 싹 가실 수밖에 없겠다.

벨카난은 소리 높이며 폴짝 — 털썩 — 뛰어서 물러난 뒤 허둥지둥 주위를 둘러봤다.

서툴게나마, 칼자루에 휘두르는 방법조차 가늠하지 못하는데도 손을 뻗었던 것은 잘 연마된 경험 덕분인가.

다만 넋 빠진 시야로 인식한 목소리의 주인은 굳이 경계를 할 만한 대상도 아니었음을 곧 깨달았다.

쥐 죽은 듯이 조용한 거리. 불야성이라는 별칭이 붙은 빛 사이에 드리워진 그림자 안쪽.

그곳에서 나타난 자는 넝마를 걸쳤으며 등에 커다란 짐, 손에 각등을 내려뜨리고 있고, 벼룩과 비슷하게 작은…….

"어라……. 음."

벨카난은 눈을 끔뻑거렸다.

"뱅크, 할아버지……?"

"아직 기억을 해주고 계셨군요. 후후, 아가씨……. 마음씨 고운 아가씨시군."

벼룩(딩크) 남자 뱅크는 덥수룩한 수염 안쪽에 감춰진 주름투성이 얼굴을 더욱 구부러뜨렸다.

웃었나 보다, 아마도.

벨카난은 마검의 자루에서 급히 손을 떼고는 허둥지둥 뱅크와 마주 섰다.

평소 같았다면 더듬거리느라 제대로 입을 못 뗐을지도 모르겠으나 오늘 밤에는 왠지 또렷하게 말이 나와줄 것 같았다.

"저기요, 나……. 고마웠어요. 할아버지가 돈을 빌려준 덕분에……."

벨카난은 횡설수설하며 말한 뒤 힘차게 머리를 숙였다. 검은색 땋은 머리가 튀어올랐다.

"……근데 나, 아직은 못 갚아줘요. 미안해요."

"아이고, 무슨, 무슨 말씀을. 난 말이에요, 아가씨. 딱히 독촉은 하지 않아요."

뱅크는 손바닥을 휘휘 흔들며 벨카난의 옆까지 다가왔다.

짐을 내려놔도 괜찮을 텐데, 벨카난은 생각했다. 그리고 손안의 마검을 바라본다.

내려놓고 싶어 하지 않아서임을 어쩐지 알 수 있었다. 뱅크가 말했다.

"오늘은 말입니다, 작게 축하회를 가지고자 왔지요."

"축하회……?"

"저와 아가씨의 사이가 별로 대단하지 않은데 말이지요, 좋은 일이 있으면 기쁘지 않습니까."

"좋은 일……."

"많이 강해지셨지요?"

—글쎄, 강해졌나?

공치사를 들은 것 같아서 얼떨떨했다.

잠깐 고개를 갸웃거리다가 벨카난은 줄곧 꽉 쥐고 있었던 드래곤 슬레이어로 눈길을 줬다.

마검은 손에 넣었다. 그다음으로…….

"……나는, 잘 모르겠어."

결국 분명한 것은 없었다.

자신이 강해졌다는 생각은 도저히 들지 않는다. 자신감 없이 어색하게 웃을 뿐.

그 말에 돌아온 답도 녹슨 금속을 맞비비는 듯 귀를 자극하는 웃음소리였다.

"기량(레벨)이 올라갔다, 성장했다는 아무도 장담 못 합니다. 남이 보아도, 자기 자신조차도."

분명하게 알 수 있다면 편리할 텐데 말입니다. 뱅크는 그렇게 말한 뒤 어깨를 으쓱거렸다.

"확실한 것은 앞으로 나아갔다는 경험뿐입니다. 한 걸음씩 말이지요. 자기 경험을 소중히 하면 충분합니다."

"앞으로……."

나아갔던가? 대답은 이미 나와 있었다.

—나아갔다.

아무렴.

지금까지 겪은 모든 경험이 꿈이었다면 몰라도 엄연한 사실이라는 것은 검의 무게가 가르쳐준다.

고향에 있던 시절의 자신은 상상도 못 하는 사건을 경험했다. 그렇다면—.

—나는, 앞으로 나아가고 있어.

벨카난의 확신에 찬 표정을 알아봤는지 뱅크는 얼굴을 더욱 주름투성이로 만들며 고개를 끄덕거렸다.

"아, 맞아요. 아가씨. 화룡에 맞서 도전하신다 했죠. 그럼 금화를 선물하지요."

"금화……?"

"히힛, 금화라고 해도 말이죠, 아가씨. 이것저것 많아요. 전설에 등장하는 물건도 있고……."

뱅크가 커다란 짐에서 마법처럼 꺼내든 물체는 한 닢의 낡은 금화 같았다.

엷은 어둠움 안쪽에서 묘하게 멀게 느껴지는 주점의 불빛에 비치는지라 금화는 반짝반짝 빛나보인다.

"힘의 코인……. 이 물건을 알고 계시는지? 아가씨."

"아뇨."

벨카난은 고개를 옆으로 흔들거렸다.

"나는, 못 들어봤어."

"아주 영험한 금화라서, 한 번 던지면 멋진 기사님이 될 수 있지요. 두 번 던지면 이번에는 성자님이고."

벨카난은 금화로 얼굴을 가까이 가져가서 눈에 힘주고 뚫어져라 살펴봤다.

표면에 꽤 나이를 먹은 마법사 노인의 얼굴이 각인되어 있는 것 같았다.

마술사는 보는 사람을 마치 놀리는 것처럼 혀를 내밀고, 이쪽을 비웃는 듯한 웃음을 짓고 있었다.

"다만 두 번째는 기적을 일으킨 탓에 쓴 녀석이 시체가 된다는 이야기가……."

"네에……?"

"히, 히힛. 재가 되어 부스러지든 혼이 사라지든 간에 시체가 되지요. 대단한 물건이지요?"

겁먹어 덜덜 떨면서 물러난 벨카난은 대답할 말을 못 찾고 침을 삼켰다.

그럼에도 호기심에는 이기지 못하는 게 마술사의— 벨카난의 **굴레**이기도 하다.

거리를 벌렸던 얼굴을 주뼛주뼛하며 다시 가까이 가져간 벨카난은 떨리는 목소리로 물었다.

"세 번을 던지면…… 어떻게 돼?"

"글쎄요, 과연 어떻게 될까요."

명확하지 않은 애매한 답이었다.

뱅크는 몹시 신중한 손놀림으로 금화를 앞, 뒤로 뒤집었다가 울퉁불퉁하게 상한 손가락으로 쓰다듬고 주먹을 쥐어 위쪽에 올려놓는다.

주먹 쥔 손의 엄지손가락 위쪽에.

"어쩌면 이 물건은 세 번째 코인일지도 모르지요. —아가씨에게 모쪼록 가호가 함께하기를 바랍니다."

놀랐을 때는 금화가 빙글빙글 공중으로 날아오르고 있었다.

"와, 와앗……!"

벨카난은 몹시 당황해서 허둥지둥 두 손을 벌리며 제자리에서 좌우로 흔들거렸다.

밤하늘에 날아올랐던 금화의 빛은 별보다 더 작아서 눈에 힘을 줘도 좇아가기가 무척 어려웠다.

소녀가 겨우 금화를 발견한 때는 낙하했던 금화가 우물의 가장자리에 맞아 튕겼을 때.

몹시 당황한 채 손을 뻗어서 두 손으로 금화를 잡은 벨카난은 손을 펼쳤다.

"와, 앗……. 쪼개졌어……?!"

금화는 아주 멋지게 반 토막이 나서 망가져버렸다.

아니, 그냥 갈라진 것이 아니다. 어지간히도 낡았었나 보다. 금화는 부슬부슬 허물어지기까지 했다.

벨카난이 어떻게든 금화를 돌려주려고 손가락으로 만진 순간에는 이미 단순한 먼지로 바뀌어 형태를 잃어버린 상태였다.

난처한 모습으로 손바닥 위 먼지를 바라보는 소녀에게 벼룩 남자는 삐걱거리는 듯한 웃음소리를 들려준다.

"오, 아가씨. 죽지 않았어. 운이 좋구나. 행운이 따를겝니다."

"할아버지……. 뱅크……. 저기, 혹시."

벨카난은 문득 스친 의문을 그대로 입 밖에 꺼냈다.

"모험가였던 거야?"

"글쎄, 난 무서워서 말이지."

그러나 돌아온 답은 역시나 애매한 내용이었고, 노인은 기운이 안 나는지 고개를 좌우로 흔들었다.

"분명 모험가는 아니야. 미궁 아래로 가고 싶어서 못 견디겠는데도 무섭고 무서워서 못 움직이거든."

이어서 뱅크는 자신의 큰 짐을 다시 짊어지더니 또 어둠 속으로 걸음을 내디뎠다.

그렇게 조금 걸어가다가 불현듯 빙그르 고개 돌린다.

"아가씨, 좋은 반지를 갖고 있구나. 고이 간수하려무나."

"반지……?"

—아.

벨카난은 그 말을 듣고 나서야 탐색 중 발견해서 갖고 다녔던 반지의 존재를 떠올렸다.

감정을 맡길 예정이었는데 완전히 잊고 있었다. 지금이라도 돌아가서 부탁할까? 한창 술자리 중이기는 한데.

품속 깊숙이 잘 넣어두었던 반지를 무의식중에 꺼내는 게 너무 분위기를 깨는 짓 같다는 생각이 들어 관뒀다.

그리고 얼굴을 반지로부터 떼고 앞을 봤더니 이미 눈앞에 뱅크의 모습은 없다.

있는 것은 오로지 불야성의 틈새에 드리워진 어둠과 멀리 주점에서 들려오는 가느다란 소음뿐.

—뭐, 괜찮아.

벨카난은 금속 고리를 손가락에 끼워 넣었다. 마치 주문해서 맞춘 것처럼 딱 들어맞는다.

그리고 반지를 끼운 손으로 손바닥 위쪽 먼지를 꽉 쥐었다. 자그맣게 「고마워」라고 중얼거린다.

무엇인가— 격려를 받았다. 기꺼이 행운을 빌어주었다.

그에 걸맞은 활약이 과연 가능할지는 알 수 없다만, 시도조차 않을 이유는 없다.

"……응, 좋아."

벨카난은 주먹 쥔 손에 힘을 꼭 주었다. 해내자고, 결의를 불태운다.

신기하게도 조금 머리가 맑아지는 듯한 기분이 든다—. 기분이 들긴 했지만.

"……으응……."

딱히 취기는 가시지 않아서 날아간 줄 알았던 술기운에 휘청휘청하며 어느새 또 돌아왔다.

눈꺼풀은 무겁고, 몸도 둔하고. 하품이 나올 것 같아서 벨카난은 눈가를 벅벅 문질렀다.

"……잠깐 쉬었다가 돌아, 가야지……."

통행에 방해되지 않는 곳. 나무통 옆쪽이라든가. 구석 쪽. 조용한 곳.

벨카난은 혼자 샘터의 한쪽 구석을 고른 뒤 무릎과 마검을 같이 끌어안는 모양새로 쪼그려 앉았다.

물을 마시고 와라, 취기를 깨우라는 잔소리이기도 했고. 응. 나는 안 취했다고 생각하지만.

머지않아— 꾸벅꾸벅 졸면서 흔들리던 소녀의 머리가 푹 고꾸라졌다.

§

오호라, 저런 수법이 있었나— 등등, 소녀가 잘 정리해서 떠올린 생각은 아니었다만.

새 부하로 들어온 커다란데도 굼뜬 녀석이 혼자 빠져나간 것은 대단한 쾌거였다.

딱히— 가비지는 생각을 한다. 까만색이랑 은색이 섞인 길쭉귀도, 여기에 있는 길쭉귀도 싫어하지는 않는다. 다만 굉장히 치근덕거리는 데다가 묘한 냄새를 자꾸 묻히려 해서 싫을 뿐이다.

특히 냄새. 몽글몽글하고 달짝지근한 그것은 과거의 좁은 방 위쪽에 감돌았던 냄새다. 따라서 얼굴을 붉힌 채 눈이 빙글빙글 돌아가기 시작한 길쭉귀의 마음이 풀어진 것은 기회였다.

가비지는 마치 짐승과 같은 탄력으로 품 안을 빠져나간 뒤 주점에서 탈출하는 데 성공했다.

커다란, 또한 어수선한 공간을 빠져나가자 더욱 커다라며 천장이 없고 어두운 공간이 나타났다.

바람은 선선하니 기분이 좋다. 가비지는 머리를 흔들었다.

그득한 냄새는 싫다. 이곳은 넓어서 상쾌하다.

소녀는 콧소리를 내면서 폐 속의 공기를 바꿔 채우고 만족스레 중얼거렸다.

그리고 돌을 쌓아서 만든 구멍이 있는 곳으로 다가간다.

걸어가면서 외투를 내팽개치고 상의에 손을 가져가 벗어던졌다.

다른 천 조각도 쇳덩어리도 전부 다. 가비지는 옷을 집어던지고 힘껏 기지개를 켰다.

노출된 것은 말라빠진 하얀 피부. 까맣고 무겁고 투박한 수갑만이 묵직하게 빛나고 있었다.

까만색과 은색의 길쭉귀는 무척 정성껏 다뤄줬지만, 가비지 본인은 딱히 별 감흥이 없었다.

긴 줄이 달린 그릇을 구멍 안쪽에 던져넣었다.

첨벙거리는 소리가 나면 밧줄을 손으로 잡아당겨서 끌어올린다.

가비지는 이렇게 하면 물을 손에 넣을 수 있다는 것을 학습했다.

이어서 퍼담았던 물을 머리부터 세차게 뒤집어썼다.

"……woof!"

차갑고 춥고 아릿하고 기분이 좋다. 물방울을 날리고자 몸을 떨었다.

젖은 수갑과 쇠사슬이 몸에 닿아서 흔들렸다.

타인에게 몸을 씻기도록 내주는 것은 솔직히 별로 좋아하지 않았다.

왜냐면 그 길쭉귀는 이상하게 거품을 만들고 기묘한 향기가 나는 물건을 마구 문지르기 때문이다.

하지만 이렇게 물을 뒤집어쓰면 몸에 달라붙어 있었던 이상한 냄새가 전부 떨어져 나간다는 것을 알았다.

제법— 괜찮다. 적어도 지금은 기분이 좋다. 가비지는 만족했다.

그렇다, 가비지는 만족하고 말았다.

지금까지 줄곧 비좁은 방에서 갇혀 지냈었는데, 더 넓은 공간으로 끌려나왔다.

까맣고 커다란 녀석과 시끄러운 놈과 비슷하게 커다랗고 미련한 녀석, 그 밖에도 주위에서 얼쩡거리는 인간이 늘어났다.

그 녀석들은 딱히 자신을 이상한 눈으로 쳐다보지도 않고 조롱하는 웃음을 보이지도 않는다.

비웃음을 받았다고 해서 가비지는 상처입진 않는다. 다만 모욕을 용납할 수 없을 뿐이다.

식사도 마음껏 먹을 수 있다. 날뛰는 것도 자유롭다. 마음에 안 드는 자들도 베어버리면 된다.

가비지는 만족하고 있었다. 소녀의 짧은 생애에서 이런 시기를 처음 겪어보았다.

따라서 이를 가리켜 방심했다고 지적하는 것은 너무나 잔인하겠다.

"Eeeek?!"

느닷없이 등 뒤에서 강렬한 일격이 후두부를 덮쳤을 때, 소녀는 소리치며 바닥에 쓰러졌다.

자빠졌을 때, 무자비한 발길질이 날아들었기에 공처럼 튕겨서 엎어졌다.

“Ugh……?!”

배를 부여잡고 신음하다가 — 입에서 위액과 함께 토사물이 쏟아져 아깝다는 생각을 했다 — 위쪽을 올려다본다.

그곳에 보이는 자는 가비지의 기억에 없는 남자였다.

전사가 — 소녀는 이 단어를 알지 못했지만 — 아마도 맞을 것이다.

까만 작자의 옆에서 툭하면 웃는 녀석이라든가 예전에 소녀의 쇠사슬을 쥐고 다녔던 패거리와 비슷한 차림새였다.

남자는 묘하게 번뜩거리는 눈동자로 가비지를 내려다보면서 부츠의 발부리로 복부를 짓눌렀다.

“……Aah?!”

애처롭도록 얄팍하고 가는 복부를 모험에 쓰는 투박한 부츠로 무자비하게 유린한다.

반사적으로 소리가 새어나오고 시야가 부예진다. 겁먹어 흘린 눈물이 아니다. 비명이 아니다. 생리적인 반응이었다.

게다가 살짝 떠다니는 이 냄새. 희미한 잔향. 잊어버리지 않는다. 그 작자들의 냄새였다.

가비지는 짓밟혀 몸부림치면서도 남자를 향해 엄니를 드러내며 나지막하게 으르렁거렸다.

“Grr……!!”

무섭지는 않았다. 이딴 녀석을 무섭다고 생각한 적은 없었다.

저 눈빛이 싫었다.

자신을 비웃고 조롱하고 어떻게든 처리할 수 있다고 자신하는 눈. 저 눈을 용서했던 적은 한 번도 없다.

"Hoooooooowl……!!"

"……윽?!"

남자는 순간 움찔 몸을 떨면서 위축된 것 같았다. 다만 입술을 꽉 다물고 검을 들었다.

"네게 특별히 원한은 없다. 나쁘게 생각하지 마라, 이것도 일이니까."

변명 비슷한 말이다— 애초에 가비지는 생각하지 않는다.

생각하는 것은—.

§

—어, 어떡하지……?!

우물의 바로 옆, 어두운 곳에 웅크리고 앉아있었던 벨카난.

터벅터벅, 풀썩, 첨버덩. 여러 소리가 꾸벅꾸벅 졸던 벨카난의 눈꺼풀을 끌어올렸다.

멍하게 흐릿한 시야. 눈 깜빡이기를 몇 차례. 시야에 확 들어온 것은 안다까울 만큼 하얗고 여윈 신체와 빨간 머리, 흑색의 철.

동료 중 한 명인 소녀가 이런 곳에서 — 잠든 사람은 자신이다 — 수욕을 하고 있다!

와, 와……?!

무척 당황한 채 이대로 숨어있어야 할까, 나가야 할까, 말을 건네야 할까 망설였던 잠깐 사이에.

그 순간에 어두운 곳에서 뛰쳐나왔던 그림자 — 모험가 — 갑옷을 입은 남자가 가비지를 습격했다.

배후에서 일격. 쓰러지자 발차기를 날리고 짓밟고 검을 치켜든다.

어떻게 할까 망설이다가 시기를 놓친 벨카난은 후회했다. 입술을 꽉 깨문다.

"……이, 야아앗……!"

"?!"

맥 빠지는 기합 소리와 엉거주춤한 자세, 칼집을 빼내지도 않고 휘두른 마검.

하지만 갑옷을 입은 남자, 검사는 반응했다. 미궁에서 성장시킨 경험, 육감이 작용했을 것이다.

검사는 물러나서 벨카난과 마주 섰다.

"……쳇, 신입이냐……!"

"후읍. ……후읍. 후읍……!!"

"……겁을 먹었구나."

정곡이었다.

겨우겨우 가비지의 앞에 나서서 버티고 선 벨카난은 부들부들 떨었다. 어깨가 들썩거릴 만큼 호흡도 가빠졌다.

손가락이 굳는다. 손바닥에 축축한 땀이 배어난다. 검을 칼집에서 뽑는 동작을 몇 번이나 실패하며 애를 먹었다.

간신히 뽑은 마검은 달밤 아래에서, 어쩌지…….

……평범한, 검 같아.

벨카난은 울고 싶어졌다. 파란 반짝임. 그게 전부다. 하지만 이 검밖에 없다.

"떠나라, 계집. 네년에게 볼일은 없다. ……죽고 싶지는 않겠지?"

"주, 죽고, 죽고 싶지, 않지만!"

목소리가 떨렸다.

"나, 나한텐, 볼일이…… 있어!!"

거의 직감적인 행동이었다. 도망쳐서는 안 되기에 벨카난은 검사를 노려봤다.

얻어맞고 걷어차이고 짓밟혔는데 가비지는 괜찮을까? 신경을 쓸 여유가 없다.

아니, 다른 생각을 할 여유는 언제나 없었다.

신기하게도 미궁 안에서는 버글러도 거미도 사마귀도 눈에 보였는데 지금은 적의 윤곽이 몹시 흐릿하다.

손에 든 검이 몹시 무거웠다. 이렇게나 무거웠던가. 방금 전보다 훨씬 더.

—하지만 못 들 무게는 아냐.

무척 기묘한 감각이었다. 자루는 손바닥에 착 달라붙는 느낌인지라 미끄러질 걱정만큼은 안 해도 괜찮겠다.

벨카난은 서투른 움직임으로 검사와의 거리를 가늠했다. 간격

따위는 알 수 없었다.

전사는— 안 움직인다. 새삼스럽게 벨카난의 커다란 몸을 보고 놀랐나 보다.

신입일지언정 축복받은 능력(보너스 포인트)으로 구사하는 일격은 얕볼 수 없는 법이다.

전부 다 착각이지만…….

어쨌든 지금 벨카난에게는 고마운 착각이었다.

누군가에게— 도움을 청하고자 하는 생각은 언뜻 뇌리를 스쳤을 뿐, 지나가버린다.

입을 열어서 소리를 높이고자 한 순간, 검사가 자신을 향해 뛰어들어 찔러버릴 것 같았다.

사실대로 말하면 결국 무서워서였다.

"……후읍. 후우……! 헉……! 흐헛……!"

단지 검을 겨눈 채 서로 쏘아보고 있을 뿐인데 숨이 막힌다.

상대가 오른쪽으로 움직이면 오른편으로. 왼쪽으로 움직이면 왼편으로. 가비지를 등에 멘 것처럼 벨카난도 따라 움직였다.

땀이 방울져 눈에 흘러내리자 몹시 쓰라렸다. 오늘 쌓았던 전사로서의 경험은 어디로…….

"이야앗……!!"

"아……?!"

그렇게 생각했을 때는 검사가 이미 몸을 던졌다.

머리 위에서 떨어지는 무시무시한 일격을 드래곤 슬레이어로 흘려 넘긴다. 손이 저릿거렸다.

"……이런, 칫?!"

전사는 투덜거렸다. 자신이 손에 든 것은 절단하는 검. 마력이 부여된 장검이다.

어중간한 검따위는 충돌하면 부러져버린다. 그런데 멀쩡하다면 상대도 마검을 들고 있다는 뜻.

"무구만으로 결정되진 않는다……!"

울부짖는 듯한 외침이었다. 하지만 사실이다. 무기의 위력만 믿고 제압할 수 있는 상대가 아니었으니까.

"흐엑?! 야앗?! 아아앗?! 야앗?!"

일격, 또 일격. 괴물을 처단하기 위해 철저하게 연마된 검술로 가차없이 벨카난을 몰아붙인다.

벨카난은 비명을 질러대면서 상대의 공격을 죽기살기로 막으며 버텼다.

조금이라도 검을 든 팔을 내리면 살해당한다. 위기감이 저릿거리는 팔의 아픔을 뛰어넘었다.

그리고 눈물이 배어나서 남자에게 애원하는 듯한— 하지만 필사적으로 노려보는 소녀의 금빛 눈동자.

"아아아앗!!"

그것이 남자의— 전사의 무엇인가를 몹시 자극했다.

가비지. 빨간 머리의 전직 노예. 그 녀석이 여자아이였다는 사실에는 놀랐었다만, 어쨌든 모르는 상대는 아니다.

흑색 지팡이 이알마스. 시체 수거자가 동료로 끌어들였다는 소식도 들어 알았다. 다만 특별히 쌓인 원한은 없다.

표적이 이알마스였다면 달라졌을 테지. 하지만 아니었다.

지금은 악한 성향의 전사가 된 남자는 그저 오로지 돈 때문에 살인 의뢰를 받아들였고, 실행했다. 그게 전부다.

다만— 눈앞에 있는 반거인 같은 계집아이.

축복받은 체구, 축복받은 장비, 겁먹은 태도, 어울리지 않는 역량. 전부 다 화가 치민다.

이 계집과 비슷한 소질이, 환경이 있었다면. 뻔한 화풀이라는 것을 자각하면서도 끝내 상상한다.

자신이 이 같은 처지로 몰리게 된 모든 원인이 저 계집에게 있다는 생각이 들어 못 견디겠다.

붉은 용과 비슷하다. 붉은 용만 없었다면. 이 계집만 없었다면.

"으랴아앗!!"

"으아아아아앗?!"

물론 벨카난은 전혀 알지 못하는 사연이었다. 지금은 상대의 마음을 배려할 만한 여유가 없다.

그러나, 그럼에도 — 울부짖으면서도 — 조금이나마 냉정함을 되찾을 수는 있었다.

—나, 아직도 죽지, 않았어?!

그것은 틀림없이 훌륭한 성과— 잘 배양된 생존 능력(히트 포인트)의 덕택이었다.

오래 버티지는 못하리라. 다만 아직은 죽지 않았다. 어떻게 하면 좋을지 고민할 수 있다. 게다가.

"Roooooooaaaar!!"

"크아악?!"

다른 동료가 있다.

벨카난이 공격을 유도할 때 덤벼드는 것은 빨간 머리 여자아이— 가비지였다.

배후를 덮친 가비지가 마치 짐승처럼 노려서 이빨을 박아넣은 곳은 갑옷이 없는 목덜미였다.

기겁한 검사가 몸을 세차게 흔들어서 가비지를 뿌리치자 또 비명이 터져 나온다.

지면에 나가떨어지며 낙법을 하지 못했을 테지. 쓰러진 동료를 곁눈질하고 벨카난은—.

"와, 아아앗……!!"

붕붕, 검을 마구잡이로 휘둘러 대며 똑바로 돌격해서 적을 몰아붙였다.

"쳇?!"

갑옷을 입은 남자도 한쪽 손으로 목덜미를 붙들어 잡은 채 다른 한쪽 손으로 검을 휘둘러서 방어에 임했다.

방금 전과는 정반대의 광경— 다만 차이점은 양쪽 다 여유가 없다는 것.

—나, 어딜…… 어떻게, 설마……?!

무엇보다 벨카난에게는 사람을 벤 경험이 없다. 검을 쥔 싸움도 지금이 처음이었다.

사람을 베도 괜찮겠냐는 망설임— 그것은 상대에 대한 배려에서 비롯된 주저가 아니었다.

미지의 행동에 대한 공포. 그런 짓을 저질러도 괜찮겠냐는 자기 보호.

따라서 그때 그 순간, 벨카난은 자신의 몸이 거짓말처럼 손쉽게 움직였다고 생각했다.

가슴 보호대를 떼어서일까. 팔이 매끄럽게 미끄러졌다. 검에서 풀려난 손가락이 허공을 춤춘다. 혀가 노래한다.

"《헤아 라이 타잔메(불꽃이여, 오너라)》……!!"

"아니……?!"

앞에 날아든 《할리토(작은 불꽃)》를 목격하고 눈을 부릅뜨는 것도 잠시뿐.

안면에 불꽃이 작렬했다. 남자가 불탄 목청으로 탁한 비명을 지르고 몸을 쭉 젖혔다. 얼굴을, 목을 쥐어뜯는다.

"크, 악, 끄, 아아아앗!!?!"

"해, 해냈다……?"

"Hoowl!!"

탁한 고함소리, 놀라움과 곤혹과 흥분, 포효. 세 가지 목소리.

멍하니 자기 손가락을 바라보는 벨카난의 옆을 가비지가 달려서 지나쳤던 것이다.

달밤 아래에서 나신을 노출한 채 갑옷의 남자에게 달려드는 그

손에는 막 주워든 큼지막한 칼이 있었다.

치명적인 일격(크리티컬 히트).

시원스러운 울림과 함께 남자의 목이 공중을 날았고, 파란 달빛에 검붉은 피가 한가득 튀어 올랐다.

분수처럼 쏟아져 나온 혈우가 방울방울 떨어지고 있는 와중에 가비지가 벨카난에게 빙그르 고개를 돌렸다.

손에는 예리한 칼. 살갗을, 얼굴을 피로 물들이고. 빨간 머리 여자아이의 맑은 호수와 같은 눈동자가, 똑바로 자신을 향했다.

—아름다워.

어째서 이런 생각을 떠올렸는지 벨카난은 알지 못했다.

어쨌든 이때 빨간 머리 소녀가, 가비지가 우짖은 말의 의미는 짐작할 수 있었다.

“arf!!”

잘했다. —칭찬. 어쩌면 단지 머릿속의 착각이었을 수도 있겠지만.

제 5 장

호크 윈드

이후 뒷수습이 큰일이었다.

사냥감을 자랑하려고 — 짐작하기로 — 알몸인 채 주점에 뛰어들고자 하는 가비지.

놀라서 허둥지둥 말리고 붙잡는 벨카난도 전투 중 튀었던 피가 온몸에 묻어있었다.

새삼스레 머리가 어질어질하고, 속도 메슥거리고, 구역질이 나는 기분이고, 가비지는 힘이 장사고.

질질거리며 거의 끌려가다시피 하다가 벨카난이 반쯤 울상을 지었을 때 느릿느릿 그 남자가 나타났다.

"끝났나."

이알마스. 흑의의 남자. 흑색 지팡이의 마술사. 파티에서 아마도 리더.

"yap."

불쑥 나타나 중얼거리더니 가비지의 대답에 고개를 끄덕이고 벨카난을 봤다.

곧이어 이상한 말을 꺼낸다.

"주점 뒤편에서 강도질에 당할 녀석이라면 앞으로도 살아남지 못할 거라고 생각했다만."

—저 사람, 다 알고 있었구나!

너무해, 못됐어, 세상에, 여러 잡념이 솟아 벨카난의 머릿속을 빙글빙글 휘젓는다.

그러다 결국 튀어나온 것은 한마디였다.

"어떻게 좀 해줘……!"

"그래."

실제 어떻게든 수습을 해준 터라 치켜올렸던 주먹을 어디로 휘둘러야 할지 벨카난은 알 수 없었다.

이알마스는 항의의 목소리를 무시한 채 가비지의 머리카락을 헝클어뜨리더니 우물로 향했다.

그리고 물을 길어서 바닥에 퍼진 피 웅덩이에 쏟아 흘려보낸 뒤 다음은 손에 든 통을 벨카난에게 던진다.

"와, 와앗……?!"

"가비지에게 옷을 입혀라. 다른 모험가가 오면 강도를 만나 싸웠다고 말해라."

"어, 어, 하지만, 나……. 괜찮아……?"

도시 안에서 몸을 지키기 위해서지만 모험가를 죽였다. 모험가 사이의 살인 행위는 범법인데. 사람을. 으음.

"흔한 일이다."

"어어……."

그렇게 이알마스는 주점 안으로 잠시 들어가 누군가에게 무언가 말을 전한 뒤 다시 돌아와서 시체를 짊어졌다.

벨카난은 고생고생하며 간신히 가비지에게 속옷을 입힌 참이었다.

"alf……! yap?!"

이알마스가 느닷없이 가비지의 외침에 귀를 기울여주는 것처럼 시선을 돌렸다.

물끄러미 쳐다보는 대상은— 소녀가 아닌 벨카난이다.

벨카난은 의미도 없이 제자리에서 불편한 마음으로 꾸물꾸물 몸을 움직거렸다.

"뭐지, 마술사로 돌아간 건가."

"……나는 쭉 마술사였어."

벨카난은 입술을 삐죽거렸다.

"흠."

이알마스는 중얼거렸다.

"옳은 말이긴 하군."

아무튼 간에. 벨카난은 이알마스가 시체를 짊어지며 주워든 머리의 주인이 더 신경 쓰였다.

"으음, 저기……. 그 사람, 어떻게 할 거야?"

버린다거나, 숨긴다거나, 묻는다거나. 이알마스는 무슨 소리를 하냐는 듯이 태연하게 답했다.

"시체는 《사원》에 던져주는 물건이잖나?"

설마 싶었는데 정말로 갖다주려나 보다.

이대로 주점 안 연회에 다시 낄 생각도, 마구간에서 잠들 생각도 들지 않는지라 벨카난은 뒤를 쫓아갔다.

어찌어찌 옷을 입히는 데 성공한 가비지가 또 뒤를 따라왔다.

콧소리가 거친 이유는 뭘까. 자, 봤냐. 멋있냐. 이렇게 하는 거다. 자랑하려는 의도일까?

벨카난은 결국 어색하게 웃기만 하고 넘겼지만.

《사원》에 도착한 일행을 맞이해준 사람은 은발의 여성 엘프—아이닛키였다.

기억난다. 자신을 소생시켜준 사람. 그런데 이렇게 늦은 밤까지?

—이 사람은 언제 자는 거야?

불현듯 괜한 의문이 뇌리를 스치고 갔다. 엘프가 잠잘 필요가 없다는 것은 신화시대의 옛날이야기다.

"어머!"

시스터 아이닛키는 입을 열자마자 곧바로 소리치더니 또 이어서 말했다.

"세상에!"

여기까지 오는 과정도 마찬가지였는데 이후에도 벨카난은 성난 파도와 같은 기세에 휩쓸려서 이리저리 밀려다녔다.

우선은 가비지와 함께 사원의 뒤뜰로 끌려간 뒤 옷을 벗어야 했고, 물을 뒤집어써야 했다.

"히야아아아?!"

비명을 지르는 사이에 몸을 닦는 손길이 있었고, 문득 깨달았을 때는 옷까지 갈아입은 상태였고.

그다음은 기숙사의 침대로 밀려서 나가떨어졌으며, 다시 정신이 들었을 때는— 아침이었다.

생각할 틈조차 주어지지 않았다.

벨카난은 침대 위쪽에 저번처럼 다시 간소한 속옷 차림으로 앉은 채 숨을 내뱉는다.

"……나, 따라갈 수 있을까……."

모든 것이 의식의 영역 바깥에 있달까, 외지에서 쌓았던 모든 상식이 안 통하는 것 같다고 새삼스레 생각이 든다.

불현듯 간소한 석조 방에서 — 미궁의 묘실 같았다 — 문을 두드리는 소리가 났다.

"어, 아, 네, 있어요."

대답한 뒤 이게 적합한 말이었던가 싶어서 벨카난은 뺨을 붉혔다.

"깨어나셨나요?"

다행히 얼굴을 쏙 내밀고 쳐다보는 아이네는 생글생글하며 온화하고 친절하게 웃음을 머금고 있다.

"아침 식사 준비가 끝났답니다. 혹시 시장하시면 같이 드실래요?"

"아, 저기, 난—."

사양하려고 했던 마음을 저버리고 배가 커다란 체구와 어울리지 않는 자그만 소리로 꼬르륵 울렸다.

"……먹을게요."

"네, 가시죠!"

§

"……그래서, 이 녀석들 도대체 뭐냐?"

라라자가 짜증스럽게 말을 꺼낸 이유는 모든 사태가 자신이 아무것도 모르는 사이에 진행되었고 또한 끝났기 때문이다.

"들, 아니야."

벨카난은 조용하게 정정했다.

"달랑 한 명인걸……."

《사원》 안쪽에 마련되어 있는 응접실— 비슷한 곳이겠지.

막대한 기부금을 받아 축적하는데도 불구하고 간소하고 소박하게 운영되는 곳이 사원이지만 여기는 예외인가 보다.

긴 융단과 보드라운 솜을 채워서 깐 장의자. 선명한 색유리를 끼운 창.

벨카난의 몸은 푹 가라앉고, 라라자와 가비지는 적당히 폭신하다. 이알마스는 벽면에 서 있었다.

"들 맞다. 들!"

라라자는 으르렁거렸다.

"내가 알기로 벌써 네 번째 아니냐?"

"네 번?"

"두 번째는 무기점에 나타났던 녀석이지. 세 번째는 《미궁》이고."

"어으, 첫 번째는……?"

라라자는 대답하지 않았다. 얼마 전 밤에 마구간에서 이야기했을 때는 구태여 들려주지 않은 내용이었다.

그 대신 묵묵히 이알마스를 노려봤다.

장의자의 탄력을 즐기며 몸을 흔들거리고 있는 빨간 머리의 잔반은 일단 무시한다.

"암살 목표는 네가 아니었던 거냐."

"처음부터 달리 생각했을 테지?"

"그럼 이 녀석이 맞다고?"

폴짝폴짝 뛰면서 감탄한 듯 고개를 끄덕거리고 있는 옆쪽의 가비지를 가리킨다.

아무리 봐도 야생의 개와 다를 바 없는 꾀죄죄한 여자아이이다.

공격을 당하는 이유 따위— 뭐, 라라자에게는 이유는 있었지만. 여태 걷어차였던 몫만큼.

"너 인마, 어디서 누구한테 얼마나 폐를 끼치고 다녔던 거냐……."

"alf?"

무슨 소리를 하는 거냐는 얼굴. 한 대 때려주기 전에 소녀는 장의자에서 내려갔다.

이제 질렸나 보다. 내키는 대로 걸음을 뻗은 가비지는 창유리에 흥미를 나타냈다.

금강석과 같은 갑옷을 걸친 젊은이가 미녀를 거느리고 땅속 깊숙한 곳에 내려가는 광경.

라라자는 알지 못하는 영웅담이었다. 분명 먼 옛날의 이야기겠지. 지금 신경 쓸 부분은 아니다.

"이제 곧 붉은 용을 죽이러 가야 하는데 암살자까지 상대할 시간이 있겠냐."

"그런 모의를 알아내는 것에 나는 재주가 없군."

이알마스는 땅이 꺼져라 숨을 내뱉었다.

"여태껏 한 번도 사람들에게 탐문을 한 경험도 없고 말이지."

"그야 없었겠지."

척 봐도 알만한 녀석이다. 라라자는 전혀 부정의 여지 없이 단언했다. 흥미도 없었을 테고.

벨카난은 아예 입을 다물어버린 두 사람의 사이에서 시선을 두리번거렸다.

그리고 입을 붙였다가 열었다가 또 닫은 다음에야 간신히 소리를 낸다.

"내, 내가, 생각했는데……. 그냥, 제안인데!"

"뭔데."

빤히, 라라자가 곁눈질을 하는지라 벨카난은 살짝 들었던 손을 다시 내렸다.

그리고 주뼛주뼛 조심스럽게 두 사람의 눈치를 살피면서 작은 목소리로 떠듬떠듬 말했다.

"그럼 잘하는 사람한테…… 부탁하면, 어떨까. 여러 사람한테 물어보거나, 조사하거나……."

"흠."

이알마스는 팔짱 끼더니 짧게 중얼댔다.

"그 분야의 전문가를 안다."

§

단적으로 말해서 단순한 보험이었다.

모두가 계집이 화룡과 싸워 이기는 결말은 생각하지 않았으니까.

아니, 계집뿐 아니라— 누구도 절대 화룡을 죽이지 못하리라.

—어떠한 모험가일지라도 마찬가지.

모험가는 불사의 존재가 아니다. 모험가는 결국 죽는다. 미궁이 아니더라도.

그리고 미궁 바깥에서 죽일 방법이라면 그들에게는 더 유리한 점이 있다.

수단은 얼마든지 있었다. 문자 그대로, 얼마든지.

자객으로 고용해 보낸 모험가가 결판을 내준다면 좋고. 그게 아니더라도 경고는 될 테니…….

남자는 그렇게 반쯤 스스로를 설득하려는 듯이 변명과 비슷하게 사고를 거듭하면서 혼잡한 길을 나아갔다.

《스케일》의 공기는— 우중충했다.

이 도시가 가진 활력의 원천은 좋은 의미로든 나쁜 의미로든 전부 《미궁》에 있다.

그 흐름을 붉은 용이 차단해버렸다.

도시에서 필요로 하는 물자, 모험가가 필요로 하는 물자, 오락, 식사, 생활을 누리는 데 필요한 여러 재화들.

저런 물품들을 손에 넣기 위해서는 지금껏 축적해왔던 금전을 뱉어내어야 할 처지로 몰린 것이다.

무한히 금화가 차오르는 항아리에 덮개가 생겨버렸으니까.

길을 다니면 모험가가 빵의 가격을 트집 잡아서 점주와 싸우는 광경이 보인다.

모험가들은 아직 괜찮다. 하지만 모험가가 간신히 구입 가능한 금액은 빈민에게는 결코 손을 뻗을 수 없는 금액이다.

뒷골목에는 모험가가 되지 못하고 물론 상인도 되지 못하는 비렁뱅이가 몸을 웅크리고 앉아있었다.

—한탄스럽구나.

남자는 길가에 떨어진 오물을 보는 눈으로 비렁뱅이와 점주와 모험가를 쳐다보다가 빠른 걸음으로 곁을 지나쳤다.

빵의 가격을 결정하는 것은 왕후와 귀족, 영주에게 주어진 권리가 아니었던가.

그것을 공시 담당의 관리가 소리 높여 외치며 돌아다니는 것이 세상의 올바른 모습이리라.

이렇듯 제멋대로 무법이 판치는 꼴이 용납되어서는 안 된다.

미궁만 없었다면. 모든 원인은 미궁에 있다. 성벽 바깥, 도시 변두리에 뚫린 악마의 구덩이에 있다.

미궁이라는 어처구니없는 곳만 나타나지 않았다면.

—저 끔찍한 빨간 머리 사생아(바스타드)에게 이토록 애먹을 일도 없었다……!

"그런가."

"—?!"

남자의 모든 감각은 뒷골목을 돌아든 순간 아찔거리다가 곧 암전됐다. 기억은 거기까지였다.

—아니.

어쩌면 지금 막 정신을 차렸다는 표현이 옳은지도 모른다.

남자는 암흑 속에 있는 자신을 발견했다.

몸이 움직여지지 않는다. 포박당했다. 아니면 마술일까. 목부터 아래의 감각이 없다.

따라서 대신에 남자는— 밀정은 눈앞의 어둠 안쪽으로 시력을 집중시켰다. 목소리의 주인을 찾기 위하여.

그곳에 있는 것은 어둠뿐이며, 그림자다.

그 그림자가 불쑥 지면에서 일어서는 모양새로 사람의 형태를 취했다.

야행복 차림의 남자 — 기모노를 입은 남자 — 복면을 쓴 남자.

다만 밀정은 소리 높여서 외칠 수조차 없었다.

도대체, 뭐지……?

그것은 인간의 형태를 한 죽음의 화신이었다.

단 하나라도 저것의 심기를 거스르면 살해당한다는 예감이 든다.

어처구니없는 발상이리라. 누구에게 말한들 믿어주지는 않을 것이라 생각했다.

왜냐하면, 그렇잖은가? 너무나 어처구니없고 기막히게 우스꽝스럽잖은가.

눈앞에서 유유자적하게 익힌 곡물을 뭉쳐서 만든 양식을 느릿느릿 먹고 있는 저 남자가.

만약 손 한 번이라도 움직이면 나는 죽는다……!

침도 못 삼킬 정도로 두려웠다. 숨을 들이마시지 못한다. 한 번의 눈 깜빡임조차.

"자. 의뢰를 받았으니 어쩔 수 없군."

양식을 다 먹은 남자가 조용하게 중얼거렸다.

"수단은 많지. 단단히 묶어 카도르트 신에게 바치는 것도 좋겠지만……."

남자는 짤막짤막 중얼거리면서 천천히 이쪽을 향해 다가왔다.

밀정은 배에 힘을 꽉 주었다. 아마도 고문, 심문의 부류일 테지. 어떤 질문에도 답하지 않으리라.

입이 움직여질 때 주문을 쓰는 방법도 있다. 혀를 깨물어도 좋겠다. 호락호락하게 굴복하지는 않을 것이다.

다만— 역시나, 어째서일까?

"죽음을 선택해도 상관없다. 어차피 심심풀이니까."

—어떤 발악을 해도 소용없다는 생각이 자꾸만 드는 까닭은.

§

"《송곳니 교회》라더군."

저녁때, 《사원》의 객실로 돌아온 야행복 차림의 남자— 호크윈드는 태연하게 말을 꺼냈다.

라라자는 들어본 적 없는 이름이었다. 방 안에 있는 다른 다섯 사람은 어떤 반응일까.

벨카난을 본다. 당황해서 고개를 옆으로 휙휙 흔든다. 까만색 땋은 머리가 톡톡 흔들렸다.

가비지에게는…… 아마 물어봐도 시간 낭비일 테다. 시스터 아이닛키는 여전히 말없이 미소 지을 뿐.

세즈말은 어깨를 으쓱이고— 결국 이알마스가 귀찮은 듯 어이없다는 듯이 의문을 제기했다.

"그게 뭐지."

"왕가의 밀정으로 전락했다더군. 혹은 출세인가."

—응?

라라자는 문득 문답이 서로 어긋났음을— 자신의 인식과 차이가 있음을 깨달았다.

방금 했던 질문은 그들이 무엇을 하는 집단인지 묻는 질문은 아니었던 것 같은데.

하지만 이 같은 사소한 위화감은 세즈말이 가볍게 분 휘파람에 의해 없어졌다.

"용케 자백을 받았구나."

"어디의 어떤 녀석에게도 약점은 있는 법이지. 이것만큼은 예외가 없어."

호크윈드는 나직하게 둘러대더니 벨카난을 바라보는 것 같았다.

다만 정말로 봤더라도 역시 일순간에 불과하다. 곧 팔짱을 끼고 방구석의 벽에 기대서버렸다.

자신이 이야기해야 할 것, 처리해야 할 것은 전부 다 설명이 끝났다는 듯한 태도였다.

"와, 왕가……."

잠깐 시선을 받았던 벨카난은 주뼛주뼛하며 목소리를 흘렸다.

"임금님……?"

"어딘가에서 본 적이 있다는 생각은 들었지요."

아이네가 중얼거리자 세즈말도 「머리카락 색, 지금 왕자와 비슷하다는 생각은 했지」라며 이어서 대꾸했다.

별로 넓지도 않은 방 안에서 빨간 머리 가비지만 혼자 나 몰라라 하며 멍하게 가만있었지만.

소녀는 전원의 시선이 자신에게 모여든다는 것을 알아차렸는지 의아해하며 빤히 모두를 마주 쏘아봤다.

순서대로 전원을 쭉 둘러본 푸른 눈동자가 마지막으로 라라자에게 향했다.

"공주님이라는 거냐?"

"arf."

"……아니지? 에이, 말이 되냐."

"woof!!"

다음 순간, 라라자는 비명 지르며 펄쩍 뛰었다. 물론 정강이를 세차게 얻어맞아서였다.

말뜻을 알아들어서는 아닐 터이나 얕보였다는 것을 민감하게 감지했음이 틀림없다.

발목을 부여잡고 몸부림치는 라라자를 내려다보며 가비지는 아주 의기양양하게 콧소리를 냈다.

벨카난은 뜬금없이 「나는 잘 어울린다고 생각해」라며 변명 비슷한 말을 소곤소곤 꺼내더니 손을 흔든다.

원망스럽게 위를 올려다본 라라자와는 눈을 피했다. 걷어차이고 싶지 않았을 테지.

그나저나 재미있어하며 쳐다보는 세즈말을 포함하여 아무도 라라자를 돕고자 하지 않는 이 상황은 뭔가.

"딱히 이 녀석의 내력이 무엇이든 간에 의미는 없군."

신음하면서 비틀비틀 일어난 라라자는 이알마스에게 입술을 삐죽거렸다.

"……아예 없지는 않겠지."

"드래곤이 과연 신경 쓰겠나?"

"그야, 안 쓰겠지……."

라라자는 끙끙거렸다.

"아무튼 그런 문제가 아니잖아."

"괜한 방해꾼이 나타나면 귀찮지 않겠나, 이알마스."

세즈말이 「《송곳니 교회》의 소문은 나도 들었던 적이 있어서 말일세」라며 짧게 중얼거린다.

"왕가의 숨은 칼, 마도의 강자. 외지에서 제법 무시무시한 상대라는 건 틀림없군."

《미궁》에서 얼마나 통할지는 알 수 없다만. 덧붙인 말은 과연 어떻게 받아들여야 할까.

—뭐.

라라자는 멍하니 생각했다. 지금 시점에서는 이 잔반 녀석이 앞서가고 있는 셈인데.

"snaaaaaarrrrrll……."

"흠, 공주님이라……."

도저히 그렇게는 보이지 않는다는 생각이 진심으로 든다. 생각을 떠올리자마자 걷어차일 것 같아서 라라자는 뒤로 뛰었다.

"아차차, 흥! 몇 번이나 걷어차여주겠냐……!"

"arf! arf!!"

"그, 그만해……!"

벨카난이 몹시 당황하며 말리고자 했으나 고작 말 몇 마디에 멈춰줄 가비지가 아니었다.

갑자기 《사원》의 객실 하나가 소란스러워졌으나 나머지 세 사람은 무시했다.

숙련된 모험가 두 사람과 은발의 수녀는 자, 이제 어떻게 할까, 얼굴을 마주 보면서—.

"어쨌든 간에 섣불리 소란 피우지 말고 이대로 미궁에 있는 게 안전할 거예요."

시스터 아이닛키가 평소와 다를 바 없는 온화한 말투로 의견을 제시했다.

이어서 엄니를 드러낸 채 계속 으르렁거리는 소녀의 빨간색 곱슬머리를 손빗으로 빗겨주듯이 어루만져준다.

가비지는 처음 잠깐은 귀찮아하며 몸부림쳤을지언정 결국은 포기했는지 다시 조용해졌다.

딱히 납득하지는 않았을 터이나 아이네에게는 반항해도 소용없다는 것을 뼈저리게 느꼈음이 분명하다.

강아지를 귀여워하듯 빨간 머리를 쓰다듬어주는 은발의 엘프는 마치 잡담을 나누는 듯한 분위기다.

"그렇죠? 죽음을 가져다주는 매의 바람."

"……."

대답은 없었다. 다만 저 침묵이야말로 가장 힘 있는 웅변이었다. 아이네는 만족스럽게 고개를 끄덕였다.

—뭐, 확실히.

라라자 또한 이해할 수 있었다.

도망쳐서 숨든 싸우든 간에 《스케일》과— 그리고 《미궁》 안쪽이 좋다.

도시 바깥에 펼쳐진 황량한 토지보다는 훨씬 괜찮다.

왜냐면 미궁 안에서는 자객 녀석들, 예의 무슨 교회 녀석들이 나타나도 눈치를 봐서 가담하는 인간들은 없을 테니까.

괴물의 입장에서는 모험가와 마찬가지로 똑같은 침입자이며 장난감이고 먹잇감이다.

《미궁》은 누구의 편도 들어주지 않는다. 모두에게 평등한 곳임을 요즘에 들어서야 차츰 깨달았다.

—다만.

라라자는 생각했다. 그 녀석들이 다시 얼마 전처럼 괴물들을 불러 끌어다 놓지 않는다는 조건이 필요하다만.

"근데 어떡할 거냐. 이제부터 매일 밤, 매일 밤 암습이 이어지면 못 버티지 않겠냐?"

"흠."

팔짱을 낀 이알마스가 생각하는 소리.

"탐색을 방해받는다면 곤란하지. ……이보게."

"음?"

불린 인물은 세즈말이었다.

자유 기사를 표방하는 저 남자는 쓰다듬받는 가비지를 진짜 강아지를 보는 눈길로 바라보고 있었다.

저 남자의 옆쪽에 서면 벨카난도 그냥 평범한 여자아이 같다. 실제로 평범한 여자아이가 맞긴 하다만.

"뭔가 방법이 없겠나."

"글쎄……."

선한 성품을 가진 이 인물은 무척 진지한 질문을 받고도 마치 식단을 고민하는 듯한 느긋함으로 상념에 잠긴 내색을 보였다.

"너무 어렵게 생각할 필요는 없지 않겠나?"

"오호."

"녀석들이 왜 지금 공격에 나섰을까. 가만히 놔둬도 괜찮은데. 어차피 이 아이는—."

선량하고 마음씨 넓은 미장부가 싱글싱글 미소 지은 채 평소와 다를 바 없는 음색의 목소리로 말했다.

“《붉은 용》에게 도전해서 죽을 테니까.”

“……억?!”

벨카난이 움찔거리며 몸을― 목소리를 떨었다.

한쪽 손으로 지팡이를, 한쪽 손으로 칼집을 꽉 움켜잡는다. 시선이 유성보다 더 빠르게 발밑으로 떨어졌다.

너무해, 서운해하지는 않는다. 소녀의 울적한 정신은 항상 자신에게서 이유를 찾는다.

역시 무모한가, 당찮은가, 과욕인가. 불가능. 분수를 알지 못한다. 느림보 벨카가 또 바보짓을 했다.

그렇게 소용돌이치는 사고에 「오호라」라며 나지막하게 웃는 목소리― 이알마스의 말이 박혔다.

“좋은 소식이지 않은가.”

“아……?”

“《붉은 용》에게 도전해서……. 『만약』의 사태가 발생하면 곤란하다는 생각을 갖고 있어서였군요.”

이어지는 아이네의 말. 멍하니 얼굴을 들어 올린 벨카난에게 라라자가 히죽 웃어 보였다.

세즈말도 역시 표정을 전혀 바꾸지 않고 고개를 끄덕거려 보였다.

“달리 말해서.”

재해의 중심(하트 오브 메일스트롬). 주변 사람들의 대화에 아무 흥미도 없이 멍하니 가만히 있는 빨간 머리 여자애.

"아예 영웅이 되어버려라."

"alf?"

제 6 장

던전 앤드……

"……거참. 빌어먹을 붉은 용, 완전히 암 덩어리입니다."

《스케일》의 상공 조합, 정확하게는 길드라고 불러야 할 집회소에서 조합장은 머리를 부여잡고 신음했다.

몸을 썩게 만드는 불치병. 지금 상황에 딱 들어맞는 말이다. 《스케일》은 완만하게, 아울러 확실한 죽음을 향하여 나아가는 중이다.

또한 이 위기를 해결할 수단은 없었다.

집회소에 가득 찬 상인들의 얼굴은 하나같이 모두 조합장과 비슷한 꼴이었다.

"아무튼 이대로 두면 아무것도 달라지지 않네……."

"아직 미궁 내부의 상황이 바깥에 알려지지는 않았겠지?"

"물론입니다. 덕분에 사람도 물자도 오긴 옵니다. 옵니다만……."

"지불할 돈은 안 들어오지."

누군가가 힘없이 웃었다.

"배를 불리기 전에 앙상하게 말라버리겠어."

"단가를 올려야 할 터이나 슬슬 한계라네. 불평불만이 철철 넘치거든."

"역시 한 번 더 모험가에게 의뢰를 맡겨봐야 하지 않겠나……?"

"그 모험가 녀석들이 폭발 직전이라는 이야기를 하는 중일세……."

《스케일》은 아무것도 없는 마을이었다.

작은 마을이다. 하늘과 지면과 바위와 사람밖에 없는 궁상맞고 초라한 마을이다.

《미궁》이 나타나기 전까지는. 그리고 그때부터 모든 것이 변했다.

《미궁》의 괴물에 놀라 마을로 밀려든 것은 우선 명성을 떨친 영웅들이었다.

또한 일확천금을 노리는 정체불명의 무뢰한들. 도적 집단과 용병을 호위로 들인 상인들.

작은 마을은 눈 깜짝할 사이에 변모를 맞이해야 했다.

이대로 두면 먹잇감이 될 뿐이다—. 애초에 수많은 사람들에게 숙박 시설을 제공할 여력도 없는 곳이었다.

그때 분투했던 인물이 당시의 촌장이다.

왜 쓸데없는 짓을 저질렀냐고 당대의 조합장은 한탄한다. 지금 자신이 겪는 모든 고생의 원인이기에.

동시에 어쩔 수 없는 대응이었다는 것도 이해는 한다. 지금까지 《스케일》이 생존한 것은 옛 촌장 덕분이다.

당시의 촌장이 한 일은 딱히 대단하지 않았다.

단지 뒤치다꺼리를 했을 뿐이다.

《스케일》을 방문하는 여행자, 모험가. 《미궁》에서 돌아온 모험가. 여러 외지인에게 숙소를 제공했다.

모험가들이 인간의 상식을 뛰어넘는 힘의 소유자가 되어 돌아온다는 것도 이 무렵부터 알려지기 시작한 사실이다.

그런 강자를 잔뜩 데리고 있다는 한 가지 강점을 내세워서 촌장은 상인들과 교섭한 뒤 양측을 중개했다.

그렇다, 중개했을 뿐이다.

모험가들을 관리, 통제하는 것은 누구도 불가능하다.

단지 도시로서 체재를 갖추고, 상인들에게 거래를 제시하고, 금화와 재보의 흐름을 주시했다.

어느 사이엔가 촌장의 집은 모험가들의 숙소로 바뀌었고 그곳의 주인은 《스케일》 상공 조합의 최고 조합장이 되었다.

그리고 오늘.

"자네, 숙박하는 모험가에게 용을 죽이지 않으면 숙소에서 쫓아내겠다는 식으로 말을 꺼낼 순 없겠나?"

대대로 이름을 이어 받아온 당대 《투신의 주점(두르가)》의 주인인 길가메시는 땅이 꺼져라 숨을 내뱉었다.

"그런 소리는 직접 해보십쇼. 저는 마법에 숙소와 함께 싹 날아가는 신세는 사절하렵니다."

"반대일걸. 그런 짓 저질렀다간 다른 모험가가 잠자코 안 있지."

"결국 모험가끼리 싸워서 도시는 싹 날아갈 테고요."

누군가가 또 힘없이 웃었다. 거의 자포자기한 웃음을 들으며 모두가 입을 다물고 침묵했다.

《스케일》은 아무것도 없는 마을이었다. 지금은 아무것도 없는 도시다. 《미궁》과 사람 말고는.

사람을 먹여 살리기 위한 물자는 바깥에서 가져와야 할 필요가 있다. 물자를 확보하려면 돈이 필요하다.

아울러 돈은 언제나 《미궁》에서 잔뜩 쏟아졌었다.

그런데 그 돈이 말라버렸다.

살아가기 위한 물자는 사재를 털어 조달해야 하는 처지다. 하지만 언젠가는 바닥난다. 언젠가는.

완만한 죽음— 오늘내일 당장은 아닐지언정 몇 개월, 몇 년 후는 장담할 수 없다.

그리고 과연 화룡이 얼마나 오래도록 살아있을지는—.

"신화, 전설의 생물이죠. 영원토록 살아서 버틸 겁니다."

용살의 영웅을 손꼽아 기다려보자? 덧없는 동화 속 이야기에서나 바랄 수 있겠다. 농담으로 말을 꺼내도 웃지 못한다.

그때—「큰일 났습니다」라며 조합의 젊은이가 슬쩍 길에게 다가와서 귓가에 대고 속삭거렸다.

"용을 퇴치하겠다고 씩씩대며 구두 장인의 아들내미가 몇 명인가 데리고 미궁에 들어가버렸습니다."

"구두 장인의 아들내미. 으음……."

"슈마허입니다."

"미련한 짓을 저질렀군요……."

이미 목숨을 잃었을 테지. 산다, 죽는다. 구하러 간다, 가지 않는다. 고민조차 하지 않았다.

모험가와 평범한 사람은 존재 자체가 다르다. 《미궁》에 가는 건 제대로 된 사람이 아니다.

설령 적응에 성공하더라도 얼마 전 모험가가 된 자와 붉은 죽음의 용은— 대결이 성립되지 않는다.

자신이라면 할 수 있다, 자신이라면 괜찮다, 불리함은 잘 안다, 이렇듯 스스로를 과신하는 태도는 젊은이의 특권이다.

또한 동시에 언제나 젊은이의 생명을 빼앗는 오만함이기도 했다. 별로 대단한 자질은 아니다.

“그보다 돈 문제가 더 급하네. 조합에서 골고루 지원금을 지급해봤자 턱없이 부족하니 말일세…….”

“……길가메시 님.”

“또 뭔가?”

계속해서 또 한 사람. 거듭 다가온 자신의 부하를 돌아보며 길가메시는 물었다.

“《사원》의 시스터 아이닛키 님께 소개를 받았다며 모험가 두 명이…….”

“아이네 님께?”

길가메시는 눈을 깜빡였다.

입장상 《사원》은 상공 조합에 참가하지는 않았다.

다만 《스케일》에서 장사를 하는 입장이라면 《사원》은 결코 무시할 수 있는 존재가 아니었다.

이 도시에서 가장 많은 돈을 보유하고 있는 곳을 묻는다면 의문의 여지도 없이 《사원》임이 분명하니까.

더군다나 시스터 아이닛키다.

길가메시는 그 인물을 단순한 수녀라고 생각한 적이 단 한 순간도 없었다.

“들여보내세요. 이곳까지.”

“예…….”

곧 안내를 받아 나타난 인물은— 두 명의 여자아이였다.

양쪽 다 낯익은 얼굴이다.

추레한 차림새, 목에 철제 칼, 등에는 대검, 꾀죄죄한 빨간 머리의 소년— 아니지, 소녀.

잔반, 괴물의 음식 찌꺼기, 가비지라는 별명이 붙은 모험가다.

옆쪽에 서 있는 인물은 고개를 들어 올려다봐야 할 만큼 큰 신장을 가진 까만 머리의 아가씨였다.

머뭇머뭇, 주뼛주뼛, 불쌍할만큼 겁먹은 채 지팡이를 죽기살기로 꽉 부여잡고 있다.

바로 얼마 전까지 주점에서 동료를 찾아 오도카니 앉아있었던 모습이 떠오른다.

머지않아 모습을 감춘 뒤 이윽고 허리에 검을 차고서 돌아왔을 때는 꽤 마음이 놓였었다.

별 관련이 없는 상대여도 차츰 자리를 잡는 모습을 보고 기뻐할 만한 인정은 갖고 있다고 자부한다.

그 검은 지금도 소녀의 허리에 매달려 있다. 길가메시는 살짝 눈웃음을 지었다.

"그래요, 아이네 님께 소개를 받아 찾아오셨다고요. 저희 조합에 어떤 용건이 있습니까?"

"alf."

한 차례 우짖은 빨간 머리 여자아이의 옆에서 벨카난이 꿀꺽 마른침을 삼키고 한 발짝 앞으로 나섰다.

"저희가."

소녀는 입을 열었다. 목소리는 떨리고 눈동자가 이리저리 흔들리는데도 끝까지 낭랑하게.

"저희가…… 붉은 용을 죽이겠어요."

길가메시는 거하게 숨을 내뱉고 살며시 눈을 감았다. 입가에 미소가 떠오른다.

—거참, 이래서 못 관둔다니까.

선조의 마음에 깊이 공감할 수 있었다.

§

"……."

집회소의 벽에 기대선 라라자는 어두운 뒷골목을 지그시 노려보고 있었다.

그곳에는 텅 빈 눈구멍이 굴러다니고 있다. 움푹 파인 자리의 눈알을 쥐에게 파먹힌 해골.

빈민일까. 아니면 퇴물 모험가일까. 강도질에 당한 몰골을 보면 잘 분간이 되지 않았다.

시체를 사원에 가져다줄까. 다만 아마도 저 녀석은 되살아나지 못할 것이다. 의미가 없다.

어딘가에서 날아온 까마귀가 쥐를 붙잡으려다가 실패하고 해골에 내려앉았다. 쥐는 어딘가로 쌩하니 도망친다.

까마귀는 화가 치민다는 듯이 울음소리를 흘린 부리로 조금 남은 볼살을 쪼아 먹기 시작했다.

톡톡 소리에 겹쳐 집회소의 문이 열리는 소리가 울려 퍼진 것은 그때였다.

"오, 끝났냐."

"으, 응."

"yap."

겁먹은 모습의 벨카난과 여태 기다렸냐고 타박하는 듯한 표정의 가비지.

대칭적인 두 사람이 나란히 집회소에서 나왔을 때 라라자는 손을 흔들어 맞이해줬다.

두 사람이 잘 해냈는지 의문을 갖지는 않는다. 같이 집회소에 들어간 시점에서 어떤 의미로 성공이었다.

벽에서 떨어진 라라자는 가비지를 사이에 두고 벨카난의 반대편에 섰다.

셋이 나란히 걸어가며 라라자는 붐비는 와중에 지친 분위기가 묻어나는 사람들에게 시선을 쭉 던진다.

—지금까지는 묘한 낌새가 딱히 없다만…….

왕가의 밀정이라는 녀석들과 모험가로 활동하는 자신들. 경험이나 실력은 비교할 수준도 못 되겠지만.

—직감은 곧 경험치, 요컨대 평상시의 경험이 쌓인 결과다.

이알마스의 말이었다. 그렇다면 주위와 배후를 경계하면서 걸어다니는 것도 훈련일 테지.

그 자식이 한 말을 따른다는 게 아니꼽다만, 효과는 분명히 있는 듯싶고…….

"너는 안 들어가도 괜찮았어? 라라자. 그러니까……."

"엉?"

불현듯 머리 위에서 목소리가 귓바퀴를 타고 들어왔기에 라라자는 한쪽 눈을 치켜떴다.

"……용을 퇴치하는 모험가여도, 여러 사람이랑…… 조합의 사람이라든가, 친분을……."

"내가 말이냐? 관심 없다."

묘한 부분을 신경 쓰는 녀석이라는 생각이 든다. 벨카난이라는 녀석은.

"용을 죽이고 싶은 건 너지. 용을 꼭 죽어야 되는 건 재들이고. 난 상관없어."

뭐, 거들긴 할 테지만 말이다. 라라자는 한마디 덧붙였다. 벨카난은 살짝 고개를 끄덕거렸다.

두 사람 사이에 끼인 가비지의 빨간 머리가 걷는 발걸음에 맞춰 흔들흔들 움직이고 있었다.

라라자는 가비지에게 눈길을 돌렸다가 다시 또 주변에 주의를 집중시키며 멍한 표정을 지었다.

별 의미는 없을 터이나 밀정이라는 작자들이 자신들을 보았을 때 겁먹었냐는 생각을 하는 게 아니꼬와서였다.

머뭇대는 겁쟁이보다야 여자아이와 — 잔반은 헤아리지 않는다 — 걸어다니며 가슴을 들썩거리는 바보.

그런 정도가 딱 좋다.

"아무튼, 잘 협상하고 왔냐?"

"……어으, 아마도?"

"왜 의문형이야."

"그치만 난…… 교섭 같은 건 잘 모른단 말야……."

고향 마을에서도 사람들이랑 자주 안 떠들었는걸, 하고 벨카난은 말한다. 그랬냐, 라고 대꾸했다.

주위에서— 라라자와 일행에게 시선을 주는 낌새는 약간이나마 느껴졌다.

흑색 지팡이 이알마스의 심부름꾼. 용케 붙어다니는 약아빠진 녀석. 잔반. 그리고 커다란 여자.

잔반은 어쨌든 간에 벨카난은, 뭐— 라라자의 눈에도 꽤 봐줄만한 여자아이라고 생각한다.

당당하게 등을 쭉 세워서 가슴을 펴고 걷는다면 먼저 말을 붙이려 하는 녀석이 우르르 밀려닥칠 텐데 말이지.

다만 외모를 보고 접근하는 부류와 굳이 대화 나누고 싶지 않은 마음도 모르는 바는 아니다만.

안 그래도 지금 《스케일》은 불길한 낌새가 감돌고 있는 상황이다. 안 좋은 냄새가 난다.

미궁으로 탐색을 가지 못하는 모험가들이 도시 모험가로 전직하려는 듯한 조짐들.

하는 일은 특별히 달라지지 않는다.

탐색하고, 문을 박찬 뒤 방에 뛰어들고, 주민을 죽이고, 보물상자를 빼앗고, 배회하는 인간을 피해 도망친다.

활동하는 장소가 지하에서 지상, 미궁에서 도시 안으로 바뀌었을 뿐이다.

라라자는 이제 대강이나마 이알마스가 『오늘은 너도 따라가라』라고 지시했던 이유를 이해할 수 있었다.

물론 가비지와 벨카난의 안위를 염려해서는 아니겠다.

가비지와 벨카난이 습격당할 테니까 같이 끼어서 단련을 쌓으라는 건가—.

—감쪽같이 놀아나버렸군, 젠장.

"일단 조합장님? 조합의 높은 사람이랑 이야기는 나눴어. 아이네는 정말 굉장하구나."

"맞다. 이 녀석도 못 당하지."

"……woof."

아이네라는 단어에 꿈틀하며 얼굴을 든 가비지가 눈을 부라리면서도 나지막이 으르렁거리기만 하고 넘어갔다.

비록 놀림당했어도 화제에 오른 인물에게 못 당하는 것은 마지못해 인정할 수밖에 없다는 건가.

—이 녀석의 약점이구나.

"alf……!"

"아얏……?!"

그렇다 해도 다음 순간에 라라자는 또 성대하게 걷어차이고 항의의 우짖는 소리를 들어야 하는 처지가 되었지만.

저런 모습의 어디에서 마음 편안해지는 요소를 발견했는지 벨카난은 얼굴에 살짝 미소를 띤다.

소녀는 다리를 문지르고 있는 라라자가 일어날 때까지 기다렸다가「그리고 말야」라면서 이야기를 계속했다.

"진짜 퇴치에 성공하면 우리한테 돈을 치러주겠대. ……뭐, 당연하지만."

"이름과 얼굴은 잘 알리고 왔지?"

물론 느릿느릿 걷는 벨카난의 체구와 가비지의 차림새를 보면 구태여 물을 필요도 없겠다.

"응."

하지만 벨카난은 고양이처럼 구부린 등과 푹 기울어진 얼굴을 가만히 둔 채 다리를 움직이며 희색을 띠고 말했다.

"그러니까, 으음……. 목적은? 일단 성공한 거야. 처음의 한 걸음. 맞지? 응……."

"그렇군. 일단 얼굴과 이름을 알리지 못하면 의미가 없고……."

"……응."

"이제 남은 건 미궁에 가서 용을 죽이고 복귀한다. 딱 하나뿐이군."

"……응."

"moan."

맥 빠지는 대답이었다. 가비지가 고개를 절레절레 젓고 싶다는 듯이 짧게 우짖었다.

라라자도 완전히 같은 의견이었다. 별일도 다 있구나 싶다.

라라자는 가비지의 머리 너머로 옆에서 걷는 벨카난의 얼굴을 올려다봤다.

올려다보는 구도인데도 고개를 숙인 여자아이의 얼굴을 볼 수 있는 게 기묘하다는 생각이 든다.

좌우로 정신없이 흔들리는 금빛의 눈과 시선이 맞았다.

"용을 죽일 사람은 너잖냐, 이제와서 겁먹지 마라."

"겁……."

목소리가 튀어 올랐다. 몸도 튀어 올랐다. 부딪치지 않게 라라자는 휙 뛰어서 물러났다.

"……겁먹은 거, 아니야."

"그럼 뭔데."

"……긴장, 그냥 긴장한 거야."

"겁먹었군."

"아니래도……!"

벨카난은 항의했다. 라라자도 특별히 부정을 할 생각은 아니었다.

—뭐, 이해는 된다.

용을 무서워해서 나온 행동이 아니다. 단지 잘 해낼 수 있을까 불안해졌을 뿐이다.

또한 이처럼 몰린 녀석에게 「실패해도 괜찮다」라는 무책임한 소리를 늘어놔봤자 별 의미는 없다.

실패한 뒤 책임을 져야 할 사람은 결국 당사자니까. 이번 싸움에서는 라라자도 운명 공동체이긴 하다만.

라라자는 멈춰 서서 팔짱을 끼고 나직하게 생각에 잠겼다.

벨카난도 멈추고, 가비지도 멈췄다. 「요게 가만히 서서 뭐 하는 짓이냐」라며 어이없어하는 얼굴로 라라자를 보고있다.

해야 할 말은 금방 찾아냈다. 다만 꺼내고 싶진 않다는 생각도 든다.

"……『기원해라』가 맞아."

"그 말, 이알마스가 했던……?"

"그래."

이래서 꺼내기 싫은 말이었다. 라라자는 얼굴을 찌푸렸다.

"기원할 수밖에 없지, 결국은."

드래곤과 무사히 만날 수 있도록. 드래곤과 유리하게 싸울 수 있도록. 드래곤을 죽일 수 있도록.

훈련해서 장비를 갖춘 뒤 전략을 수립하고 동료를 모아 미궁에 진입해도 마지막은 저 표현에 귀결된다.

확실한 것은 아무것도 없다. 미궁 안에서 무엇 하나도 호언장담은 있을 수 없다.

라라자는 입술을 꽉 깨물고 걸어 나아갔다. 가비지가 쫑쫑거리며 뒤를 따랐다.

"……요컨대 그게 모험이라는 소리잖냐."

벨카난은 잠시간 멈춰 서 있다가 이윽고 마음을 다잡은 뒤 큰길로 걸음을 내디뎠다.

모험가의 숙소는 이미 눈앞이었다.

§

"그래, 결국 자네들은 안 가는 건가."

"뭐, 우리가 가면 의미가 없으니까 말이지."

《두르가의 주점》 한쪽 구석에서 이알마스는 세즈말의 말에 고개를 끄덕거렸다.

대면하고 있는 인물은 세즈말 한 명이 아니다.

터크 선사, 도적 모라딘, 그리고 엘프 사라. 말없이 팔짱을 낀 호크윈드.

변함없이 여섯 명의(올스타즈) 모험가들 중 한 사람이 빠져 있었다.

"프로스페로, 소생시키는 데 문제가 발생한 건가."

"설마."

사라가 코웃음 쳤다.

"순수한 배려란다, 이알마스. 귀여운 가비지를 위해서 말야."

"뭐, 프로스페로 녀석은 조금 불쌍하게 됐지만……."

모라딘이 나지막하게 소리를 죽여 웃다가 터크 선사에게 꾸중 듣는다.

"우리가 상공회의 의뢰를 거절한 구실이잖느냐, 녀석은."

"소생시켜버리면 갈 수밖에 없는 처지가 되지."

세즈말은 껄껄 웃더니 아주 맛있게 따라둔 보리주를 소리를 내며 들이켰다.

"그렇다고 지금 자네들과 덜컥 합류하면 의뢰는 거절했던 주제에 염치도 없고. 게다가 멋이 없잖나?"

"그래서 배려인 거야, 이알마스. 배려!"

사라가 빈 잔을 들고서 원탁을 때린다. 주위 모험가들의 시선이 이쪽으로 쏠렸다.

흑색 지팡이 이알마스, 시체 운반자 이알마스. 저 녀석과 올스타즈가 무슨 대화를 나누고 있는 것인가.

개중에는 지친 시선도 있었고 그저 단순하게 호기심도 있었다.

대부분의 모험가는 위험을 회피하기에 붉은 용이 있는 동안은 미궁에 진입하려고 하지 않는다.

반면에— 극히 일부나마 용의 옆쪽을 지나가서 탐색을 계속할 수 있는 부류도 없지는 않다.

누군가가 「드래곤이 무서워서 미궁에 어떻게 들어가겠냐」라고 중얼거리는 말이 들려왔다. 이알마스는 미소 지었다.

"워드나가 무섭다면 지하 미궁에 들어갈 수 있겠나."

작게 중얼거렸던 혼잣말을 이알마스는 보리죽을 먹으며 같이 삼켰다.

그리고 붉은 얼굴의 여성 엘프에게 눈을 돌린다. 최근 들어서 만날 때마다 취한 모습을 보는 것 같았다.

"꽤 많이 마셨군."

"그럼, 마셔야지. 마실 거야. 안 마시고 어떻게 살아?"

빈 잔을 본 모라딘이 눈치 빠르게 술 단지가 아닌 물 주전자의 내용물을 따라준다.

사라는 자신이 무엇을 마시는지도 모르는가 보다. 물을 들이켜더니 싱겁다며 툴툴댔다.

그리고 스스로 술 단지에서 술을 담아 가볍게 한 모금을 마시고 이알마스를 뚫어져라 노려봤다.

"우리 귀여운 가비지랑 벨카난, 데리고 갈 거지? 드래곤을 퇴치하러."

"뭐, 같이 가야겠지."

이알마스는 잠시 생각한 뒤에 대답했다. 데려간다는 표현은 조금 어긋난다는 생각을 했다.

소녀들— 더 정확하게 말하면 벨카난이 가려 하기에 따라가는 것이다.

이번 탐색에 이알마스의 의사는 거의 관여하지 않았다.

"즐겁게 지내는 게 마음에 안 들어."

"엥, 사라, 여태 다 화풀이였냐?"

"시끄러워, 모라딘."

레아 도적이 날아드는 주먹을 피하고, 사라는 집요한 눈빛으로 이알마스를 쳐다봤다.

"네가 즐겁게 지내는 게 마음에 안 든다는 말이야."

"흠."

이알마스는 턱을 쓰다듬었다. 딱히 즐겁지는 않으나 어쩌면 즐거운지도 모르겠다.

"실제로, 부정은 안 하겠다만."

오래도록— 진전이 없던 탐색이 진전을 보이고 있다.

미궁의 낮은 계층을 돌아다니면서 단지 시체를 찾아 짊어지고 복귀하는 나날은 끝을 고했다.

가비지와 라라자를 훈련시키고 있다. 벨카난도 합류했다. 활동 범위가 늘어났다.

목적도 마찬가지. 미궁 깊숙한 밑바닥에 다다르겠다는 뜻은 변함없지만 중간의 목적이 생겼다.

용을 죽이자는 것은 제법 괜찮다, 나쁘지 않다.

즐거운가— 누가 묻는다면 긍정해야겠지.

"그럼 감사하도록 해."

"감사 말인가."

"귀여운 가비지랑 라라자 군이랑 예쁜 벨카난한테."

그리고 아이네도 말이야. 사라는 입술을 삐죽거렸다.

"물론 우리도. 너 혼자서 전부 감당하는 게 아니잖아."

"뭐, 맞는 말이군."

이알마스는 고개를 끄덕였다. 그리고 잠시 생각한 뒤 보리죽을 입에 꽉 채워 넣었다.

"그럼 복귀한 뒤 거하게 사도록 하지."

“꼭 사줘.”

사라는 잔을 기울이면서 손을 사뿐히 흔들었다.

“나도 큰 손해를 보고 싶지는 않아.”

“큰 손해?”

“도박판이 벌어졌거든.”

모라딘이 히죽 웃었다.

“가비지와 벨카난, 잔반이랑 여자들끼리 파이어 드래곤을 정말 죽이는 게 가능하겠냐고 말이지.”

“혼의 소실, 재, 시체, 생환, 승리.”

호크윈드가 나지막한 목소리로 말했다.

“수익률이 높은 건 승리다.”

“어떻게 죽었는지 확인하는 것도 보통 고생이 아닌데 말야.”

“어찌 이리도 방탕하단 말인가…….”

터크 선사가 몸서리치며 얼굴을 찌푸리고 고개를 좌우로 흔들었다. 드워프 노사제의 입장에서는 불쾌한 행위인가 보다.

“뭐, 괜찮잖아?”

다만 모라딘은 히죽히죽 웃으며 말했다.

“가비지 아씨도 벨카난 양도 꽤 이름이 알려졌거든.”

잔반— 괴물의 음식 찌꺼기. 그리고 머리 하나만큼 큰 마술사 여자아이.

화룡이 배회하는 미궁에 거듭해서 드나들었던 것. 성과를 손에 넣었던 것.

얼마 전 술자리 때 사건도 있었기에 지금 《스케일》에서 두 사람의 존재는— 대단히 눈에 띈다.

두 소녀의 동향을 신경 쓰는 부류도 늘어났다. 최전선에 서 있는 여섯 명의 모험가(올스타즈)에게 관심을 갖는 것과 마찬가지로.

"사정은 잘 몰라도, 가비지 꼬마를 영웅으로 추켜세워주고 싶다면 무조건 이용하는 게 맞잖냐."

"확실히, 옳은 말이다."

자신은 떠올릴 수 없는 수법이었다. 생각조차 안 해봤다고 말할 수 있다.

이알마스에게 세상은 미궁 안과 바깥이 전부였다. 다른 관점은 없다.

"좋은 방법이군, 모라딘."

"그렇게 생각한다면 한몫 제대로 벌게 꼭 도와줘라, 이알마스."

"나도 사라에게 닦달을 당해 꽤 돈을 토해내서 말일세."

세즈말이 소리 높여서 웃고 외쳤다.

—마음씨 좋은 녀석들이다.

이알마스는 이들이 싫지 않았다. 지닌 실력과 성격에 제법 호감을 가지고 있었다.

다만 그게 전부다. 이렇듯 신용을 — 신뢰를 — 해줄 것이라고 생각하지는 않았다.

자신이 만약 반대의 입장이었더라도 이들과 같은 행동을 선택하지는 않았을 것이라고 이알마스는 반성했다.

자신의 태도를 고칠 생각은 털끝만큼도 없다.

다만 베풀어준 호의를 저버릴 뜻도 없었다.

죽이는 기술은 모름지기 적당히 둔한 수준이어야 좋다. 중립, 중용, 균형이 중요하다.

"도박에서 꼭 이기게 만들어줘야겠군."

이알마스는 웃었다.

"조작 아닌가, 이래서는."

"안 들키면 괜찮아, 안 들키면."

사라는 코웃음을 치더니 별것 아니라는 듯이 조그만 병을 몇몇 개 꺼내서 탁자 위쪽에 굴렸다.

조그만 돌을 봉한 물약이 든 병. 《디오스(약석)》를 쓴 물약이었다.

이알마스는 호의를 고맙게 받아 품속에 간수했다.

"손해는 면하도록 신경 써주게, 미퀸."

세즈말이 커다란 손바닥으로 거침없이 어깨를 두드리며 말했다.

이알마스는 아픈 어깨를 으쓱이며 남은 보리죽을 단숨에 먹었다.

이기기 위해서는 배에 음식을 집어넣고 푹 자는 정도의 노력은 하는 것이 좋겠다.

§

"자, 출발할까요!"

조금도 못 잔 밤이 지나간 뒤 두꺼운 구름 틈새로 푸른 아침 햇

살이 내리쏟아지는 도시 변두리.

시스터 아이닛키는 미궁 입구에 서서 기분 좋은 모습으로 이쪽을 향해 손을 흔들고 있었다.

저 밝은 태도는 어쩌면 장소에 따라서는 곧 밀회를 가지려는 듯한 분위기였다만—.

"드래곤 퇴치 소식을 듣고 잠자코 있을 순 없는걸요. 저도 기꺼이 동행하겠습니다!"

수녀복 위에 훌륭한 몸통 갑옷을 장비하고, 투박한 모닝스타를 손에 붙들고 있어서 평소의 모습과는 달랐다.

벨카난은 여전히 멍한 얼굴로 두 번, 세 번을 반복하면서 아이네를 구석구석 살펴봤다.

라라자는 역시 나타났구나, 라고 말하는 모습이고 가비지는 「Yikes……」라며 뭐라 형용할 수 없는 표정을 지을 뿐.

그때 동료들의 다양한 반응을 전부 무시한 채 앞으로 쭉 나선 인물은 물론 흑색 지팡이 이알마스였다.

"전열인가, 후열인가?"

"당신은 어느 쪽인데요?"

"나 말인가."

이알마스는 웃었다.

"후열이다. 마술사이니 말이지."

"……."

아니닛키는 순간 아주 진지하게 마음속 깊이 고민하는 듯했다.

"……후열로 부탁드릴게요. 저도 승려니까요."

"좋다."

이알마스는 짤막하게 대화를 주고받은 뒤 은발 엘프의 동행을 시원스럽게 인정했다.

"……괜찮은 걸까?"

벨카난이 혼자 중얼거렸으나 라라자는 어깨만 으쓱거리고 넘겼다.

예전 무기점에서 본 공방을 퍼뜨리고 다니면 시스터 아이닛키에게 미안하니까.

—그러고 보니 오늘은 검이 아니구나.

다른 생각이 들었으나 입 밖에 꺼내지는 않았다. 분명 이유는「승려니까요」한 마디로 끝날 테니까.

맵시 있는 동작으로 파티의 후열에 선 아이네는「잘 부탁드려요」라며 머리 숙였다.

그러다가 벨카난의 허리에 매달린 검을 발견하고 고개를 살짝 갸우뚱했다.

"저번에도 생각했는데요, 마술사이신데 검을 장비하고 다니시는군요?"

"어, 아, 으, 응."

벨카난은 고개를 끄덕였다.

"이상……하려나?"

"아뇨, 아녜요."

시스터 아이닛키는 단아하게 미소 지었다.

"좋은 시도라고 생각해요."

다만, 음. 아이네는 벨카난이 자신의 **앞**에 서있는 것을 보고는 눈살을 찌푸렸다.

"……후열로 물러나지 않아도 괜찮으실까요?"

"응."

벨카난은 끄떡끄떡 신중하게 주위를 살피면서 고갯짓했다.

"검을 들고 있으니까."

"아하……."

저도 들고 왔어야 했나 봐요……. 그 생뚱맞은 혼잣말을 라라자는 못 들은 척 넘기기로 했다.

§

미궁의 지하 1층. 계단을 막 내려간 곳의 주변은 쥐 죽은 듯이 조용했다.

보통은 잔뜩 모인 모험가로 인해 상당히 시끌벅적한 곳인데도 지금은 남아있는 인물을 전혀 찾아볼 수 없다.

탐색에 나선 모험가가 줄었기 때문이기도 하고, 가장 큰 이유는―.

"그 용은 묘실의 수호자가 아니다. 배회하는 괴물이지."

텅 비어서 허전한 공간에 이알마스의 담담한 목소리가 허전하게 울려 퍼졌다.

"한곳에 머물러 있기보다는 움직이는 편이 안전하다고 판단했을 것이다."

"실제로 안전한 게 맞고?"

"마주치기 싫다면 나는 안 움직이겠다."

"Hmm……."

알아들었나, 알아듣지 못했나. 애당초 귀를 기울이지도 않았을 가비지.

소녀는 평소와 다를 바 없이 선두로 나아가 미궁의 어둠 저편으로 걸음을 내디디려다가—.

"앗, 잠깐만……!"

벨카난이 무척 다급한 목소리로 외치자 매우 불만스러운 모습으로 걸음을 멈추고 고개를 돌렸다.

"alf?"

"……나 때랑 태도가 엄청 다르군."

라라자는 얼굴을 찌푸렸다. 이 녀석이 내 말을 듣고서 걸음을 멈춘 전적은 없었다.

아무튼 간에. 왜 그러냐며 라라자도 옆쪽의 벨카난에게 고개를 돌려 바라봤다.

"으음, 저기, 나…… 이거……."

벨카난이 익숙하지 않은 손놀림으로 허리에 찬 마검을 칼집에서 빼냈다.

가뿐하게 칼집에서 빠지는 소리와 함께 뽑혀 나온 칼날은— 타오르고 있었다.

푸르게 반짝이는 빛이 검날 전체를 감싸서 깜빡거린다.

딸랑, 딸랑, 희미한 소리를— 진동하는 소리를 울리며 전율하고 있었다.

라라자는 사냥감을 찾는 가비지 같다고 생각했다.

"……아마, 드래곤이 있어서……."

"진짜 드래곤 슬레이어인가요. ……멋지네요."

반한 것 같은 시스터 아이닛키의 한숨.

벨카난은 쑥스러워하며 「아직 진짜가 맞는지는 모르겠지만」이라고 대꾸했다.

《미궁》에서 발견되는 용살의 마검 대부분에 별 능력이 없다는 것은 예전부터 잘 알려져 있는 사실이다.

"하지만, 아마…… 이 검이 알려주는 대로 따라가면……."

"그곳에 드래곤이 있다는 말씀이군요."

잠시 푸르게 빛나는 칼날을 바라보던 아이네는 작게 헛기침을 한 번 하고.

거대한 방패여, 저편에서 세차게 불어오거라
"《밈아리프 페잔메 레 페이체》."

이어서.

빛이 있으라
"《미무이 워우아리프》."

연속해서 주문을 두 개 영창했다.

효과는 매우 극적이었다.

라라자는 온몸을 보이지 않는, 다만 확실하게 감촉이 있는 막이 감싸는 것을 느꼈다.

“Ugh?!”

가비지가 우짖은 까닭은 이에 더하여 주변 일대가 은은한 빛에 감싸였기 때문이리라.

소녀는 온몸을 신기해하며 문지르고, 고개를 이리저리 돌려 주위를 둘러보고 있다.

엷은 빛이 비치는 미궁은— 어째서인지 가느다란 철골이 끝없이 쭉 뻗어 나가는 것처럼 보였다.

다만 일순간의 변화였다. 눈을 몇 차례 깜빡거리는 동안에 모든 것은 또 석조의 싸늘한 미궁으로 돌아왔다.

어쨌든 평소보다 더 멀리까지 내다볼 수 있다는 시점에서 마땅히 경탄해야 할 주문이기는 했다만.

“《마포픽(큰 방패)》에 《밀와(광명)》인가.”

이알마스가 반갑다는 듯이 중얼거렸다.

“《로밀와(증광)》가 아니라?”

“대신에 이걸 써드릴게요.”

이알마스의 말에 고개를 끄덕거린 아이네는 곧장 세 번째 주문을 노래하듯이 읊기 시작했다.

“《라아리프 타우크 밈아리프 페이체(나의 여섯 감각이여, 하늘을 가득 채워라)》.”

이번에는 무슨 효과가 발생했는지 라라자는 알 수 없었다.

벨카난이 떨리는 목소리로 「《식별》이야……」라고 속삭이며 가르쳐줬다.

물론 주문의 이름을 알아봤자 라라자는 어떠한 술식인지 파악

할 만한 지식을 갖추지 못했다만.

후유. 제 가슴께에 손을 올리며 숨을 내쉰 아이네가 방그레 미소 지었다.

살짝 의기양양하게 기다란 귀가 흔들리고 있었다.

"이제 적의 그림자를 멀리서도 볼 수 있어요. 용을 찾아가려면 꽤 편리하겠죠?"

"옳은 말이다."

"허어……."

라라자는 무의식중에 숨을 내뱉었다. 이렇듯 연속으로 보조 주문을 받은 경험은 정말이지 처음이었다.

세즈말가 오지 못한다는 — 의뢰를 이미 거절한 입장인지라 — 말을 들었을 때 조금 불안한 마음이 들었었다만…….

—이 정도면 대충 괜찮을 것 같은데.

몸을 감싸는 주문의 수호는 뭐라 표현할 수 없이 든든했다.

팔을 뻗어보고 다리를 구부려본다. 몸을 움직이는 데 방해되는 느낌도 없다. 정말로 좋은 주문이다.

가비지는 변함없이 납득하지 못하는 모습으로 타닥타닥 온몸을 더듬거리고 있다만 괜찮을 테지.

오히려 얌전해져서 편한 것 같다는 생각마저 들었다.

—좋아, 괜찮네.

게다가 이번에는 짐도 조금뿐이라 꽤 가볍게 움직일 수 있고…….

"그러고 보니 물이라든가 식량이라든가……. 이렇게 적어도 괜잖은 거냐?"

지시를 내린 사람은 이알마스다. 아이넛키도 뜻하지 않게 참가했는데 과연 충분할까.

이알마스는 우두커니 서있다가 고개를 끄덕거렸다.

"드래곤을 찾아 죽이고 복귀할 뿐이다. 잘만 해내면 시간이 많이 걸리지도 않지."

"……잘 해내지 못하면?"

"식량은 필요치 않다."

라라자는 무덤덤한 웃음소리를 내서 답했다. 벨카난이 흠칫 놀란 얼굴로 이쪽을 쳐다본다.

왠지 이알마스가 언제나 덤덤하게 웃는 심정을 이해할 수 있는 기분이었다.

그런 기분이었다.

§

짤랑, 짤랑.

익숙한 통로에서 귀에 익은 소리가 울려 퍼진다.

라라자가 던진 《크리핑 코인(기어다니는 금화)》이 바닥 위를 튕겨서 다시 손안에 돌아온다.

몇 번이나 지나다녔던 미궁의 길인데도 이 습관을 고치려는 생각은 도저히 들지 않았다.

“《밀와(광명)》를 걸어드렸는데…….”

시스터 아이닛키가 쓴웃음을 지으며 중얼거리는 말이 들렸다.

라라자는 짧게 「이알마스에게 말해줘」라며 책임을 떠넘겼다. 나 때문이 아니잖아.

그렇게 한동안 통로를 나아가다가 길모퉁이— 분기점이 나타나면 역할을 교대한다.

“이봐.”

“으, 응…….”

느릿느릿 한 발짝 앞으로 나온 벨카난이 손에 든 마검의 칼끝을 십자로로 쭉 내밀었다.

눈을 꼭 감고 벨카난은 의식을 집중시켰다. 오른쪽, 앞, 왼쪽. 딸라앙, 검이 울고 있었다.

“……아마, 오른쪽이려나? 이쪽이 맞는 것 같아…….”

“woof!!”

곧장 가비지가 한 차례 우짖더니 벨카난의 검이 가리킨 방향으로 몸을 날린다.

라라자는 혀를 차면서 바로 쫓아가 목덜미를 붙잡아 다시 데려왔다.

“야, 인마……! 드래곤이 있단 말이다, 막 돌진하지 마라……!”

“yap……!”

라라자는 항의의 목소리를 무시하고 한쪽 손으로 짐을 뒤져서 지도를 꺼내 들었다.

약간 시간이 걸린 동작이었는데, 문득 이알마스의 「잊고 있었군」이라고 중얼거리는 말이 들렸다.
라라자는 얼굴을 찌푸린 채 어깨 너머로 뒤쪽을 돌아다봤다.
"……너 말이다, 갑자기 불안해지는 말을 늘어놓지 좀 마라……."
"딱히 문제가 발생한 것은 아니다."
이알마스는 손을 흔들었다.
"신경 쓰지 마라."
"거참……."
라라자는 신음한 뒤 지도로 시선을 떨어뜨렸다. 몇 번이나 지나다녔던 길이어도 확인을 하지 않으면 도저히 안심이 되지 않는다.
손가락으로 모눈에 써넣은 미궁을 더듬어서 현재 위치를 확인하고—.
"……이 앞은 묘실인데?"
"어, 하지만, 나는……."
벨카난은 자신감 없이 검을 내려뜨렸다.
"이쪽이 맞는 것 같은데……."
"아마도 용이 있는 방향이라는 의미에서는 틀리지 않다."
보다 못한 이알마스가 뒤에서 끼어들어 말을 꺼냈다.
"직선상의 위치 관계일 뿐이지."
"아하……. 대강 알겠군."
라라자는 다시 지도로 시선을 떨어뜨린다.
아이네가 키득키득 웃더니 「제대로 관심을 갖고 돌봐주시는군요?」라며 건네는 말이 들려왔다.

분명 이알마스는 어깨를 으쓱거리고 있을 것이다. 안 봐도 짐작할 수 있었다.

"어쨌든 나아가야 할 방향을 알면 꽤 편하지. 어디 보자……."

돌아서 갈까, 묘실을 가로질러서 갈까. 큰 차이는 아니니 둘 다 상관없겠으나 라라자는 미처 판단을 내리지 못했다.

"……어떻게 한담."

"어떻게 할까……."

무심코 벨카난과 같이 얼굴을 마주 보면서 중얼거린 바로 그 순간이었다.

"hoooooowl!!"

한 차례 우짖은 가비지가 눈에 잘 보이지도 않는 속도로 통로를 달려 묘실의 문을 차 부순 것이다.

—결국 사고를 치는구나……!

얼굴을 찌푸리면서도 라라자는 피식 웃었다. 이렇게 결정해주니 고민 안 하고 편해서 좋군.

"이봐, 가자고……!"

"아, 으, 응……!"

게다가 이미 꽤 익숙해졌다.

가비지의 뒤를 쫓아서 묘실로 뛰어든다. 라라자에 이어 우물쭈물하며 벨카난이 달린다.

걷어차여 쓰러진 문을 밟아 우르르 돌입한 뒤 묘실의 어둠 너머를 가비지가 노려보고 있었다.

미궁의 어둠. 암흑의 한복판에 무언가의 기척이 있다.

《밀와(광명)》에 비치는 묘실 안쪽으로 재빨리 눈을 움직여서 훑었다. 없다— 없다고? 아니.

부웅, 울리는 저 소리는— 라라자도 들었던 기억이 난다.

"위냐……!"

이 날갯소리. 날갯소리는, 파리, 아니지—.

고개를 들어 올려다본 천장. 이알마스와 함께 쫓아온 아이네가 힐끔 위쪽을 보고 말한다.

"—왕잠자리(드래곤플라이)네요."

예리한 턱이 화살 비처럼 쏟아졌다.

§

"이름이 용은 용인데 말이에요."

"동감이군."

아무렇게나 휘둘러진 아이네의 모닝스타가 막 날아든 잠자리를 무자비하게 때려 격추했다.

돌바닥 위에서 바르작거리는 적을 이알마스가 흑색 지팡이로 못 박듯 꿰뚫어 마무리했나.

스며 나오는 체액을 부츠로 밟아 뭉개며 한마디.

"이쪽은 신경 쓰지 마라. 술법은 온존해라."

"아주 한가하시군……!"

라라자는 바람 가르는 소리와 함께 날아든 끔찍하게 생긴 큰턱을 힘껏 몸을 젖혀서 회피했다.

그렇다, 회피해냈다.

여유를 갖고 상대의 움직임을 본 뒤에 의식과 몸이 연결된 채 위태롭지 않게.

—음, 아차차……?!

과거의 싸움과 — 그러고 보니 그때도 드래곤이었던가 — 지난 기억이 뇌리에 되살아난다.

그때는 방어에 전념하기만 해도 무척이나 버거웠는데…….

"에, 랏!!"

얼굴에 가까운 곳을 지나간 왕잠자리의 날개가 서로 교차하는 순간에 라라자는 단검으로 날개를 잘라버렸다.

겉껍데기의 틈에 칼날을 박아 세우는 신기한 재주도, 갑각의 위를 때려서 부숴버리는 완력도 없다.

다만 날개를 잘라 떨어뜨리는 정도라면 여태껏 길러왔던 경험과 기술이 라라자를 거들어줄 수 있었다.

"에, 에잇……!"

땅에 떨어지고도 여전히 턱을 부딪치는 왕잠자리에게 벨카난의 맥 빠지는 일격이 내리 떨어진다.

명색이 마검이어서인지, 아니면 이 녀석도 용이어서인지 칼날은 상쾌하게 잠자리의 머리를 절단했다.

"내, 내가…… 잡았다……?!"

"아직도 많아!"

"으, 응……!"

일순간 넋이 나갔던 벨카난이 곧 라라자에게 질타를 받고 또다시 드래곤플라이와 대치한다.

귀 따가운 소리와 함께 날아드는 괴물에 맞서 소녀는 어찌어찌 칼날을 맞히며 격추하고 있다.

앞서 상대했던 왕거미(휴즈 스파이더)와 비교한다면— 겁먹을 필요는 없다고 조금 마음을 놓았는지도 모르겠다.

한편 가비지의 상태는 어떠했냐면.

"……Whoa?"

자기 몸에서 조금 떨어진 곳을 물고 튕기다시피 미끄러진 벌레의 턱을 보고는 당황하는 기색이었다.

어쨌거나 몸을 감싼 수호의 힘이 전투에 유효하다는 것을 소녀는 드디어 이해했나 보다.

쑥 치켜든 얼굴에 보이는 것은 상어처럼 사나운 웃음.

"woof!!"

포효와 함께 쇳덩이를 힘껏 들고 빨간 머리의 여자아이는 왕잠자리 떼를 노리고 몸을 던진다.

그 후는 거친 선풍이었다.

아무나 맞으라는 듯이 대검을 휘둘러 대던 소녀의 기세에 더욱 세차게 힘이 실렸다.

더 이상 탄력적인 혈육을 노릴 잠자리의 턱도 이빨도 신경 쓸 필요가 없음을 깨달았겠지.

이제 아무런 생각을 않고 칼날만 휘두르면 되는 셈이다. 즐거워서 못 견디는 상태임이 분명하다.

"yap! yelp!!"

"으앗, 막 흩뿌리지 마라, 즙이 튀잖냐……?!"

"에, 에잇……! 에잇……!"

대검이 날아다니고, 용케 그 공격에서 빠져나온 적을 단검과 용살의 마검이 해치운다.

이알마스와 아이닛키는 아주 가끔씩 날아드는 왕잠자리를 가시구체와 지팡이로 가격하며 얼굴을 마주 봤다.

"제대로 관심을 갖고 돌봐준 성과는 어떤가요? 이알마스 님."

아이네는 아무래도 기분이 무척 좋은가 보다. 기다란 귀가 마치 자기 일처럼 의기양양하게 흔들린다.

이알마스는 「글쎄」라고 중얼거린 뒤 전위 세 사람이 싸우는 모습을 바라보며 고개를 끄덕거렸다.

"이런 형세라면 주문은 소비하지 않아도 될 것 같군."

"못살아, 정말……."

대책이 없는 분. 기막힘과 웃음이 배어나는 묘한 혼잣말을 들으며 이알마스도 같이 웃고 있었다.

§

—의외로 할 만하지 않나.

그것이 슈마허가 맨 처음 품었던 감상이었다.

딱히 《미궁》을 우습게 보고 도전하지는 않았다. 설마 첫 시도에 용을 죽일 수 있다는 생각도 갖지 않았다.

다만 슈마허는 《스케일》에서 태어났고 자랐다.

태어났을 때부터 이미 《미궁》과 모험가는 주변에 있었다.

《스케일》이 저 둘에 의존한다는 것도 보잘것없는 구두 장인의 아들이었으나 나름대로 잘 알았다.

그리고 슈마허는 《스케일》의 아이답게 몇 번인가 모험가가 되고 싶다고 생각한 때가 있었다.

그리고 그때마다 아버지가 극구 만류했다.

아버지가 자주 한 말이 있다.

『미궁은 말이다, 사람이 갈만한 장소가 아니란다』.

슈마허는 반발하는 마음을 가지면서도 결국 마지못해 아버지의 말을 들을 정도로는 착한 아들이었다.

또한 이 같은 성품을 가졌기에 결국 행동에 나서기로 한 셈이다.

자신의 고향이 완만한 죽음을 맞이하고 있고, 그것을 막을 방법은 단 하나뿐인데 아무도 시도를 하지 않는다.

—그렇다면, 내가 잡아줄 테다……!

전설의 용사가 남긴 후손, 평생을 마술 탐구에 바친 대현자, 마을의 혈기왕성한 젊은이.

전원 평등하게 《미궁》 안에서는 가장 밑바닥의 약자에 불과하다.

—그럼 누구든 차이는 없다.

설령 구두 장인의 아들일지라도 도전할 권리가 없지는 않다. 모두 평등하니까.

"……첫 번째 묘실에 들어가서 싸우고 복귀한다……. 맞지?"

"맞아, 그러면 된다더군. ……주점에서 들은 이야기니까 틀림없을 거야."

같이 각오를 다진 동료들과 함께 상점제 무구로 장비를 갖춘 뒤 진입했다.

미궁에 발을 들이고 분기점을 무시한 채 똑바로 통로를 가로질러서 맨 처음 묘실로.

문을 박차고 안에 들어가서 괴물과 — 인간형의 생물이라는 것 이외에는 알지 못했다 — 맞부딪쳤다.

지독한 싸움이었다는 생각이 든다.

긴장은 하고 있을지라도 냉정하다고 자신했다. 그런데 적을 눈앞에 두자 이성은 날아가버렸다.

죽는다. 죽여라. 위험하다. 머릿속은 세 가지 생각뿐이고, 정신없이 검을 휘둘러 댔다.

다시 정신이 돌아왔을 때는 괴물의 주검 위에서 모두 거칠게 숨을 몰아쉬며 어깨를 들썩거리고 있었다.

시체는 살펴봤더니 개나 도마뱀의 머리를 가진 생물이었다. 어쨌든 아무래도 좋은 일이다.

"……아무도, 죽지 않았어. ……다 있지?"

"그래, 응……."

"아, 아마도……."

—의외로 할만하지 않나.

《미궁》이 무시무시한 곳이라는 사실은 부정하지 않는다.

그러나 아버지가 말했던 대로 끔찍하기만 한 곳은 아니라는 생각도 솟아났다.

마도를 익힌 것도 아니고, 단지 무기를 들었을 뿐인 별로 대단한 재주도 없는 우리 여섯 사람이 다 살아있다.

"……좋아, 물러나자. 오늘은 일단……."

"이봐, 열었다!"

묘실의 한쪽 구석에서 환성이 터져 나왔다.

열쇳집 아들이 보물상자 개봉에 성공한 것이다. 안에서 흘러넘치는 금화의 빛과 마주하며 침을 삼켰다.

《스케일》에는 금화가 넘쳐난다. 다만 주민들 모두가 넘치는 돈을 목격하지는 못했다.

자신들의 손으로 이렇게나 많은 재보를 벌어들인 경험은 그동안 단 한 번도 하지 못했다.

나중에 다시 떠올렸을 때— 글자 그대로 눈이 멀었었다고 슈마허는 생각한다.

분기점이 만약 있었다면 그곳이었다.

"……조금 더, 들어가…… 볼까?"

"좋, 좋아."

누군가가 고개를 끄덕거렸다.

"더 싸울 수 있다. 가자고!"

"용을 죽이자고 모였는데 겨우 묘실 하나로 만족하고 돌아간다면 도대체 언제 잡을 수 있겠어……?"

오기, 허세, 고집을 부리는 인물도 있었으리라. 어쨌든 모든 동료의 의견이 하나로 모였다.

가자. 슈마허는 동료들에게 외치고 다음 묘실을 목표로 행군할 것을 결정했다.

행운은 계속되었다. 혹은— 불행이었을까.

그들은 승리했다.

다음 묘실에서 마주친 적은 소름 끼치는 거품이 부글거리는 질척질척한 점균이었다.

그것을 둘러싸고 튀어 흩날릴 때까지 무기를 내리찍었다. 보물상자 개봉도 성공했다.

다음 묘실— 또 다음 묘실.

전투를 거듭하며 재보도 손에 넣었고, 열기에 들떠서 홀린 듯이 계속 전진했다.

그러다가 깨닫는다.

"돌아가는 길은 어디지……?"

"뭐……?"

멍하니 멈춰선 동료에게 슈마허는 즉각 심문하다시피 물었다.

"이봐, 설마 지도를 안 그렸나……?!"

"아니, 그리긴 했어. 하지만……."

슈마허도 펼친 지도를 들여다본다. 조잡하지만 경로는 제대로 알 수 있었다.

다만— 문제는 지도가 아니었다.

얼굴을 들어 바라본 곳, 시야에 가득 들어찬 미궁은 어디를 봐도 똑같다는 생각만 든다.

끝없이 이어지는 돌바닥, 돌을 쌓아서 올린 벽, 몇 걸음 앞에서 시야가 끊어지는 기이한 어둠.

오른편을 봐도, 왼편을 봐도, 앞쪽도, 뒤쪽도, 완전히 같은 광경이 펼쳐져 있을 뿐.

슈마허는 아연실색했다.

"어, 어떻게 하지……?"

"우리, 큰일 난 거 아니냐……?"

"……아니, 앞으로 가자. 괜찮아."

"그러자, 어떻게든 될 거야……."

"선불리 움직이지 않는 게 좋지 않을까……."

"이렇게 여기에서 가만히 있는다고 누가 구해주겠냐……!"

동료들, 지상에서는 친구 사이인지라 의견도 분분하다.

리더를 미리 정했어야 했다. 통솔과 결단의 필요성을 슈마허와 동료들은 알지 못했다.

아니, 알았더라도 정하지 못했을 테지. 모두가 친구 사이였다. 위도 아래도 없다.

처음 모험을 제안한 자는 슈마허였다. 다만 그게 전부다. 딱히 지휘관의 위치에 있지는 않다.

따라서 아무도 행동을 결정할 수 없었다. 이 같은 상황에서 어떻게 대처해야 할지 결단을 내리지 못한다.

"아, 아무튼 가자……! 가만히 있는 것보다는 나아."

"그, 그래……."

그럼에도 애써 소리를 높여 닦달하고 행동으로 옮긴다. 다만 그것은 모두의 동의를 얻은 뒤 정한 방침이 아니었다.

조금씩 톱니바퀴가 어긋나기 시작한다.

"틀렸어, 이쪽이 아니야……."

"네가 이 통로로 가자는 말을 꺼냈잖냐?!"

"그럼 넌 어디가 맞는 길인지 알아서 따지는 거냐?!"

과감성과 용맹함, 무계획은 젊은이의 특권이다. 이들의 행동을 누구도 비웃을 수 없다.

다만 행동력의 원천이 되어야 할 용기는 점점 사그라들고 있었다.

어디를 봐도 어두운 미궁. 주위에는 괴물이 배회하고, 나아가는 것도 돌아가는 것도 뜻대로 되지 않는다.

돌벽이 자신들을 향해 쏟아지는 듯한 압박감마저 느낀다.

호흡이 가빠진다. 어떻게 하면 되지? 의미도 없이 주변을 둘러본다.

"……어?"

따라서— 맨 처음 알아차린 인물은 슈마허였다.

발밑에 흩어져 있는 돌멩이가 살짝 흔들렸다.

……뭐지?

쿠웅, 갑자기 몸이 떠올랐다.

의문을 말로 표현하기보다 빠르게 땅울림이 느껴진다.

코를 자극하는 것은— 가슴속이 답답해지는 기이한 냄새.

무언가가 온다. 무언가가. 거대한. 무시무시한. 저지할 수 없는 무언가가.

"아, 아앗?!"

"이, 이봐, 도대체— 설마……?!"

그때, 그들은 겨우 떠올렸다.

자신들이 무엇을 쓰러뜨리고자 미궁에 내려왔는지를.

"SSSKREEEEEEEEEEEONK!!!!"

—드래곤을.

§

맹렬한 열풍과 독기가 통로 너머에서 묘실 안으로 불어닥치더니 대기가 따끔따끔 달아올랐다.

"Eek?!"

"호, 혹시……?!"

전방에서 비명을 지르고 뛰어 물러나는 가비지. 당황한 벨카난이 손에 든 검을 내려다봤다.

칼날이 푸르게 타오르고 있다. 검의 코등이에서 나는 날카로운 소리도— 더욱 고조된다.

벨카난은 몸을 떨었다.

"……드래곤……!"

"틀림없군……."

드래곤 슬레이어가 으르렁거리고 있는 것이다. 라라자가 봐도 의문의 여지는 없었다.

이 묘실을 나가 전진한 곳, 통로 저편에 녀석이 있다.

물론 녀석과 대결하기 위하여 이곳까지 왔다. 집중력(히트 포인트)도 떨어지지 않았다. 싸울 수 있다. 제대로 싸울 수 있다.

—하지만……!

단검을 쥔 오른손이 몹시 뻐근해지는 것을 느꼈다. 가자, 겨우 그 한 마디를 꺼내지 못한다. 목이 화끈거렸다.

라라자는 이리저리 시선을 돌렸다. 후열의 이알마스를 돌아봤다.

"소원이 이루어졌군."

이알마스가 웃고 있었다.

《밀와(광명)》에 비춰진 미궁 안에서 오직 저곳만 인간형의 어둠이 가만히 도드라져 있는 것 같았다.

이 녀석에게는 사실 얼굴도 아무 신체도 존재하지 않고 단지 이알마스라는 이름의 무엇인가— 그림자가 있을 뿐.

다만 저 그림자가 흑의의 마술사라는 형태를 취해 나지막하게—진심으로 즐겁다는 듯이 웃음을 짓고 있는 것이다.

그리고 이알마스는 마치 산책이라도 가는 듯 태연하게 계속 말했다.

"가겠나?"

"저는, 언제든지."

시스터 아이닛키가 기다란 귀를 흔들거렸다.

"이제 여러분에게 달렸군요."

여러분에게 달렸군요—.

나는, 라라자는 가만히 생각했다. 나는 갈 테다. 하지만 말을 할 사람은 내가 아니야.

"……이봐."

"어, 앗."

벨카난이 눈을 끔뻑거렸다.

"나, 나……?"

"달리 누가 있겠냐."

—아, 맞다.

"……woof!"

가비지는 의욕이 가득한 모습으로 으르렁거리고 있었다만.

"난……. 나는—."

벨카난은 자신의 손에 있는 용살의 마검을 뚫어져라 바라봤다.

베어라. 죽여라. 가라. 점점 심해지는 진동은 이렇듯 벨카난을 자극하고자 애쓰는 것 같았다.

망설일 틈은 없다. 당연히 알고 있었다. 저편에서 흘러드는 유황의 냄새. 용의 기척.

지금 이 상황, 이 순간을 놓쳐서는 안 된다. 용은 막 숨결을 내뱉었다. 폐부를 팽창시키려면 시간이 필요할 테지.

그것이 드래곤 슬레이어를 통해 흘러드는 의식인지 벨카난의 망상인지는 알 수 없다.

갈 이유, 가지 않을 이유. 과연 잘 싸울 수 있을까. 과연 스스로의 의지가 맞나.

벨카난은 가득히 숨을 들이마셨다가 내뱉었다.

"……나는, 갈래, 갈 거야……!"

한 걸음 앞으로 전진한다. 이제 두 걸음. 그리고 세 걸음. 출입구에 가만히 서있던 가비지의 옆을 지나서 네 걸음.

"alf!"

—칭찬받았다.

어째서일까, 이런 생각이 드는 이유는 뭘까.

가비지가 한 차례 우짖더니 다가와서 옆에 서줬기 때문이다. 그리고 보조를 맞춰서 다섯 걸음.

"거참, 멋대로 돌진하는 녀석은 가비지 하나도 많단 말이다……."

라라자도 같이 와줬다. 악담을 내뱉는지라 벨카난은 입가에 미소를 띠고 「미안해」라고 말했다.

어쩐지 이제 괜찮다는 생각이 들었다.

뒤쪽에서는 이알마스와 아이닛키의 발소리도 들려온다. 더이상은 걸음 수를 헤아리지 않았다.

묘실을 나가 통로로 들어섰다. 마검에 이끌리지 않아도 독기의 농도로 곧장 방향을 판단할 수 있었다.

통로의 안쪽— 그곳에 있던 문은 불타서 날아갔는가, 혹은 누군가가 먼저 걷어차서 쓰러뜨렸는가.

커다랗게 입을 벌리는 묘실 안쪽으로 벨카난은 마음을 굳힌 뒤 과감하게 걸음을 내디뎠다.

—찾았다.

아마도 《밀와(광명)》 덕분이 아니었다. 손에 쥔 마검이 울부짖기 때문도 아니다.

혹은 입구의 옆쪽, 반쯤 용해된 갑옷을 착용한 채 빈사 상태로 헐떡거리는 젊은이가 있었기 때문도 아니다.

바짝 메마른 입술을 핥기 위해서 살며시 혀를 움직였다.

눈앞의 어둠, 그늘진 곳, 앞을 가로막고 있는 압도적인 존재감.

녹아내리는 바위처럼 새빨간 빛을 띤 거체. 번들번들하게 젖은 비늘을 번쩍거리며 마침내 움직인다.

천장마저 뒤덮을 듯한 비막을 펼쳐 날개가 펄럭거린다. 독기를 담은 바람이 벨카난의 뺨을 때렸다.

기다란 목을 치켜들었고, 주둥이에는 강철조차 깨물어 부술 수 있을 예리한 엄니가 잔뜩 자라나 있다.

"너……."

목소리가 떨렸다. 손에 든 마검을 더욱 꽉 쥔다. 다리를 뻗었다. 숨을 들이마신다. 등을 쭉 펴고 올려다본다.

"너, 너는…… 나, 나 같은…… 여자애 하나, 기억하지 않을 테지만—!"

하얗게 형형히 타오르는 눈동자가— 드래곤이 벨카난을 **보았다**.

벨카난은 부르짖었다.

"나는…… 잊지 않았어—!"

전투가 시작됐다.

제 7 장
드래곤

"SSSKREEEEEEEEEEEEONK!!!!"

혼을 베어내는 듯한 용의 포효(드래곤 로어). 묘실이 찌릿찌릿 뒤흔들리고 대기가 비등한다.

고작 한 번의 외침에 집중력(HP)이 날아가버릴 것 같은 괴조의 소리가 울려 퍼지는 가운데 벨카난은 죽자 살자 앞으로 뛰어나갔다.

"와, 와앗! 와아아아아아아아앗—!"

마치 손에 든 마검에 끌려가는 듯한 모양새였으나, 소녀가 스스로 발을 내디디지 않았다면 불가능했을 전진.

두렵고 위축되어 덜덜 떨면서도 죽기살기로 용기를 쥐어짰기에 비로소 벨카난은 이 자리에 있는 것이다.

"쫄지 마라, 간닷……!"

"growl!!"

또한 본인이 먼저 나섰기에 다른 동료들— 라라자와 가비지 역시 기꺼이 뒤를 따른다.

자신을 질타하며 단검을 손에 들고서 오른쪽으로 흩어진 도적 소녀과 큼지막한 칼을 손에 들고서 왼쪽으로 달려가는 빨간 머리 여자아이.

용의 숨결을 경계하고자 세 방향으로 흩어지면서도 소년, 소녀들 세 사람은 단호하게 용의 앞쪽을 가로막고 섰다.

그 뒷모습을 지켜보던 아이닛키가 아름다운 입술에 미소를 띤다. 방해는 허락할 수 없다.

"《밈잔메 눈 타이 눈잔메》(소리는 흑철과 같이 끊어지고, 말의 가락은 그대의 내면에서 머물지어다)!"

흘러나오는 우아한 선율. 진실된 힘을 발휘하는 말(트루 워드). 그것의 위력은 용언과 대등하다.

마도의 힘마저 다룰 수 있는 용의 지성을 얕보아서는 안된다는 것을 은발의 수녀는 잘 알았다.

《몬티노(정적)》의 사슬이 용의 목에 채워졌음에도 벨카난은 그 사실을 깨닫지 못한다.

여유가 전혀 없었다. 애초에 벨카난은 화룡이 마법을 쓸 수 있음을 알지 못했다.

소녀가 알고 있는 것은 단 하나.

—아직 녀석의 폐부는 다 부풀어 오르지 못했어……!

그것은 마검이 가르쳐주는 지식이자 아울러 소녀 본인의 염원이며 희망에 속한 의지이기도 했다.

한 가닥 희망에 매달린 채 소녀는 익숙지 않은 자세로 마검을 힘껏 치켜들고, 발을 옮기고, 그리고—.

"아—?"

눈앞, 용의 턱 안쪽에서 빛난 백광의 의미를 이해하지 못한 채 우두커니 멈춰버렸다.

"ROOOOOOOOAAAAAAAAAAAAAAAAAAAAR!!!!"

"으, 아앗?! 하아아앗?! 뜨것, 뜨거어어어어엇!!?!"

열기에 앞서 통증이 덮쳤다. 살갗을 벗겨 드러나버린 신경을 꽉 쥐어 뭉개는 듯한 격통.

시야를 가득 채우는 푸른 빛과 열기에 벨카난은 비명 지르며 흐느껴 울고—.

“흐, 으읏, 으으으으으으읍—!!”

두 손으로 세게 붙들어 잡은 용살의 마검을 치켜들면서 입술을 꽉 깨물었다.

폐부에 남은 공기가 적을지라도 한데 모아서 압축하면 그만 아닌가.

교활한 붉은 죽음의 용이 어중이떠중이가 아닌 용살의 마검을 적이라 인식한 것이 불행이자 다행이었다.

단 한 사람, 벨카난만을 노리고 쏜 숨결은 소녀를 불살랐으나 끝내 칼날은 불꽃을 베어 가른다.

《마포픽》(큰 방패)의 수호와 전사로서 배양한 근성(HP)도 아직 건재. 벨카난은 죽기살기로 버텨냈다.

“이, 따위……. 아프기만…… 하지, 괜찮아……!!”

그것은 거의 울음소리에 가까웠으나 지금 이때, 벨카난은 훌륭하게 용과 싸우고 있었다.

또한 결과적으로 소녀가 몸을 던져서 동료들을 지켜냈을뿐만 아니라 적의 주의를 끌어 기회를 만들었다는 것과 같은 뜻이니.

“으, 랴앗……!!”

“woof……!”

즉각 라라자와 가비지가 좌우에서 화룡을 향해 덤벼들었다.

적어도 라라자는 자신의 단검이 드래곤에 박히리라는 당찮은 생각은 갖고 있지도 않았다.

소년은 도적인 데다가 어떤 상황이든 파티의 주 전력이 가비지라는 것을 처음부터 인정했었다.

저 빨간 머리는 시끄럽고 귀찮고 자기 맘대로 날뛰는 들개 같은 녀석이지만, 검을 휘두르는 솜씨만큼은 확실하잖은가.

따라서 소년은 벨카난과 가비지에게 주의를 기울이지 못하게 용의 앞다리, 발톱의 뿌리 부분으로 칼날을 밀어 넣었다.

적어도 벌레에게 물린 정도의 아픔을 느껴준다면 좋겠다고 기원하면서.

"baaaarrrk!!"

그 틈에 가비지는 두 다리로 날렵하게 돌바닥을 스쳐 나아가며 가속의 기세를 커다란 칼에 온전히 실어 보냈다.

쇳덩어리 비슷한 검에 휘둘리고 있는 것인가, 춤추고 있는 것인가.

여윈 몸으로 펼치는 전력의 일격은 상대가 오크였다면 설령 방어했어도 몸통이 짚단처럼 양단되었을 테지.

비늘에 덮여 거목과 같이 두꺼운 용의 다리일지라도 베어내지 못할 이유는 없다고 가비지는 생각하고 있었다.

"크앗?!"

"Eek?!"

"흐으읍?!"

화룡은 아무렇지도 않게 앞다리와 꼬리로 두 사람을 가격해서 쳐낸 뒤 턱으로 벨카난을 몰아붙였다.

발톱, 발톱, 어금니, 꼬리. 세 사람의 비명이 울려 퍼진다.

돌멩이처럼 차여 나가떨어진 라라자는 돌바닥 위를 공처럼 몇 차례 튕기며 굴러간다.

격통에 일그러지고 흔들리는 시야로 저편에 보이는 것은 나무토막처럼 공중을 날아가는 가비지.

"ahhh!!?!"

과실을 내던져서 뭉개는 듯한 소리였다.

벽에 격돌한 소녀는 비명 지르고 맥없이 돌바닥으로 낙하한 뒤 아예 꿈쩍도 하지 못했다.

하지만— 상황이 더 안 좋은 것은 벨카난이다.

"크흐읏?! 캬앗?! 끕……?! 으읍?!"

비명이 터져 나왔다. 라라자는 바닥을 기어가며 저쪽을 올려다본다. 불길한 소리가 들렸다.

살점과 뼈가 통째로 씹혀 부서지고 있는 소리다. 내장이 뭉개지고 뜯겨 나가고 있는 소리다.

어금니 빈틈으로 벨카난의 하얀 손발이 보였다. 씹힐 때마다 경련하고 있다.

살아있다는 것이 거짓말 같았다. 주문의 수호 덕분이다. 시스터 아이닛키에게 빚이 늘었다.

자신이 살아있다면 가비지는 무사하다. 벨카난도, 아직은. 따라서 지금밖에 없다.

그런데, 어떻게 하면 되지? 알지 못한 채 라라자는 이를 악물었다.

"우, 오, 오, 오옷……!"

뼈가 부러지든 내장이 뭉개지든 팔과 다리가 움직인다면 일어나라, 걸어라, 싸워라, 할 일은 분명하다.

모험가는 《미궁》에 드나들 때마다 인간의 영역을 점점 벗어나게 된다. 그렇다면 자신도 예외는 아닐 것이다.

과연 사실이 맞는지는 알 바 아니다. 다만 믿고서 움직여라. 지금만큼은 막연한 의지가 라라자의 몸을 받쳐주고 있었다.

—어떻게든 방법을 찾아야 한다. 무엇이든 간에, 이 상황을 타개할 방법을……!!

"《밈아리프 눈이 포잔메(돌의 마음을 가진 그대여, 빛 앞에 마땅히 제 몸을 드러내어라)》!"

그야말로 신의 도움이었다.

시스터 아이넛키가 높고 낭랑한 목소리로 영창한 《마니포(조각상)》의 빛줄기가 화룡의 몸을 포박한다.

라라자는 알 도리도 없었겠으나 제2위계, 《미궁》 안에서는 아래부터 헤아리는 편이 더 빠른 미약한 술법이다.

제아무리 애써도 무시무시한 붉은 죽음의 용의 육체를 마치 조각상처럼 묶어버리는 것은 불가능.

기껏해야 순간— 다만, 순간일지언정 한쪽 손으로 인을 맺은 이 알마스에게는 충분히 긴 시간이다.

"《다루이라 타잔메(어둠이여, 오너라)》!"

《딜토(암흑)》. 역시 제2위계의 어둠을 부여하는 주문이 화룡의 시야에서 모험가들을 차단했다.

그것은 호부의 힘을 빌렸던 에감의 주문과는 비교도 되지 않도록 엷은 어둠이었으나 분명한 어둠이었다.

드래곤의 움직임이 경직되고 또한 시야가 암흑에 감싸였다. 이제 할 일은 하나다.

"자꾸, 징징대지, 마라아아아아앗—!!!!"

라라자는 뼈가 조각조각 쪼개진 것처럼 고통을 호소하는 신체에 욕설을 퍼붓고 묘실을 힘껏 달렸다.

소년은 일단 폭주하는 용의 발밑을 지나쳐서 지면에 엎어진 가비지의 가벼운 몸을 주워다가 냅다 던져버렸다.

더는 안 봐도 괜찮다. 이알마스가 있는 방향으로 던졌으니까. 뒷일은 저 녀석에게 맡기면 된다.

"큽, 에라, 아아앗……!!"

이어서 몸을 굴리다시피 반전한 뒤 어금니로부터 풀려난 벨카난을 질질 끌어내어 구조했다.

경련할때마다 소녀의 상처 부위에서 피가 맺힌다. 하지만 살아있다. 그럼 충분하다.

라라자는 붓으로 바닥에 붉은 그림을 그리듯이 질질 끌어서 벨카난을 데리고 움직였다.

목적지는 이알마스와 가비지, 두 사람을 지키는 위치에 모닝스타와 방패를 들고 서 있는 아이닛키의 곁이다.

"a…… h……."

"죽지는 않았군."

가비지는 이알마스에게 안긴 채 병적인 경련을 되풀이했고, 호흡 소리도 정상이 아니었다.

죽지는 않았으나 의식은 거의 날아갔다고 봐도 되겠다. 오래 버티지는 못할 것이다.

치료 수단은 적다. 하지만 없지는 않다. 무엇보다 여기서 죽으면 소생비가 비싸다.

이알마스는 재빨리 가비지의 턱을 손가락으로 붙잡아 억지로 입을 열었다.

격돌 때 혀를 깨물었는지 붉은 피가 흘러넘치고 있다. 그뿐 아니라 혓바닥이 목 안쪽을 막는 상태였다.

"gurg……. gurgle…… le."

가비지의 목에서 탁한 소리가 울려 나온다. 피거품과 혓바닥에 숨이 막혀서 허우적거리는 것이다.

이알마스는 이빨이 박히는 것도 아랑곳 않고 손가락을 푹 집어넣어서 가비지의 혀를 끄집어냈다.

이어서 소녀의 후두부를 받치고 턱을 당긴 뒤 《디오스(약석)》의 물약 마개를 빼내고 내용물을 입에 머금었다.

그리고 입을 품에 안아 든 가비지의 입술로 주저 없이 겹쳐 물약을 쭉 흘려 넣었다.

조금 뒤, 꼴깍 소리가 나고. 가비지의 가냘픈 목이 살짝이나마 움직였다.

"—?!"

효과는 극적이었다.

삐쩍 마른 가녀린 몸이 떨리다가 펄쩍거렸다. 푸른 눈동자가 번쩍 뜨이더니 탁해졌던 초점에 상이 맺힌다.

"—Ew?!"

가비지는 주저없이 이알마스의 입술을 깨물더니 거의 나자빠지다시피 몸을 떼어냈다.

무슨 짓이냐고 따지는 듯한 항의의 눈동자. 방금 전까지 죽기 직전이었다는 것이 도저히 믿기지 않는 평소의 모습.

"snaaaarl……!!"

"좋다."

이알마스는 손가락과 입술에 맺힌 핏방울을 소맷부리로 닦은 뒤 낮게 으르렁 소리를 내는 가비지에게 약병을 던져주었다.

"마셔라. 아직 끝나지 않았다."

"……woof!"

가비지가 몹시 집요한 눈빛으로 짙은 의문을 드러내면서도 물약의 내용물을 쭉 들이켰다.

이알마스는 그 모습을 끝까지 지켜본 뒤 일어섰다.

"아이네."

"넷!"

전후열(스위치) 교대.

흑색 지팡이를 손에 들고서 앞으로 나간 이알마스를 대신하여 아이닛키가 벨카난, 라라자에게 가까이 달려갔다.

거칠게 마구잡이로 휘둘러 대는 붉은 용의 발톱과 엄니를 흑색 지팡이로 흘러넘기는 명정한 소리.

라라자는 그 소리를 뒤로하며 숨을 몰아쉰다. 핏덩어리가 목에서 쏟아지는 것 같았다.

"살릴 수…… 있지?!"

"아, 팟……."

벨카난이 흐느껴 운다.

"악……!"

"그럼요, 안심하세요."

아이네는 온화하게 미소를 띤다. 지금 상황과 어울리지 않으나 그럼에도 무척 든든한 웃음이다.

"이처럼 힘찬 투쟁의 이후 카도르토 신이 삶에서 가치를 찾아내지 못하실 리 없지요……!"

여러분은 이런 곳에서 끝나도 되는 사람이 절대 아니라고 시스터 아이닛키는 진심으로 믿어 의심치 않았다.

따라서 라라자와 벨카난, 두 사람에게 내민 손바닥에는 이렇듯 따스한 빛이 피어오른다.

생명의 힘이여, 두루 뻗어서 차올라라
"《다루이 아리프라 밈아리프》……."

대치유
《디알마》의 치료 효과는 눈 깜짝할 사이에 라라자의 몸속에 깊이 스며들어서 뼈를 접합시키고 살점을 이어 붙였다.

효과는 벨카난에게도 똑같이 적용됐다. 검붉게 더러워진 살갗, 유난히 창백했던 피부에 주홍빛이 돌면서 열이 되돌아왔다.

무참하게 도려져 나간 살점도 거품이 일어나며 부풀어 올라 본래의 아름다움을 되찾는다.

"……고, 마, 워어…… 요……."

"미안, 덕분에 살았다……!"

"《마디(쾌유)》를 쓰지 않느냐는 말씀은 안 하시는군요."

두 사람이 전한 감사의 말에 아이닛키가 수줍게 미소 지었을 때 거의 곧바로 이알마스가 주의를 촉구한다.

흑색 지팡이의 모험가는 이미 《딜토(암흑)》조차 떨쳐내버린 화룡의 공격을 피해 물러나고 소리를 높여 외쳤다.

"이 녀석, 숨을 들이마시기 시작했다!"

"……진짜냐……?!"

신음한 뒤 라라자는 힘이 돌아온 몸으로 단검을 들어 올렸다. 여태 안 떨어뜨렸다는 것이 놀랍다.

그런 의미에서는 벨카난도 가비지도 아직껏 두 손에 무기를 꽉 붙잡고 있었다.

이것이 과연 모험가로서 성장했음을 의미하는지는 아직 판단할 수 없었다만—.

"어떻게 할래, 또 도망치냐?!"

"growl!!"

가비지에게는 물을 필요조차 없었다. 쇳덩이를 치켜든 채 투쟁심은 사그라들 낌새도 안 보인다.

"그리 호락호락 놓아줄 것 같지도 않지만요."

한편 시스터 아이닛키도 그렇게 말한 뒤 생글생글 웃으며 모닝스타와 방패를 들어 올린다.

검을 들고 왔다면 좋았을 텐데 말이에요, 아쉬워하는 혼잣말. 라라자는 벨카난을 쳐다봤다.

"……."

소녀는 살짝 핼쑥한 표정으로 손에서 진동하는 마검을 꽉 쥐고 있었다.

타오르는 칼날은 원수를 앞에 두고 아직도 나직하게 울고 있다— 소유주의 상태는 차치하더라도.

"나."

심하게 말라붙은 목에서 쥐어짜낸 쉰 목소리.

"나, 는—."

"그리 비관할 상황도 아니군."

이알마스가 재빨리 뛰어 물러나서 후퇴한 뒤 짧게 중얼거렸다.

화룡은 추격을— 하지 않는다.

미궁에 바람이 소용돌이치고 있었다. 따가운 바람이 지나간다.

기다란 목을 치켜든 용이 턱을 벌리고 폐부에 숨을 꽉 채워넣는 중이었다.

이제 얼마 뒤 폐부에 열독이 가득 차오르면 그때는, 그때야말로—.

"제법 잘 싸우고 있잖은가, 화룡과."

"……이!"

벨카난은 이를 꽉 깨물었다. 일어섰다. 용살의 마검을 들고서.

눈앞에는 거대한 붉은 죽음의 용. 활활 타오르는 숨결이, 모든 것을 불살라버릴 때가 다가오고 있다.

한시도 망설일 틈이 없었다. 당장 행동으로 옮겨야 한다. 벨카난은 한 차례 헛기침한 뒤 소리 높였다.

"나, 나한테……. 응……. 생각이, 있어……!"

"기개가 있군."

이알마스는 진심으로 즐겁다는 듯이 말하고 입술을 비뚤어뜨렸다.

"따르도록 하지."

§

"SSSKREEEEEEEEEEEONK!!!!"

마치 방금 전 공방을 되풀이하는 듯한 광경이었다.

사납게 울부짖는 드래곤의 앞에서 세 명의 모험가가 세 갈래로 흩어지고 달려들었다.

다만 형형히 빛나는 하얀 눈동자가 노려보는 것은 후열에 있는 흑의의 남자, 엘프, 아울러—.

"이, 야, 아아아아아아아앗……!!"

우스꽝스러울 만큼 필사적으로 소리를 높여 외치는 장신의 여자아이가 쥔 마검이었다.

저것을 반드시 죽여야 한다. 저것을 못 없애면 자신이 목숨을 잃을 것이다. 저 검이야말로 용의 천적이니.

그러나 붉은 죽음의 용은 정작 검의 소유주인 계집은— 어떤 위협으로도 생각하지 않았다.

무자비하게 깨물고 씹어줬는데도 다 죽다 살아나서 여전히 앞을 가로막고자 하는 저 우매함만큼은 높이 평가하도록 하자.

다만 저것은 전사가 아니었다. 체구는 빛 좋은 개살구다. 검의 힘에 취했을 뿐인 보드라운 살점을 지닌 처녀다.

이제와서 숫처녀의 혈육에 흥분할 만큼 미숙하지는 않으나 어쨌든 간에 맛을 떠올리니 머리에 끼었던 안개가 흩어진다.

느닷없이 이딴 토굴에 끌려 들어온 데다가 불손한 작자들에게 마치 가축을 대하는 것처럼 명령까지 하달받았다.

굳이 따라줄 생각은 털끝만큼도 없다만, 괘씸한 것들을 이대로 가만 놓아둘 이유도 없다.

지금 화룡은 지상을 쓸어버리기 전 몸풀기로 용살의 마검을 박살내버릴 심산이었다.

"ROOOOOOOOAAAAAAAAAAAAAAAAAAAAAAR!!!!"

화룡은 폐부에 끌어모은 열과 독기를 모두 숨결에 실어 해방시켰다.

그것은 이 세상 만물을 모두 불살라 멸할 최대 최강의 용이 내뿜는 숨결이었다.

옛 전설에서나 언급되는 《틸토웨이브(핵격)》에는 뒤질지언정 제4위계의 《라할리토(불꽃 폭풍)》에 필적하거나 더욱 강력한 업화.

혼마저 싹 불태워 소실(로스트)시키고도 남을 저 작열 지옥을 앞에 두고서 벨카난은—.

"이알마스, 아이넛키!"

벨카난은 더 이상 망설이지 않았다.

"맞춰주마."

이알마스의 차가운 목소리.

"마음껏 해라."

"언제든지 시작하세요!!"

"응!"

아이네의 답에 고개를 끄덕거리고 입을 연다. 이알마스가 따라 움직여줌을 알 수 있었다. 겹치는 목소리. 영창.

"《헤아 라이 타잔메(불꽃이여, 오너라)》!"

그것은 돌림 노래와 같은 인상마저 주었다.

제1위계, 이곳 《미궁》에서는 별 가치가 없는 초보의 초보, 벨카난이 전수받은 오의.

《할리토(작은 불꽃)》.

서로 겹쳐서 생성된 두 개의 화염구가 이중 나선을 그리며 묘실을 베어 가르고 용의 숨결과 정면으로 격돌한다.

열풍이 거칠게 불어닥치는 와중에도 전혀 위축되지 않은 붉은 용의 눈이 조소를 머금고 비뚤어졌다.

둘을 겹쳐서 날린 위력이 제법 대단하니 제3위계의 《마할리토(큰 불꽃)》에 필적하리라.

다만 거기까지다. 용의 숨결을 밀어낼 만한 기세는 발휘할 수 없다—.

"《라이 타잔메 카프아레프 눈》(불꽃이여, 폭풍의 탑으로 솟아 죽음을 불러오라)!"

찰나, 거대한 《리토칸》(불꽃 탑)이 화염구 둘을 받쳐주는 궤도로 솟아올라서 용의 숨결을 밀어냈다.

시스터 아이닛키는 은발을 열풍에 나부끼며 기도 올리고 마음을 가다듬는다.

그것은 제5위계로 간주되며 성직자가 신에게 하사받는 성스러운 불꽃이다.

다만 아쉽게도 지닌 위력은 《마할리토》(큰 불꽃)와 비슷한 수준에 불과하다. 다시 말해서.

"지금은 이 주문으로 충분하다는 뜻이죠……!"

사냥감을 노리는 사나운 웃음을 입가에 띠고 시스터 아이닛키가 큰소리쳤다.

이중 나선이 만들어 낸 《마할리토》(큰 불꽃)는 《리토칸》(불꽃 탑)과 함께 어우러지고 불꽃의 철퇴로 화하여 세차게 휘둘러진다.

"다시 말하자면."

이알마스는 메마른 목소리를 입가에 실어 보내며 눈에 웃음 지었다.

"《라할리토》(불꽃 폭풍)다."

삼중 영창에 의해 만들어진 《라할리토》(불꽃 폭풍)가 용의 숨결과 거세게 격돌했다.

폭발— 백광이 묘실을 가득 채우고 대기가 단숨에 눌어붙는다. 굉음이 울려 퍼지고 시야도, 청각도 빼앗긴다.

"ROOOOOOOOAAAAAAAAAAAAAAAAAAAAAAR!!!!"

그렇게 온통 백색으로 빈틈없이 물들어버린 세계에서 화룡은 목을 **좁혔다**.

하잘것없는 유한한 생명 주제에 제법 지혜를 쥐어짰다고 말할 수 있겠군.

다만 이 같은 형국은 모든 것을 불살라버리고자 하는 용 본인의 의지— 요컨대 힘을 절약하고 있기 때문에 비로소 가능하다.

방금 전과 똑같은 수법을 왜 쓰지 못하리라 생각한 건가?

급격히 예리해지는 불꽃의 숨은 마치 칼날같이 《라할리토(불꽃 폭풍)》를 꿰뚫는다.

겨눈 목표는 변함없이 단 하나— 한 자루. 계집의 손에 있는 용살의 마검이다.

"으읏, 아아아아아아아아아아앗!!"

거의 비명에 가까운 절규. 혹은 우렁찬 외침. 공포로 배어나는 눈물도 고열에 의해 순식간에 증발해버린다.

그럼에도 벨카난은 끝내 한 발짝도 물러나지 않은 채 정면에서 치사적인 열선을 향해 검을 가져다 댔다.

—버텨, 튕겨나면 바로 죽는 거야……!

손이 떨린다. 검이 떨린다. 드래곤 슬레이어가 울부짖고, 벨카난의 가죽 신발이 돌바닥에 끌린다.

위력에 져서 밀려날 것 같다. 허물어질 것 같다. 뜨겁고 아파서 죽어버린다. 아파. 무서워.

—하지만, 그게 전부야……!

"타아아아아아아아아아아아앗—!!"

벨카난은 자신이 뭐라 외치는지도 알지 못한 채 죽기살기로 버티면서 용의 불꽃에 저항했다.

용의 눈빛이 형형히 번뜩이고 있었다. 우선 용살의 검과 계집. 다음은 좌우의 술사 녀석들이다.

다른 어중이떠중이를 용은 구태여 의식조차 하지 않았다. 필요성을 느끼지 못했다.

따라서 세계를 온통 뒤덮는 굉음과 백광과 열독의 바로 아래쪽.

"요컨대 못 걷어차는 데서 찔러주면 되는 거 아니냐……!!"

라라자는 전력으로 달리고 있었다.

거의 구르다시피 바닥을 박찬다. 손가락이 뜨겁게 달아올라도 손으로 바닥을 긁는다. 앞으로. 용의 측면으로.

용이다. 웃기지도 않는다. 뺨이 실룩거리다가 웃음의 형태로 비뚤어졌다. 웃을 수밖에 없었다.

시골 마을을 뛰쳐나와서 줄곧 《스케일》의 맨 밑바닥을 기어다녔던 자신이 지금 이곳에 있다.

도대체 무슨 차이일까? 뒷골목의 해골. 쇠뇌의 화살이 이마에 박혔던 레아 소녀. 자신.

알 방법이 없다. 눈앞의 용. 매서운 눈길 한 번에 죽어서 나자빠질 것 같다. 하지만.

—한 방에 못 죽였잖아.

용도 발길질 한 번으로 나를 죽이지 못했다. 라라자는 웃었다. 두려웠으나, 진심으로 유쾌했다.

역수로 쥔 단검에 힘을 불어넣는다. 세게 꽉 걸음을 내디딘다. 뛰어서 날다시피. 팔을 힘껏 쳐들었다.

"에라아아앗!!"

그것은 결코 치명적이라 말할 수 없겠으나 라라자의 지난 생애를 통틀어 최고이자 회심의 일격.

전력을 쥐어짜서 투척한 단검은 은빛 화살이 되어 똑바로—.

"AAARRRRRRRRRRRGGGGGGGGH!!?!"

용의 한쪽 눈알에 깊숙이 박혀 들어갔다.

"어떠냐, 잘 봤냐……!!"

견디지 못한 용이 몸부림치고 몸을 젖힌다. 기다란 목이 솟구친다. 숨결이 바닥과 돌벽을 가르고 천장을 태워 녹인다.

작열하는 용암이 비처럼 방울방울 쏟아지는 와중에 가비지는 보았다. 커다랗게 몸을 젖히는 용을.

"growl!"

가비지는 쇳덩이를 번쩍 들며 화룡을 목표로 망설이지 않고 뛰어들었다.

뜨거운 빗방울을 헤치고 나아가고자 쏜살같이 달려 거리를 좁힌다.

처음부터 저 커다란 녀석은 마음에 들지 않았다.

분명 처음에는 놀랐다. 인정한다. 비록 괘씸한 적일지언정 자신은 현명하니.

그러나, 그럼에도 용서할 수 없다.

저 커다란 녀석은 자신을 보지 않았다. 깔보고 비웃었다. 경멸의 눈빛을 드러냈다.

그런 상대를 용납했던 기억은 단 한 번도 없다.

"hoooooooooooowwwwl!!!!!!"

강철 칼날이, 작은 신체로 내던지다시피 세차게 때려 박은 칼날이 용의 복부로 깊숙이 파묻혀서— 절단한다.

"SSSKREEEEEEEEEEEONK!!?!?!!!?!"

녹아내린 쇠처럼 용의 피가 좌르륵 쏟아졌다. 가비지는 그것을 머리부터 뒤집어썼다.

빨간 머리를 더욱 빨갛게, 하얀 피부도 외투도 심홍색으로 더럽히며 소녀는 뺨에 방울져 묻은 피를 혓바닥으로 핥은 뒤 엄니를 드러낸다.

피가 맛없는 이 덩치는 의외로 썩 똑똑하지는 않았구나.

—얼간이 녀석이다, 배를 노출시키다니.

"yap!"

"와아아아아아아아앗……!!"

가비지의 한 차례 우짖음을 들은 벨카난은 목청을 쥐어짜며 앞으로 뛰쳐나갔다.

온몸이 뜨겁고, 아프고, 숨도 답답하고, 시야도 번지고, 다만 손 안에는 용살의 검이 있었다.

그 무게에 팔에서 힘이 빠지려고 한다. 하체가 무릎부터 부들거리며 허물어지려고 한다. 가능할 리 없다고 속삭거린다.

느림보 벨카. 굼벵이 벨카. 멀대 벨카. 쓸모없는 벨카.

—시끄, 러워엇……!

나는 용을 죽이겠어. 해치울 거야. 그러기 위해 온 거야. 여기까지. 여기까지……!

이를 악문다. 마검을 세게 잡는다. 앞으로 발을 내디딘다. 문득 뇌리에 몇몇 광경이 스치고 갔다.

그것은 섬광처럼 번뜩이면서도 서로 연관이 없이 엉망진창인 영상의 연속이었다.

고향의 할머니. 용의 턱. 개구리. 불꽃. 미궁. 라라자. 잠자리. 마지막으로, 달빛 아래의 주점— 그곳의 뒤편.

쇳덩이가 번쩍거렸다. 그 궤도를 따라가듯이 마검이 움직인다. 마검과 함께 춤추듯이. 거역하지 않는다.

손가락에서 금색 반지가 반짝이는 것 같았다. 벨카난은 반짝임이 이끌어주는 대로 팔을 치켜들었다.

복부를 베여 갈라진 용이 기다란 목을 수그린다. 형형히 타오르는 눈동자. 놈이 이쪽을 봤다. 마검을. 벨카난을.

턱이 벌어진다. 목 안쪽에서 불꽃이 아른거린다. 알 바 아니다. 발악해봐라. 박살 내주마.

벨카난은 커다란 몸을 활처럼 비틀어서 혼신의 힘을 담아 용살의 마검을 해방시켰다.

칼날이 압축된 열선을 절단한다. 그대로 호를 그렸다. 용의 눈이 부릅뜨였다.

"이잇, 야아아아아아아아아아아아앗—!!"

용살의 마검은 역할을 수행했다. 오로지 용을 처단하기 위하여 단조된 칼날은 비늘을 거뜬하게 베어 갈랐다.

최강의 생물을 최강으로 활보케 하는 살점을, 뼈를, 찢어발겨서 가른다. 상처 부위에서 불꽃과 피가 쏟아졌다.

단말마의 포효조차 울려 나오지 않는다. 벨카난은 더더욱 힘을 불어넣어서 팔을 끝까지 휘둘렀다.

둔탁한 소리와 함께 용의 머리가 떨어진다. 용의 목이 절단되었다.

치명적인(크리티컬 히트) 일격.

"아—."

드래곤 슬레이어가 돌바닥을 갈라서 파고든 뒤에 멈춘다.

벨카난은 거칠게 숨을 내뱉으면서 멍하니 눈앞의 거체를— 목 없는 용을 올려다봤다.

방금 전까지 죽음의 상징으로서 군림했던 저 몸뚱이에 이제 아무런 힘도 남지 않았다.

산사태로 바위가 떨어지는 것처럼 몸이 기울어진다. 앞발이 구부러진다. 허물어진다.

땅울림을 동반하며 화룡의 육체가 옆 방향으로 고꾸라졌다.

눈앞에는 더 이상 두 번 다시 타오를 수 없는 눈동자의 머리만 보일 뿐이다.

상처 부위에서 방울져 떨어지는 피와 더불어 흐릿한 잔불이 희미하게 일렁거리다가— 이윽고 사라졌다.

붉은 죽음의 용은 죽음을 맞이했다.

§

잠시간 누구도 아무런 말을, 한마디 말조차 입 밖에 꺼내지 않았다.

쥐 죽은 듯이 조용한 미궁 내부에 오직 모험가들의 거친 호흡 소리만이 울려 퍼진다.

벨카난은 멍하니 눈앞에서 나가떨어진 붉은 용의 목을 바라봤다.

과거에 자신을 불살랐고, 또한 방금 전에도 자신을 물어 죽이고자 했던 괴물의 눈동자.

더 이상 어디에도 빛은 없기에 칙칙하고 탁해서 유리구슬 같은 구체가 파묻혀 있을 뿐이었다.

"……."

손에서 마검이 흘러내렸다. 제자리에 엉덩방아를 찧는다. 주저앉았다. 힘이 쭉 빠진다.

자신이 무엇을 해냈는가. 해버렸는가. 무엇을 보고 있는가. 소녀는 도저히 믿을 수 없었다.

불현듯 시야가 부예지며 일그러진다. 깨달았을 때는 눈동자에서 넘친 눈물이 떨어져 뺨을 적시고 있었다.

"alf."

언제 다가왔을까, 옆에 붙은 가비지가 우짖었다.

빨간 머리 여자애는 머리부터 얼굴까지 온몸에 뒤집어쓴 용의 피를 손으로 문지른 뒤 벨카난의 얼굴을 들여다봤다.

"whine?"

어떤 의미의 말일까. 뭐 하냐. 괜찮냐. 혹은— 잘했다, 일까.

다만 알 수 없을지라도 기뻤다. 저절로 눈물이 흘러나올 만큼.

"으, 으으, 으으읏……!"

"yap?!"

벨카난은 말소리가 되지 못하는 울음을 터뜨리며 동료의 작고 가느다란 몸에 팔을 둘렀다.

꼼짝 못하게 껴안긴 가비지는 처음에는 당황해서 몸을 비틀어 저항했다.

그러나 무슨 생각을 떠올렸는지 곧 포기한 듯 힘을 빼내고 벨카난에게 가만히 품을 내줬다.

작은 손바닥이 까만 머리카락을 쓰다듬는 감촉을 느낀 벨카난은 소리 죽여 울었다.

"라라자 님은 괜찮으신가요?"

"난 별로, 영웅 놀이를 하는 취미는 없으니까……."

그렇게 두 사람을 지켜보는— 사실 라라자는 이미 서 있을 기력도 없이 기진맥진한 상태였다.

한편 옆쪽에 선 아이넛키는 지독한 격전을 치른 다음인데도 생글생글 웃으며 기분 좋은 모습이다.

—결국 이 사람도 이알마스와 동류인가.

라라자는 반쯤 체념한 채 결론 내렸다. 이런 게 분명 모험가라는 족속일 테지.

과연 자신이 비슷하게 따라갈 수 있을지까지는 알 수 없다만—. 뭐, 지금은 됐다.

용살의 영웅으로서 이름을 날리는 데 흥미는 없다. 하지만 역시 마음이 들뜨는 칭호이기는 하다.

어디의 누구인지 알아주는 사람도 없고, 역사에 이름이 남을 가망도 없는 자신이 미궁에서 용과 맞붙어 결국 죽여버렸잖은가.

이제 충분하다는 생각과 함께— 더 깊이, 다음 단계로. 자기 자신을 재촉하는 목소리도 가슴속에서 끓어오른다.

언제 용의 눈에 박아둔 단검을 뽑으러 가야 할까 생각하면서 라라자는 옆쪽을 힐끔 바라봤다.

은발의 엘프, 아름다운 수녀가 「할 말 있으세요?」라며 온화하게 이쪽을 내려다보고 있었다.

그 모습을 보고— 「뭐, 음」이라고 중얼거린 뒤 라라자는 눈을 피하고 시선을 외면했다.

"그냥, 고마워서."

"아뇨, 아뇨."

시스터 아이닛키는 여전히 미소 짓는다.

"저도 즐거웠답니다."

그렇게 말한 뒤 아이네가 바라보는 곳— 벽에 붙어 서 있는 흑의의 남자 이알마스는, 혼자.

저 녀석은 물끄러미 아무 말 않고 바닥에 누워있는 용의 머리와 몸뚱이를 쳐다보고 있었다.

더 이상은 두 번 다시 일어나지 못한다.

—미궁의 지배자가 드래곤 좀비로서 다시 깨우지 않는 한.

부패한 용의 끔찍함은 몸을 결속하는 저주 때문에 어지간한 주문 따위는 가볍게 튕겨낸다.

만약 그러한 상대가 적이었다면 도저히 이길 수 없었다는 것이 이알마스의 견해였다.

혹은 천룡(天龍)이었다면. 화룡의 영역을 넘어 삼라만상의 정령이 된 파이어 드레이크였다면.

무시무시한 백병전 능력을 보유한 흑룡, 혹은 황금의 사룡…….

이알마스의 기억 속에서 흘러가는 용의 기억. 사실인가, 단지 망상인가.

—무엇이든 간에 앞으로 계속 나아가면 알 수 있겠지.

허리의 흑색 지팡이, 검의 자루에 올려놓았던 손을 떼고 이알마스는 숨을 내쉰다.

어찌어찌 공략에 성공했다고 평가할 수 있겠다. 전사자 없음. 불만은 없다.

문제를 하나 지적하자면— 상대가 배회하는 괴물(원더링 몬스터)이었던 탓에 보물상자가 나오지 않은 정도인가.

—뭐, 비늘이며 이빨 따위를 갖고 복귀하면 돈벌이가 되긴 할 테지.

그렇다면 제법 만족할 수 있겠다. 적어도 나쁜 기분은 아니다. 괜찮은 기분이었다.

이미 감동이나 달성감 같은 감정과는 무척 먼 사이가 되어버렸다— 아마도.

과거의 자신이 어떤 성격의 인물이었는지 이알마스는 판단을 할 수 없다.

오래도록 미궁을 탐색하며 다닌 듯싶기도 하고, 대단한 업적을 이루었다는 생각도 들지 않는다.

다만 적어도 벨카난과 가비지와 라라자, 세 사람의 성장에서 기쁨을 느낀다.

—또 앞으로 나아갈 수 있다.

더욱 아래로. 더욱 지하로. 미궁의 깊은 밑바닥으로. 이알마스에게는 그게 전부였다.

시스터 아이넛키가 들었다면 「세상에!」라는 반응과 함께 아름다운 눈을 치켜올렸을 것이다.

그 광경을 상상하며 이알마스는 어깨를 으쓱거렸다. 굳이 안 꺼내는 것이 좋은 발언도 있다.

"으……. 으, 윽……."

"아차차……."

그때 뒤늦게, 희미한 신음소리에 생존자가 있었음을 떠올리고 이알마스는 묘실의 출입구로 걸어갔다.

그곳에서는 갑옷이 반쯤 파괴되어 힘없이 드러누운 모험가 한 명이 몸을 웅크리고 있었다.

새삼 생각하니 이 남자와 다른 일행이 첫 번째 브레스를 낭비시켜주지 않았다면 결과는 또 달라졌을 듯싶다.

감히 시스터 아이닛키의 앞에서 무시하려는 엄두도 안 나는지라 이알마스는 상대의 어깨에 손을 얹었다.

시체로 생각했던 남자가 꿈틀거리며 몸을 떨었다.

"살아있나."

녹아내린 입술에서 「그래」인지 「응」인지 분간할 수 없는 숨결이 새어나왔다.

"운 좋은 녀석이군."

이알마스는 웃었다. 그리고 무엇인가를 떠올리고 덧붙였다.

"복귀하면 한잔 사주마."

제 8 장
콘트라덱스트라 애버뉴

"그래, 그랬군."

프로스페로는 말했다.

"내가 죽어있는 동안에 꽤 많은 사건이 있었어."

《투신의 주점(두르가)》은 마치 축제가 열린 것처럼 시끌벅적했다.

모험가도 상인들도 다른 주민들도 잔을 치켜들고 축하하며 소리 지른다.

붉은 용이 죽었다!

가증스러운 드래곤이 죽었어!

붉은 죽음의 용이 뒈졌다고!

점주 길가메시조차 잔뜩 들떠서 마셔라, 마셔, 외치더니 술통의 덮개를 도끼로 깨부쉈을 만큼 열렬한 분위기다.

《스케일》이라는 도시의 우중충했던 공기는 막 불어 지나간 바람에 휩쓸려 순식간에 사라질 것이다.

평소는 어두침침하고 탁했던 먹색 하늘마저도 오늘 이때는 푸른색을 살짝 드러내주고 있다.

그렇게 떠들썩한 공간 한복판에서 프로스페로는 여유롭게 의자에 몸을 기대어 앉아있었다.

곧이어 몹시 거드름을 피우는 몸동작으로 술 단지의 내용물을 잔에 담아 우아하게 한 모금만 입을 가져다 댄다.

"덕분에 나 또한 무사히 소생에 성공했고 이렇게 술을 맛볼 수 있다는 건가."

"잠깐 방치당했다고 너무 삐치지 말게나, 프로스페로."

세즈말은 술을 맛있게 들이켜고 구운 고기를 베어 물었다. 언제나 음식을 맛있게 먹는 남자다.

"자네가 잠들어준 덕택에 우린 용 퇴치를 성공한 것 이상의 돈을 벌어들이지 않았나."

"뭐, 이알마스한테 맡겨둔 『한잔』은 여기저기서 막 공짜 술을 주니까 당분간 뒤로 미뤄야겠네."

히죽히죽 웃으며 잠시 탁자로부터 벗어나 있던 모라딘이 돌아왔다.

두 손에 든 접시에는 주점의 주방에서 슬쩍 가져왔는지 온갖 요리가 산처럼 가득 담겨 있었다.

《스케일》에 반입되는 각지의 물산이 겨우 아무런 걱정도 없기 유통되기 시작했다는 증거다.

"점주에게는 제대로 말을 했느냐?"

"물론이야. 길가메시를 화나게 만들어서 좋을 게 뭐가 있겠어."

"그러면 됐다."

평소는 귀가 따갑게 잔소리를 하는 — 모라딘과 사라의 말이다 — 터크 선사도 오늘 이날만큼은 낯빛이 너그러웠다.

아까부터 드워프답게 시원스러운 먹성으로 요리와 술을 마치 자루에 채워 넣는 것처럼 먹어 치우고 있기도 했고.

이런 터크 선사도 오랜만에 본다는 생각을 하며 가만히 바라보던 사라가 문득 프로스페로에게 시선을 줬다.

"저기, 의심하는 건 아닌데 말야. 마법사가 용의 머리를 날려버린다는 게 가능한 거야?"

"뭐, 아주 불가능하진 않지."

프로스페로는 사실 썩 불쾌한 기분은 아니었는지 흔쾌히 질문에 대답했다.

이렇듯 기분이 좋은 이유는 본인의 눈앞에 산처럼 쌓인 금화의 광채 때문이었는지도 모르겠다.

설령 마술사일지언정 황금빛을 싫어하는 인물은 좀처럼 없다.

"내가 할 수 있다는 게 아니라 가능케 하는 방법을 알뿐이지만 말이지."

"그게 뭔데?"

"벨카난이라는 여아는 분명 반지를 착용하고 있었지?"

"옳다."

터크 선사가 콧수염에 술을 묻힌 채 고개를 끄덕거렸다.

"내가 감정해주려다가 깜빡 빠뜨렸단다. 이후로 못 봤고."

"그럼 아마도 트롤의 반지일 거다. 스님도 알지 않나?"

"트롤의 반지. 치유의 힘과 치명적인 일격을 끌어낼 수 있는 힘이 깃들었다는 말을 들었다."

나직하게 호크윈드가 중얼거렸다.

"……그게 그 반지였나."

평소부터 이 같은 술자리에서 거의 마시거나 먹지를 않던 남자는 오늘도 역시 탁자의 앞쪽에 앉아있기만 했다.

하지만 다른 동료들은 딱히 신경을 쓰는 기색도 없다. 이 남자는 이래 보여도 꽤 사교성이 좋았다.

프로스페로는 호크윈드에게 「추측이다」라고 말하며 손을 훽훽 흔들거려 보였다.

"나는 스님도 캣 로브도 아니고 실물을 보지 못했다. 장담은 못 하겠군."

"그나저나 말일세, 프로스페로."

손가락에 묻은 기름을 핥아 먹고 세즈말가 말했다.

"한 가지 물어봐도 되겠나."

"대답할 수 있는 질문이라면."

"마술사가 어떻게 전사처럼 검을 휘두를 수 있는지 궁금해서 말일세."

"뻔하지. 우리 예쁜 벨카난이 엄청 열심히 노력한 덕분 아니겠어?"

사라가 입술을 삐죽거렸다. 세즈말이 「그런 게 맞나?」라며 되묻자 「그런 거야」라고 한마디 되돌려줬다.

기다란 귀를 우아하게 흔들거리더니 사라는 자신도 한 잔 더 마시겠다며 의기양양하게 술 단지에서 술을 퍼 담는다.

요즘 들어서 술자리가 꽤 많았는데 사라는 뒷감당 때문에 후회하는 것도 나중 일이니 우선 외면하기로 결정한 것 같았다.

"게다가 귀염둥이 가비지도 말야."

"물론 라라자도."

"이알마스는 빼고."

여섯 명의(올스타즈) 모험가는 호크윈드마저 포함해서 나지막하게 같이 웃었다.

그 흑색 지팡이의 모험가와는 잘 지내고 있다. 이제까지도, 이제부터도. 서로에게 빚은 없었다.

이알마스가 신입 세 명을 제대로 돌봐주고 있다는 것을 순수하게 기뻐할 따름이었다.

그 성과 중 하나가— 떠들썩한 주점의 중심, 카운터에 앉아있는 젊은이 한 명이다.

몸 절반이 붕대로 덮인 애처로운 행색인 데다 희미하게 화상용 약 냄새가 풍겨 온다.

어딘가 어두운 눈동자는 동료 대부분을 잃은 모험가의 상례였다. 곧 적응하리라.

그렇듯 어디에나 있을 법한 신출내기 모험가에게 숙련자들이 잔뜩 모여드는 경우는 좀처럼 없다.

"이봐, 진짜냐?"

"허풍이지, 아님 잘못 봤다거나……."

"좀 떠들어봐라, 인마. 너, 드래곤이 있는 곳까지 갔다면서? 어땠어?"

"……어어. 난……. 나는, 진짜로 봤어……."

잔뜩 쉰 목소리가 나왔을 때 누군가가 눈치 빠르게 술 단지을 들어서 잔에다가 술을 부어주었다.

떨리는 손으로 잔을 붙잡아 입술과 목을 적신 뒤 젊은이는…… 슈마허는 매우 무겁게 입을 열었다.

“꼬마가 용의 배를 갈라서 피를 뒤집어 쓰는 광경을. 커다란 여자애가— 용의 목을, 날리는 광경을…….”

이야기꾼이라기에는 너무나 서툰 데다가 말주변도 없어 변변치 못한 화법이었다.

그러나 젊은이의 말에 모두가 귀를 기울인다. 어서 얘기해달라 재촉한다. 상상의 나래를 펼치며 들썩거리는 가슴을 달랜다.

빨간 머리의 노예 소녀와 흑발의 장신 아가씨가 동료들과 함께 붉은 죽음의 용에게 도전해서 끝내 무찌르는 광경을.

거듭거듭 되풀이해서 질리지도 않고 주고받는 이야기.

그것은 틀림없이— 영웅담의 시작이었다.

§

“alf!”

한편 소용돌이 속 가비지는 무엇을 하고 있었냐면 몹시 만족한 모습으로 큰길을 활보하는 중이다.

뒤죽박죽 엉킨 곱슬머리. 누더기와 다를 바 없는 옷차림. 등에는 큼지막한 칼. 목에는 투박한 철제 수갑.

소녀 본인은 무엇 하나도 달라지지 않았다. 어디에도 변화는 없다. 여전히 산반이다. 하지만—.

“어이쿠, 봐라.”

“가비지인가…….”

"괴물의 음식 찌꺼기, 잔반……."
"용살자다."
"용의 피를 뒤집어썼다지……."
"노예 출신이라는 거, 거짓말 아냐……?"
"화가가 초상화를 그려서 팔고 싶어 한다더라."
"저 들개를? 아니, 용살자인가……."
"소문을 듣자 하니까 어딘가의 공주님이라는 말도 있던데……. 진짜냐?"

하지만 보는 눈이 달라졌다.

이제 소녀를 지저분한 노예 계집으로 보고 비웃거나 조롱하는 인물은 오히려 소수파다.

길가를 둘러보면 어린아이들이 등에 커다란 목검을 묶어서 달고 신나게 용 퇴치 놀이를 하고 있다.

여섯 명의 모험가(올스타즈)에 버금가는 괴물의 음식 찌꺼기— 용조차 잡아먹지 못한 가비지.

이제 큼지막한 칼을 짊어진 이 빨간 머리 여자아이는 영웅이다.

다만 기분이 좋은 이유는 따로 있었다. 소녀는 여전히 남의 평가를 신경 쓰지 않는다.

진짜 이유는 옆에서 걷는 이알마스의 등에 있다.

"시체 운반자 이알마스……."

누군가가 침음했다.

확실히 저게 시체이기는 했다.

용의 시체 — 용의 머리, 살점, 가죽, 발톱, 어금니, 비늘 — 이알마스는 용의 여러 부위를 질질 끌어가고 있었다.

이알마스는 부위별로 잘라서 나눈 용의 시체를 가비지와 함께 미궁에서 짊어지고 나왔다.

되풀이해서 소녀의 무훈을 과시하는 것처럼.

가증스러운 구더기, 이알마스의 시체 운반자라는 별명에도 곧 다른 의미가 더해질 것 같은 분위기였다.

"……되게 유명해졌구나."

이렇듯 여유 부리며 말할 수 있는 이유는 라라자가 모든 풍문으로부터 한 발짝 물러난 곳에 있기 때문이다.

도적 애송이의 이름이 용을 토벌한 모험가로서 사람들의 입에 오르는 경우는 매우 드물다.

시스터 아이닛키도 「좋은 공덕을 쌓았습니다」라며 생글생글 웃지 않았던가.

그 수녀도 분명 별로 신경을 쓰지 않을 것이다. 그렇다면 자신도 굳이 신경을 쓸 이유는 없지 않을까.

"목적은 달성한 거 아니냐?"

"그런 셈이지."

그래봤자 정작 본인은 초연하게 평소와 같은 모습을 보일 뿐.

기분 좋게 맨 앞에서 걷는 가비지와 어떤 의미로는 별 차이가 없을지도 모른다.

"……아무튼, 진짜 할 거냐?"

"주점에 가져가서 이 녀석에게 용의 고기나 먹여주도록 하지."

"웩……."

라라자는 일부러 호들갑스럽게 얼굴을 찌푸렸다. 어쩐지 가비지가 기분이 좋더라니.

쓰러뜨린 괴물의 고기를 먹는 행위는 이곳이 아닌 어딘가 다른 곳…… 모르는 데서 해주면 좋겠다.

아니지, 굳이 저러한 짓을 저지르는 인물은 미궁 지배자(던전 마스터)밖에 없지 않을까.

"소름 돋네. 《스케일》의 모험가들 절대 아무도 안 따라 할걸."

"동감이다."

이알마스는 고개를 끄덕였다.

"나도 딱히 경험은 없군."

"—woof!!"

멈춰있자니 앞쪽에 있던 가비지가 빨리 따라오라는 듯이 으르렁 소리를 냈다.

재촉하고 있다— 더 정확하게는 이알마스가 짊어진 고기가 목적일 테지.

이알마스는 적당히 손을 흔들어주고 고기를 묶은 밧줄을 다시 짊어메다가—.

"……아, 맞아. 그렇군. 잊고 있었다."

"엉?"

갑자기 라라자를 향해 돌아서더니 무엇인가를 툭 던져 건네준다.

미궁에서 키운 민첩성은 물체가 아직 공중에 있는 동안에 두 손으로 붙잡을 수 있게 도와주었다.

받아 든 물건을 보니 상당히 얇은…… 하지만 튼튼하게 신경을 써서 만든 가방으로 보였다.

단추를 풀고 덮개를 떼어 살펴봤더니 안쪽에는 다양한 제도 도구가 들어 있었다.

"……이게 뭐야?"

"지도 가방이다. 캣 로브에게 제작을 의뢰했지."

이알마스는 설명은 다 끝났다는 듯이 말했다. 그러다가 막 떠올린 것처럼 말을 덧붙인다.

"용의 가죽을 썼고."

라라자는 뚫어져라 손에 든 가방을…… 지도 가방을 들여다봤다.

구조부터 꼼꼼하게 만들어졌다. 어깨에 메도 허리에 차도 걸리적거리지 않을 것 같다.

온갖 편의성을 고려한 세련된 형태— 아마도 고급 가방이리라. 용의 가죽임을 빼고 생각하더라도.

이알마스와 캣 로브가 고안해서 주문 제작을 한 물건일까?

아니면 숙련된 두 사람이 맡으면 대충 적당히 손봐도 이런 도구가 만들어지는 것일까.

무엇이든 간에 이러한 물건을 건네주었다는 것은 지도는 계속 내 임무로 간주해도 괜찮으려나 본데.

많은 상념이 머릿속에서 오가는 통에 라라자는 말문이 막혀 잠시간 입을 꾹 다물었다.

"……이런 물건은 말이야."

불쑥 중얼거린다. 뭐라 말해야 할까, 결국은 알 수 없었다. 그럼 평소와 마찬가지여도 괜찮을 테지.

"출발 전에 챙겨주지 않냐?"

"말하지 않았나, 잊고 있었다고."

라라자의 독설에 이알마스는 히죽 웃고는 어깨를 으쓱거렸다.

"yelp! yap! —yap!!"

가비지가 캥캥 시끄럽게 짖어댔다.

이제는 슬슬 저 녀석도 인내에 한계가 왔나 보다. 이알마스는 라라자에게 한 차례 고개를 끄덕여준 뒤 걸음을 뗐다.

"가련다."

"그래."

이알마스가 떠나간다. 용의 주검을 짊어지고 질질 끌면서. 가비지와 함께.

라라자는 두 사람의 뒷모습을 눈으로 좇았다. 구경꾼들 떠드는 소리가 이어졌다.

라라자는 그것을 적당히 흘려들으며 허리에 지도 가방을 묶었다.

아직 위화감이 있어서 익숙해지지 않는다. 다만 분명히 곧 적응되리라.

"……제대로 된 모험가라는 느낌이 들지 않나?"

묘한 만족감에 절로 흐뭇해진다.

라라자는 걸음도 가벼워져서 《스케일》의 혼잡한 길을 힘차게 달려 나아갔다.

§

커다란 소녀였다.

키도 크고 눈동자도 크다. 살집이 잘 붙은 신체 역시 크다.

다만 무엇보다도 사람들의 주목을 끄는 요소는 소녀 본인의 크기일 테다.

신장은 6피트(약 2미터) 반. 고개를 들어 올려다봐야 하는 거대한 소녀다.

조그마한 동물의 꼬리와 비슷하게 흔들흔들 움직이는 머리카락의 색은 검은빛이며, 겁먹은 눈동자의 색깔만큼은 선명한 금빛.

그런 소녀가 유령처럼 살금살금 걷는다. 커다란 몸을 조금이라도 숨기고 싶은 듯 등부터 움츠러든 모습은 마치 고양이 같다.

그 덕에 풍만한 가슴이 자연스럽게 앞으로 튀어나오는 것은 깨닫지 못한 듯싶고.

《스케일》의 길모퉁이에 가만히 있는 한 소녀는 존재감을 전혀 죽이지 못한다.

"……허리에 그 검을 매달고 있으면 숨을 수 있을리가 없지 않겠냐."

"아으으……."

허리에 드래곤 슬레이어를 매단 벨카난은 더욱 몸을 움츠렸다.

이미 이 여자아이가 용살의 모험가들 중 한 명이라는 사실은 대부분의 사람들에게 널리 알려졌다.

마술사 벨카, 용살자 벨카, 거인 벨카.

주점에 있어도 숙소에 있어도 시선이 쏠려 불편한 마음에 빠져나왔을 터이나…….

—거리 한복판에 있으면 더 쓸데없이 눈길이 쏠릴 것 같은데 말이지.

어쨌든 구경꾼들 덕에 라라자 또한 쉽게 동료를 발견했던 셈이니 아주 나쁘지만은 않은가.

"그러니까 너도 같이 가자고 말했잖냐."

"그, 그치만."

벨카난은 고개 숙인 채 중얼거렸다.

"난, 이미……. 돈을, 다 치렀고……."

—고지식한 녀석.

그렇다. 이미 이 여자애는 본인의 소생비 변제를 끝마쳤다.

신출내기 모험가 따위야 용을 죽였는데 몇 명을 소생시킨들 어떠한 모자람이 있겠는가.

벨카난은 이미 충분히 스스로의 가치를 증명했다.

이 이상 공연히 신세 지기는 미안하다는 생각이나 하고 있겠지.

"뭐, 난 딱히 상관없다만. ……오늘은 《스케일》을 구경하러 다니고 싶다고 했지?"

"어, 아."

얼굴을 올린 벨카난은 몇 번이나 머리를 위아래로 움직였다.
“응, 맞아.”
“별로 재미있는 곳은 없었던 것 같은데…….”
“그치만 난 미궁이랑 훈련장이랑 무기 상점이랑 사원이랑 주점이랑 숙소 말고는 가본 데가 없는걸.”
“가야할 곳은 충분히 다……. 아, 젠장. 이알마스나 할 소리다. 어쩔 수 없군…….”
이알마스의 흉내쟁이가 될 생각은 없다. 라라자는 얼굴을 찌푸리고 벨카난과 나란히 걸음을 뗐다.
도시는 평화로웠다.
수많은 사람들이 오가고, 갖가지 물품이 큰 목소리와 함께 거래된다. 아이들이 달려 다니고, 사람들의 생활이 이곳에 있다.
불야성, 미궁의 도시, 모험가의 도시. 이런저런 별칭이 있다만—. 이 도시는 살아있었다.
붉은 죽음의 용, 한때 화룡에 의하여 위협받았던 나날이 숨을 되찾은 것이다.
돌이켜보면— 라라자 또한 이렇듯 《스케일》의 낮을 본 경험은 적었던 같다.
미궁에 드나들고, 괴물과 죽고 죽이고, 도시로 복귀한 뒤 쉬고, 또 미궁으로.
라라자는 별 이유도 없이 허리에 찬 지도 가방으로 손을 가져갔다. 자신도 점점 더 달라지게 될까.

모르겠다—. 다만, 적어도 이 도시를 떠날 생각은 없었다. 자신은. 가비지는.

—이 녀석은 어쩔 생각일까?

생각했을 때는 의문이 곧장 입을 뚫고 나가버렸다.

“아무튼, 이제부터 어쩔 셈이냐?”

“이제부터……?”

“용을 죽였지. 빚도 갚았고. 다음은 뭐냐.”

“아하.”

벨카난은 아무 생각도 없다는 듯이 소리를 냈다.

“나, 아무것도 생각한 게 없었네.”

“야, 인마…….”

쑥스러워하며 수줍게 웃는 벨카난은 「용 생각만 했었으니까」라고 말했다.

“아, 하지만 일단 할아버지한테 돈을 갚아드리고 싶어.”

“할아버지?”

“뱅크.”

“아…….”

라라자도 얼마 전 만났던 기묘한 노인을 기억하고 있었다.

그 후 주점을 찾아봐도 결국 오늘까지 한 번도 다시 만나지 못했고.

이알마스에게 물어보면 알 수 있을까. 물어볼 생각도 별로 안 생긴다만.

다만, 그 노인도 이 도시의 어딘가에서 살아있지 않겠는가.

그렇다면야.

"신경 안 써도 괜찮지 않냐? 만났을 때 갚아주면 되지."

"……그러게. 응, 그렇게 할래. ……일단 내 목표야. 하나 생겼어."

벨카난은 그렇게 말한 뒤 어딘가 기쁜 기색으로 허리의 검에 손을 얹었다.

신발이 바닥에 닿아 소리를 내며 거리를 걷는 소녀는 무척 신기해하며 주위를 둘러본다.

시선은 이제 부담이 안 되는 것일까. 아니면 라라자와 같이 있어서 대범해진 것일까.

"축제가 열린 것 같네."

뜬금없이 태평한 말을 늘어놓는다.

"사람들이 엄청 많아. 나, 처음으로 봤어."

"……나도."

라라자는 살짝만 입술을 삐죽거렸다. 어쩐지 은근슬쩍 외면당한 것 같다는 생각이 들어서였다.

"그래서, 결국…… 넌 어쩔 셈이냐."

"……."

갑자기 벨카난이 멈춰 섰다. 라라자는 「아차차」 하고 걸음을 멈췄다.

인파 속에서 가만히 서 있는 상태이니 사람의 흐름이 벨카난 때문에 둘로 갈라졌다.

무슨 일인가 싶어 아래쪽에서 얼굴을 들여다봤더니 소녀는 뭔가 복잡한 표정을 짓고 있었다.

그리고 살짝 겁먹은 금빛 눈동자로 주저하면서도 라라자의 얼굴을 빤히 바라봤다.

가비지의 눈동자가 깊은 호수라면 벨카난의 눈동자는 구름에 살짝 비치는 금빛의 달이다.

"……너 아니야. 싫어."

"……뭐라고?"

벨카난은 삐친 아이처럼…… 몹시 가느다란 목소리로 중얼거렸다.

"나…… 이름으로, 불러줘……. 그럼, 좋겠어."

—불러준 적이 없었던가.

라라자는 기억을 더듬어 올라갔다. 딱히 의식은 하지 않았었는데 그랬던 것 같기도 하다.

이런 사소한 문제를 여태 은근히 신경 쓰고 있었던 걸까.

아니면— 사소한 문제가 아니었던가.

라라자는 잠시 망설인 끝에 아직 익숙지 않은 발음을 확인하려는 듯이 혀로 더듬더듬 소리를 냈다.

"……벨카난?"

"벨카라고 불러도 괜찮은데."

이번에는 어째서인지 몹시 망설여졌다. 혓바닥은 소리를 만들어내지 못했다.

라라자는 고개를 휙 돌리고 걸어 나아갔다. 벨카난이 쫓아오는 발소리.

혼잡하고 시끌벅적한 길을 나아가며 들릴까 말까 자그만 혼잣말을 라라자는 입 밖에 흘렸다.

"……조만간."

"응!"

무엇이 기뻐서일까, 벨카난은 미소 지었다. 꽃봉오리가 피어나는 듯한 웃음이었다.

§

《스케일》의 변두리에는 모험가의 훈련장이 존재한다.

그래봤자 이미 이름만 남은 장소다. 모험가를 통제하려는 시도는 누구도 엄두조차 못 낸다.

그럼에도 불구하고 어째서 이런 훈련장이 있냐고 묻는다면 단지 모험가를 위해서였다.

외지에서 찾아온 모험가를 지망하는 인물들. 혹은 저러한 애송이를 칼받이로 쓰고자 하는 부류들.

신입과 고참, 쌍방의 이해가 일치되었기에 비로소 훈련장이 유지될 수 있다.

따라서 훈련장을 찾는 사람의 물결은 절대 말라붙지 않는다.

그리고 보초병 남자는 수많은 어중이떠중이의 이름을 굳이 기억할 생각이 없었다.

어차피 이 중에 대부분은 두 번 다시 만나지 못할 테니까.

"좋아, 다음."

한 명의 모험가가 태어나고, 또 다음 모험가 지망자가 눈앞에 선다.

변함없는 광경. 변함없는 되풀이.

그럼에도 약간의 변화는 나타나는 법이다.

"저기."

희망과 기대, 오만함과 불안으로 눈동자를 흔들거리며 젊은이가 말했다.

"용을 죽이는 모험가가 있다던데 진짜야……?"

"그래."

보초병은 고개를 끄덕거렸다.

무척 키가 컸는데도 주뼛주뼛하며 겁먹은 모습만 보여주었던 마술사 소녀.

무슨 생각인지 훈련장에서 우는 소리를 내며 달리는 등 전사 훈련을 받았던 여자아이.

모험가는 《스케일》에서 떠나가지 못한다. 죽었다면 물론이거니와— 살아있더라도.

"진짜고말고."

그 소녀의 이름은 벨카난이다.

■ 작가 후기

안녕하세요, 카규 쿠모입니다.

『블레이드&바스타드 2권 : 철골의 시련장, 붉은 죽음의 용』, 재미있게 읽어주셨는지요?

있는 힘껏 최선을 다해 썼습니다. 모쪼록 즐겨주셨다면 기쁘겠습니다.

자, 이번에는 일단 가장 먼저 어느 한 분에게 감사의 말씀을 전해야 합니다.

『Wizardry』의 제작자 중 한 사람, 로버트 우드헤드 씨입니다.

실례가 아닐까 전전긍긍하면서 문의를 드려봤는데 본인께서 흔쾌히 허락을 해주셨습니다.

정말 감사합니다. 이번 안건도, 『Wizardry』를 만들어주신 것도.

이번 이야기에서는 신입 마술사 여자아이가 자신을 죽음으로 몰아넣었던 회룡에게 도전하는 여러 사건이 전개됩니다.

옛날옛적에 나온 릴가민을 무대로 한 이야기 중 하나를 모티프로 썼습니다.

만약에 알고 계시는 분이시라면 아무쪼록 오마주, 패러디로서 받아들여주십시오.

카규 쿠모라는 작가가 또 저런 소설을 써버렸구나, 라고요.

『Wizardry』라는 작품에는 물론 시나리오에 따라 다릅니다만, 보스급 적은 별로 등장하지 않습니다.

따라서 드래곤을 무찌르자는 것은 벨카난이라는 소녀 본인이 원하는 소녀 한 명만의 모험입니다.

이번에는 이알마스와 다른 동료들도 같이 동행하는 입장에 머물렀지요.

과연 이길 수 있을까 장담하지 못하는 강적에게 꼭 이길 수 있다며 믿고 도전하는 그 순간.

그런 도전은 역시 굉장히 굉장히 재미있으니까요.

참고로 이번 이야기에서 벨카난이 했던 이런저런 시도는 딱히 소설이라서 가능했던 것이 아닙니다.

잘 꾸려 나가면 정말 가능한 방법입니다. 그런다고 정말로 강한 캐릭터가 될지는 차치하고요.

하지만 온리 원의 재미있고 유니크한 캐릭터가 될 것은 틀림없다고 생각합니다.

벨카난이 여러분에게도 그렇게 받아들여졌다면 좋겠습니다.

그리고 매우 기쁘게도 아마 3권을 이어서 쓸 수 있을 듯싶습니다.

따라서 앞으로도 열심히 최선을 다해 집필에 임하자는 각오를 갖고 있습니다.

실제 3권의 제목만큼은 이미 결정이 되어 있기도 하고요.

『다이아몬드 기사의 귀환(Return of The KOD)』.

그러면 이만, 또 만납시다.

블레이드&바스타드 2

초판 1쇄 발행 2024년 2월 20일

지은이_ Kumo Kagyu
일러스트_ so-bin
옮긴이_ 김성래

발행인_ 최원영
편집장_ 김승신
편집진행_ 권세라 · 최혁수 · 김경민 · 최정민
편집디자인_ 양우연
관리 · 영업_ 김민원

펴낸곳_ (주)디앤씨미디어
등록_ 2002년 4월 25일 제20-260호
주소_ 서울시 구로구 디지털로 26길 111 JnK디지털타워 503호
전화_ 02-333-2513(대표)
팩시밀리_ 02-333-2514
이메일_ lnovellove@naver.com
L노벨 공식 카페_ http://cafe.naver.com/lnovel11

BLADE & BASTARD: Wireframe Dungeon & Dragon with Red Dead Volume 2

ISBN 979-11-278-7442-1 04830
ISBN 979-11-278-7440-7 (세트)

값 11,000원